撒哈拉歲月

三毛

Echo Legacy

而我們又想起了妳。

——總編的話——

像沙漠裡吹來的一陣風，像長夜裡恆常閃耀的星光，像繁花盛放不問花期，像四季更迭卻不曾遺忘各自的美麗。是三毛，她將她自己活成了最生動的傳奇。是三毛筆下的故事，豐盛了我們那一片枯槁的心田。

三十年了，好像只是一轉眼，而一轉眼，她已經走得那麼遠，遠到我們的想念蔓延得越來越深邃。

是這樣的想念，驅使我們重新出版「三毛典藏」，我們將透過全新的書封裝幀，吸引更多讀者走進三毛的文學世界。「三毛典藏」一共十一冊，集結了三毛創作近三十年的點點滴滴：《撒哈拉歲月》記錄了她住在撒哈拉時期的故事，《稻草人的微笑》收錄她從沙漠搬遷到迦納利群島前期，與荷西生活的點點滴滴。《夢中的橄欖樹》則是她在迦納利群島後期的故事，她追憶遠方的友人，並抒發失去摯愛荷西的心情。

除此之外，還有《快樂鬧學去》，收錄了三毛從小到大求學的故事。《流浪的終站》裡的三毛回到了台灣，她寫故鄉人、故鄉事。《心裏的夢田》收錄三毛年少的創作、對文學藝術的評論，以及最私密的心靈札記。《把快樂當傳染病》則收錄三毛與讀者談心的往返書信，《奔走在日光大道》記錄她到中南美洲及中國大陸的旅行見聞。《永遠的寶貝》則與讀者分享她最心愛、最珍惜的收藏品，以及她各時期的照片精選。《請代我問候》是她寫給至親摯友的八十五封書信，《思念的長河》則收錄她所寫下的雜文，或抒發真情，或追憶過往時光。

她所寫下的字字句句，我們至今還在讀，那是一場不問終點的流浪，同時也是恆常依戀的鄉愁。三毛曾經這樣寫：「我願將自己化為一座小橋，跨越在淺淺的溪流上，但願親愛的你，接住我的真誠和擁抱。」親愛的三毛，這一份真誠，依然明亮，這一個擁抱，依然溫暖。如果我們的眷戀有回聲，如果我們依然對遠方有所嚮往，如果我們對萬事萬物保有好奇——那也許只是因為，我們又想起了妳。

—導讀—

三毛傳奇與三毛文學。

明道大學中文系講座教授　陳憲仁

三毛寫作甚早，年輕時即曾在《現代文學》、《皇冠》、《中央副刊》、《人間副刊》、《幼獅文藝》等發表文章。但真正踏上寫作之路，應該是一九七四年與荷西在西屬撒哈拉沙漠結婚後，寫下一系列「沙漠故事」才算開始。

三毛的《撒哈拉歲月》是中文世界裡，首次以神秘的撒哈拉沙漠為背景的作品，對於長期蟄居在台灣島國的人，無異開啟了寬闊的視野，加上她的文筆幽默生動，內容豐富有趣，從第一篇〈沙漠中的飯店〉發表之後，即造成轟動，後來更掀起了巨浪般的「三毛旋風」。

一九七九年十月至十二月，《讀者文摘》在澳洲、印度、法國、瑞士、西班牙、葡萄牙、墨西哥、南非、瑞典等國以十五種語言刊出三毛的〈一個中國女孩在沙漠中的故事〉；《撒哈拉歲月》這本書的翻譯本，一九九一年有日文版；二〇〇七年有大陸版；二〇〇八年有韓文版；二〇一六年有西班牙文版及加泰隆尼亞文版；二〇一八年有波蘭文；二〇一九年有荷蘭文、英文、義大利文、緬甸文；二〇二〇年有挪威文。另外，個別篇章也有越南文、法文、捷克文等譯文相繼出現，可見三毛作品在國際間確有一定的分量。

大家提到三毛，想到的可能都是她寫的撒哈拉沙漠故事的系列文章，其實三毛一生的作品，包括小說、散文、雜文、隨筆、書信、遊記等有十八本，翻譯四種，有聲書三冊，歌詞錄音帶三捲，電影劇本一部。體裁多樣，篇數繁多，顯現她的創作力不僅旺盛，且觀照範圍遼闊。

在三毛過世三十年之際，我們回顧三毛作品，重讀三毛作品，可以以文學的角度、文學的樂趣來閱讀、來發現，則三毛作品中優秀的文學特性，如對人的關懷與巧妙的文學技巧，將能處處顯現。

我們看《撒哈拉歲月》裡，三毛寫〈沙巴軍曹〉的人性光輝：一位西班牙軍曹，因為弟弟在西班牙軍人被撒哈拉威人大屠殺的慘案中死了，仇恨啃咬了十六年的人，卻在一群撒哈拉威孩子誤觸爆裂物、面臨最危急的時候，用自己的生命撲向死亡，去換取他一向視作仇人的撒哈拉威孩子的性命。

又如〈啞奴〉，三毛不惜筆墨，細細寫黑人淪為奴隸的悲劇，寫其善良、聰明、能幹、愛家愛人，對於身處這樣環境下的卑微人物，三毛流露了高度的同情，也寫出了悲憤的人道抗議。

再如〈哭泣的駱駝〉，書寫西屬撒哈拉原住民——撒哈拉威人爭取獨立的努力與困境，呈現其命運的無奈、情愛的可貴，著實令人泫然！

而在中南美洲旅行時，她對市井小民的記述尤多，感嘆更深，哀傷更巨。當進入貧富差距大、人民生活困苦的國家，她的哀感是「青鳥不到的地方」；當她在教堂前面看到：一位中年男人、白髮老娘、二十歲左右的青年、十幾歲的妹妹，都用膝蓋在地上向教堂爬行，慢慢移動，全家人的膝蓋都已磨爛了，只是為了虔誠地要去祈求上天的奇蹟。「看著他們的血跡沾過的石頭廣場，我的眼淚迸了出來，終於跑了幾步，用袖子壓住了眼睛。坐在一個石階上，哽不成聲。」

凡此，均見三毛為人，富同情心，具悲憫之情，對於苦痛之人、執著之人，常在關懷之中，她與人同生共活、喜樂相隨、悲苦與共。

三毛作品的佳妙處，當然不只特異的題材內容，不只流露的寬闊胸懷，還有她巧妙的寫作技巧。

我們看她的敘述能力、描寫功夫，都是讓人讀來，愛不釋手的原因。就以三毛自己很喜歡的《撒哈拉歲月．荒山之夜》為例，這篇文章寫三毛與荷西到沙漠尋寶，荷西出了意外，陷入沼澤中，三毛憑著機智與勇氣救出荷西。其文學技巧高妙處，約略言之，即有如下數端：

一、伏筆照應：

三毛把荷西從泥沼中救出來的東西「長布帶子」，是因為她穿了「拖到腳的連身裙」，才能將「長裙割成長布帶子」；荷西上岸後免於凍死，是因三毛出門時「順手拿了一個皮酒壺」。當後面出現這些情節，看到這些東西時，我們才恍然大悟，為什麼前面作者要描寫穿的衣服及順手抓起的東西？這種「草蛇灰線」的技巧，三毛作品中，隨處可見。

二、氣氛鋪陳：

當三毛與荷西的車子一進入沙漠，兩人的談話一再出現「死」字、「鬼」字，如：「上次幾個嬉皮怎麼死的？」、「死寂的大地像一個巨人一般躺在那裡，它是猙獰而又凶惡的。」、「我在想，總有一天我們會死在這片荒原裡」、「鬼要來打牆了。心裡不知怎的覺得不對勁」。

成功的營造氣氛，不僅讓讀者有身歷其境的感覺，也是作品成功的要件。

三、高潮迭起：

三毛善於說故事，故事的精采則奠基於「高潮迭起」。〈荒山之夜〉即是這樣的作品，高潮與低潮不斷的湧現：三毛數度找到救星，卻把自己陷入險境；荷西數度陷入死亡絕境，卻又次次絕處逢生。情節緊扣，讓人目不暇給，喘不過氣。

三毛作品除了「千里伏線」、「氣氛鋪陳」、「高潮起伏」等技巧之外，還有一項「情景交融」，運用得更好更妙，像：

〈娃娃新娘〉，出嫁時的景象：「遼闊的沙漠被染成一片血色的紅」，象徵即將面臨的婚姻暴力。

〈荒山之夜〉，荷西陷在泥沼裏，「沉落的太陽像獨眼怪人的大紅眼睛，正要閉上了」，平添蠻荒詭異的色彩。

〈哭泣的駱駝〉，三毛眼見美麗純潔的沙伊達被凌辱致死，無力救援，「只聽見屠宰房裡駱駝嘶叫的悲鳴越來越響，越來越高，整個天空，漸漸充滿了駱駝們哭泣的巨大的迴聲」，以強烈的聽覺意象取代情感的濃烈表達。

三毛這些「以景襯情」的描寫，處處可見可感，如：

一、寫喜：

「漫漫的黃沙，無邊而龐大的天空下，只有我們兩個渺小的身影在走著，四周寂寥得很，沙漠，在這個時候真是美麗極了。」

這是〈結婚記〉兩人走路去結婚的畫面，廣角鏡頭下的兩個渺小身影，襯出廣大的天地，世界是兩人的。此時的愉快心情，完全不必說。筆觸只寫沙漠「美麗極了」，正是內心美麗極了的「境由心生」，同時也是「以景襯情」的寫法。

二、寫愛：

〈愛的尋求〉，「燈亮了，一群一群的飛蟲馬上撲過來，牠們繞著光不停的打轉，好似這個光是牠們活著唯一認定的東西。」

三、寫驚：

〈哭泣的駱駝〉，當三毛知道沙伊達是游擊隊首領的妻子時，那種震驚，「黃昏的第一陣涼風，將我吹拂得抖了一下。」

四、寫懼：

（三毛聽完西班牙軍隊被集體屠殺的恐怖事件後）「天已經暗下來了，風突然厲裂的吹拂過來，夾著嗚嗚的哭聲，椰子樹搖擺著，帳篷的支柱也吱吱的叫起來。」

五、寫悲：

〈哭泣的駱駝〉，（三毛想到她的朋友撒哈拉威游擊隊長被殺的事件）「打開臨街的木板窗，窗外的沙漠，竟像冰天雪地裡無人世界般的寒冷孤寂。突然看見這沒有預期的淒涼景致，我吃了一驚，癡癡的凝望著這渺渺茫茫的無情天地，忘了身在何處。」

六、寫哀：

〈哭泣的駱駝〉，沙伊達被殺的地方是殺駱駝的屠宰房。「風，在這一帶一向是厲冽的，即使是白天來亦使人覺得陰森不樂，現在近黃昏的尾聲了，夕陽只拉著一條淡色的尾巴在地平線上弱弱的照著。」

三毛傳奇，一直是許多人津津樂道和念念不忘的。在三毛去世之後，兩岸也出現了不少三毛相關的傳記，足見她的魅力和影響歷久不衰，甚至於近年來，學院中亦陸續有以三毛為題的研究論文出爐，三毛作品的文學價值漸受重視，此刻回思瘂弦〈百合的傳說〉中說過的話：「紀念三毛最好的方式，還是去研究她的作品。」、「研究她特殊的寫作風格和美學品質，研究她強烈的藝術個性和內在生命力，才是了解三毛、詮釋三毛最重要的途徑。」相信，《三毛典藏》的出版，帶給大家的正是這樣的方向與契機！

三毛二三事。

三毛家人

「三毛」並不存在

在我們家中，「三毛」並不存在。

爸爸媽媽和大姐從小就稱呼她為「妹妹（ㄇㄟˇㄇㄟˊ）」；兩個弟弟喊她「小姐姐」；在姪輩的心中，她是一個稀奇古怪但是很好玩的「小姑」。

「三毛」這個名字從民國六十三年開始在《聯合報》出現，那些甚至連「三毛」的家人都沒經歷過的撒哈拉沙漠生活，讓我們的「妹妹」、「小姐姐」、「小姑」頓時成了大家的「三毛」；但即使在她被廣大讀者接受後的七十年代，家中仍然沒有「三毛」這個稱呼，大家一切如常，仍然是「妹妹」、「小姐姐」。儘管父母親實在以這個女兒為榮，但家人在外從來不會主動表示「三毛」是我的誰。記憶中，母親偶爾會在書店一邊翻閱女兒的書，一邊以讀者的身分問店家：「三毛的書好不好賣啊？」每當答案是肯定的，她總會開心的抿嘴而笑，再私下買兩三本三毛的書，自我捧場。父親則是有一次獨自偷偷搭火車，南下聽女兒在高雄文化中心的演講，到會場時發現早已滿座，不得其門而入，於是就和數千人一起坐在館外，透過擴音器聽女兒的聲音，結束後再帶著喜悅默默的搭火車回台北。

父親還會做一件事，就是幫女兒整理信件。當時小姐姐在文壇上似乎相當火熱，各地讀者雪片般的信件每月均有數百封。一開始，三毛總是一一親自閱讀，但到後來讀者來信實在太多，對身體不好的三毛成為極大的負擔；不回，則辜負了支持她的讀者的美意，一一回信，簡直不可能。於是父親就利用其律師工作之餘，每天花三四小時幫小姐姐拆信、閱讀、整理、分類、貼標籤，再寫上註記，標明哪些是要回的、哪些是收藏的。十多年來甘之如飴，這是父親用行動表示對女兒的愛護。而這十幾大箱讀者的厚愛與信中藏著的喜怒悲歡，已在小姐姐葬禮中全部火化讓她帶走。

「三毛」是她的光圈，但在我們看來，那些名聲對她而言似乎都無所謂。她的內在一直是陳平，一個誠實做自己、總是帶著點童趣的靈魂。她走過很多地方，積累了很多豐富的經歷，但也因為這些經歷、辛苦和離合，她的靈魂非常漂泊。對三毛的好朋友們、三毛的讀者，和身為三毛家人的我們來說，我們各自或許都看到了、理解了、感受了某一個面向的三毛，但又沒有人能真正看透全部的她。因此我們各自保有對她不同的記憶，用各自的方式想念她。這些記憶或許看似瑣碎，但是對我們來說，是家人間最平凡也最珍貴的回憶。在此身為家人的我們，願意和大家分享這些記憶，做為我們對她離開三十年的懷念。

從小就不同

「小姐姐」在我們家是一個說故事的高手。三十多年了，關於她，我們家人總有一個鮮明的印象：吃完晚飯後，全家人齊坐客廳，小姐姐把頭髮往上一紮，雙腿盤坐，手上拿一大罐面霜，一邊塗臉按摩，一邊「開講」她遊走各地的事。這些在一般人說來平凡無奇的經歷，從她口中講來則是精采絕倫，把我們唬得一愣一愣的。所以小姐姐總說自己是「說故事的人」，不是作家。

其實三毛從小就顯現她與眾不同的特點，譬如有一次她向母親討了點錢，去買了一支當時非常貴的馬頭牌花生口味的冰棒，然後抓著姐姐到離家不遠的一個山洞（防空洞）裏，把冰棒慎重的放到鐵盒做的香煙罐裏，說：「這裏涼涼的冰棒不會化，明年夏天我們就還有冰棒可以吃啊！」第二年的夏天，姐妹倆真的手牽手回到山洞裏，把已經發黃鏽掉的鐵罐挖出來，一打開，哇！只有黃黃濁濁的水。這是她從小可愛的一面，而這份童真在她一生中都沒有消逝。

另外當時我們重慶的大院子裏有個鞦韆，是她們姐妹倆喜歡去的地方。但因為院裏埋著一些墳墓，於是每到天黑姐姐便拉著妹妹想回家。但三毛從小膽子便大得很，總是在鞦韆上盪啊跳的，非摸黑不肯走。除了善良、憐憫、愛讀書，小姐姐同時勇敢、無懼又有反抗心，從小就很有想法，四個手足中，似乎只有她一個是翻轉著長的。她後來沒去上學，現在回想起來，在那個小小的年紀裏，我們自己對人生的態度已經不自覺的顯現出來了。

一切憑感覺

熟悉她的讀者或許記得，三毛曾在沙漠用棺材板做沙發。有時候想想，這個能用棺材板和輪胎把家裏布置得美輪美奐的女人是我的姐姐、陳家的女兒，我們都覺得不可思議。因為回到台灣以後她與爸媽同住，一間不到五坪大的房間，除了書桌、書架和床之外，一切可說非常簡單。但是在她自購的小公寓可就不一樣了，這個位在頂樓不大的鳥居，屋內所見幾乎全部是竹木製：木製牆面、木桌、木鳥籠（裏面裝著戴嘉年華面具的小丑）、竹籐沙發。對我們兄弟姐妹還有我們的小孩來說，那裏是個很特別的地方，完全散發著她個人獨特的美感。

除了家居布置，小姐姐手也非常巧，很會照顧身邊的人，和荷西在一起，可以把他養得白白胖胖，讓他天天想著吃「雨」（粉絲）。但對她自己來說，「吃東西」是非常無所謂且不重要的事，尤其在她專注寫作的時候。她在台北的家有冰箱，但常是空的。她工作起來可以沒日沒夜不吃飯不睡覺，所以我們家人經常買點牛奶、麵包、香腸、牛肉乾、泡麵放在裏面。記得有一次我們去看她，一打開冰箱，裏面空空蕩蕩，只有一條已經咬過幾口的生香腸。我們都大驚失色：「這是妳咬的嗎？」她說：「是啊！肚子餓了嘛！」

另一個她較不在意的便是金錢。小姐姐儘管文章常上雜誌報紙，但是稿費這部分，她一律不管，全部交給母親打理。她常說「我需要的不多」。事實也是如此，她最常穿的是一套牛仔工裝吊帶褲，塑膠鞋和球鞋，高跟鞋是很少上腳的。

不為人知的「能力」

在家中，基本上父母親是不喝酒的，即使應酬，也只是沾唇而已。但是這個二女兒不知是否得了祖父或外祖父的遺傳，她可以喝一整瓶白蘭地或威士忌不會醉倒。但她並不常喝，除非找到能一起說話的朋友。至於煙，小姐姐倒是抽得兇，每次去老家巷口的家庭式洗頭店，總是一邊說故事給老闆娘和其他客人聽，一邊手上一根根的抽，一個小時下來，可以抽上十來根，寫作的時候亦是如此。她抽煙總是用火柴而不用打火機，為的是燒火柴時那股「很好聞，有硫磺的味道」，同時燒火柴時「有火焰，有煙會散開，感覺很棒！」對她來說，火柴是記憶的一部分，會幫她增加靈感。

三毛記憶力很好，而這份記憶力或許在語言上也對她助益頗深。我們家父母親彼此說的是寧波話與上海話，到台灣以後，小姐姐日常說的是國語，但和二老講話時則換回這兩種語言。出生在四川的她除了四川話頗為流利，日後又和與她很親近的打掃阿姨學了純正的台灣話，完全不帶一點外省口音。她在台灣的日商公司短暫幫忙的日子中粗通了日文，並在出國後把西班牙文、英文、德文也統統收到自己的百寶箱中。中文和西班牙文是她這九種語言中最精通的兩種，每當父親有歐美的客戶或友人來台時，三毛總會幫著父親，讓大家賓主盡歡。

充滿愛的小姐姐

小姐姐一輩子流浪的過程中，或許都在尋找一份心裏的平安和篤定，好不容易有了荷西，他卻又撒手中途離去。除了荷西，小姐姐也很愛她的朋友們。三毛對朋友基本上無分男女、國籍、社會地位、有學問沒學問、知名不知名，一旦當你是朋友，她就拿心出來對你。她笨笨的、不會說捧人的話，但是對人絕對真誠，而且對不足的人特別的關心。她有很多很多的好朋友，而這些朋友對三毛的生命造成或大或小的影響。

不過她似乎習慣四處流浪，她說：「不要問我從哪裏來。」於是有了〈橄欖樹〉。當這首膾炙人口的歌不斷被翻唱之際，身為家人的我們除了為她驕傲，也為她心疼。她流浪的遠方不是一個我們能觸及的地方，但也因為是家人，我們比旁人更能看到她的快樂、傷痛和辛苦。另外一首最能代表她年輕的心情的歌則屬〈七點鐘〉，由三毛作詞，李宗盛作曲，描述年輕時約會的心情。詞裏寫道：「鈴聲響的時候，自己的聲音那麼急迫，是我是我是我……是我是我是我……」是啊！這就是我的小姐姐，這樣的小姐姐。

不再漂泊

對很多讀者來說，「三毛」，這個像吉普賽人的女子變魔術一樣的來到人間，寫下一篇篇故事，然後又像變魔術一般的離開。三十年了，三毛仍在你們的記憶中嗎？

在我們家中，「三毛」不存在，但是三十年前的那天，父母親和大姐口中的「妹妹（ㄇㄟˇㄇㄟˊ）」，我和我哥哥的「小姐姐」，走了。

我們很想念她。

儘管，我們不敢說真的完全理解她（畢竟誰又能真的理解誰），但是她非常愛我們，我們也非常愛她，對於家人的我們來說，足矣。對於她的驟然離世，父親有一段話，他說：「生命的結束，是一種必然，早一點晚一點而已，至於結束的方式就不那麼重要了。妹妹的離開，做父母親的固然極度的悲傷、痛心、難過、不捨，但是她的離開是我們人生的一部分，我們只能接受這個事實。妹妹豐富的一生高低起伏，遭遇大風大浪，表面是風光的，心裏是苦的。幸虧有家人和朋友的關懷，不然可能更早就走了。她曾經把愛散發給許多朋友，也得到很多回報，我們讓她好好的平靜的安息吧。」

如果有另一個世界，親愛的小姐姐，希望妳不再漂泊。

給小姐姐的一封信。

三毛弟弟 陳傑

小姐姐：

離開我們至今，已經三十個年頭了，還是很想念妳！每年都會去墓園跟妳和爹爹姆媽說說話，墓前總有不知名的讀者為妳獻上一束花；妳寫的故事，在一九七四年代後的二十年間，滿受讀者喜歡；本來想，一個人的盛名，總有凋零的一天，可是這麼多年過去，妳的書以及透過妳眼下看到的世界，反而在華文以外的國家開始受到矚目；除了不少國家詢問相關出版事宜，紐約時報、英國ＢＢＣ廣播公司所出的雜誌，還有Google都推文介紹「三毛」這位華人作者；然而以妳的個性來看，可能有點煩吧？妳從來都不是在意虛名或是耐煩生活瑣事的人，妳一直以來找尋的，總是靈魂的平安和滿足。身為弟弟的我，時不時想著，這些妳走過一生的紀錄，不如就讓它隨風而逝吧！只願妳與荷西在另一個時空裏，不受打擾地繼續兩人的愛戀情懷，這樣也好；世間事留給我們來處理，不去麻煩妳了。

二〇一八年，在妳與荷西結婚四十四年後，我們陳家人終於遠赴西班牙，拜訪了荷西一家人，這個緣分遲了幾乎半個世紀方才達成。荷西家人對我們很親切，為了一對離世的佳偶，兩家人將這個未嘗會面的缺口，補成一個圓滿的圓；從未到過西班牙的我們，儘管語言不通，透過比手畫腳、翻譯和老照片，兩家人在彼此的分享中，似乎又對妳與荷西的生命更了解了一些，就像是一本書的補遺，由於多了幾行字句，因而讓內容又變得圓滿了些。這樣的相見，是陌生但又溫暖的。我們兩家人不熟稔，但共同擁有一份思念。

另外和妳報告一下，我們也飛到大迦納利島和La Palma島，追憶妳和荷西曾經擁有的小房子，當地旅遊局特別在荷西潛水過世的地方，做了一個紀念雕塑，還出版了一本《橄欖樹與梅花》的書，來紀念妳這位異國女子在當地的生活片羽。這個曾在妳心中劃下深刻的快樂與苦澀的地方，現在它也把妳的面容永遠收藏了起來。在台灣，國立台灣文學館收藏了很多妳留下來的文物，並出了一本《三毛研究彙編》收集別人對妳的分析；在大陸，妳思之念茲的浙江舟山小沙鄉多年來做了很多與三毛有關的活動，像是「三毛祖居紀念館」、「三毛文學獎」等，還種植了橄欖樹林。四川重慶二〇一九年也設立了「三毛故居」，這些林林總總紀念三毛的方式，讓我們有點應接不暇，感恩但也疲於奔波。小姐姐，妳在乎嗎？天上與人間的想法也許是兩極的，但希望妳知道，不管是過去現在還是未來，我們家人總是以妳為榮，總是想保護妳，希望妳是歡喜的。爹爹姆媽在世時，也都感受到妳帶給他們的喜樂，挺好的。

妳的伯樂——平鑫濤先生也到天上去看妳了，要謝謝他的賞識，把三毛從殘酷的撒哈拉沙漠中挖掘出來，在世間成為一朵亮眼出眾的花；妳曾經對大姐說過：「姐姐，我的一生活得比妳精采十倍」，確是這樣；妳這顆「撒哈拉之心」，明亮過，消逝了，足以對世間說：好了，對嗎！

三十年，一個世代的過去，人們還記得這位第一個踏上撒哈拉沙漠的華人奇女子否？妳的一篇篇故事在他們心中還有回憶嗎？妳把生命都放下了，那些世間事何足留念，不必，不必，在天上再去做個沙漠新娘，讓自己開心一下，好嗎！

目錄

回鄉小箋。

各位朋友：

回到台北來已經二十多天了，在這短短的時間裏，我收到無數過去與我通信的讀者、我教過的學生，以及許許多多新朋友的來信與電話，我也在台北街頭看見自己的新書擠在一大堆花花綠綠的書刊裏向我扮著頑皮的鬼臉。

每當我收到由各方面轉來的你們的來信時，我在這一封封誠意的信裏，才看出了我自己的形象，才知道三毛有這麼多不相識的朋友在鼓勵著她。

我多麼希望每一封信都細細的回答你們，因為我知道，每一個寫信給我的人，在提筆時，也費了番心思和時間來表示對我的關懷。

我怎麼能夠看見你們誠意的來信，知道你們一定在等著我的回音，而那一封封的信都如石沉大海，沒有回聲。

請無數寫信給我的朋友瞭解我，三毛不是一個沒有感情也沒有禮貌的人。

離開家國那麼久了，台北的親情友情，整整的占據了我，我盡力願意把我自己的時間，分給每一個關懷我的朋友，可惜的是，我一天也只能捉住二十四小時。

生活突然的忙碌熱鬧，使我精神上興奮而緊張，體力上透支再透支，而內心的寧靜卻已因為這些感人的真情流露起了很大的波瀾。

雖然我努力在告訴自己，我要完完全全享受我在祖國的假期，遊山玩水，與父母親閒話家常。事實上，我每日的生活，已成了時間的奴隸，我日日夜夜的追趕著它，而彷彿永遠不能在這件事上得到釋放。

過去長久的沙漠生活，已使我成了一個極度享受孤獨的悠閒鄉下人，而今趕場似的吃飯和約會，對我來說，就如同劉姥姥進了大觀園，昏頭轉向，意亂情迷。

每日對著山珍海味，食不下嚥，一個吃慣了白薯餅的三毛，對著親友感情的無數大菜，感動之餘，恨不能拿一個大盒子裝回北非去，也好在下半年不再開伙。我多麼遺憾這些美味的東西要我在短短的時間裏全部吃下去啊！

在這種走馬燈的日子裏，我一方面極感動朋友對我的愛護；另一方面，我卻不能一一答應來信及電話中要求與我單獨見面的朋友的盛意。

我恨不能將我的時間，分成每一個如稿紙似的小格子，像寫稿一樣，在每一格裏填上一個朋友的名字、時間和見面的地點。在我，寫兩三千字是易，而要分別見到那麼多朋友，卻是力不從心的憾事啊！

我真願意愛護我的朋友，瞭解我現在的情況，請不要認為我們不能見面就是一件可惜的事，因為文學的本身，對每一個讀者，在看的時候，已成了每一個人再創造出來的東西，實體的三毛，不過是一個如她一再所強調的小人物，看了她你們不但要失望，連她自己看了她的故事，再去照照鏡子，一樣也感到不真實。
因此我很願意對我的朋友們說，當我的文章刊出來時，我們就是在默默的交談了。
在台北親友的聚會裏，常常會遇到許多我過去不認識的人，他們對我剛出的書——《撒哈拉的故事》（註：此為舊版《三毛全集》書名，收入新版《三毛典藏》系列《撒哈拉歲月》中）裏的每一篇，每一個細節，每一件小事，甚而每一句對話，都好似背誦過了似的熟悉。
這種情形，令一個遠方歸來的遊子驚訝、木訥，再而更覺得慚愧而不知所措。
我所能說的，也許只是一句普通的謝謝，但是這份關懷，卻成了我日後努力寫作下去的力量。
我一向沒有耐性，尤其討厭把自己釘在書桌前爬格子，但是當我回國第一天，我聽到居然有許多學校的同學，整班整班的在預約我的新書時，我的心一樣受到了感動。
許多人對我談起《撒哈拉的故事》，更令我驚訝的是，我過去只期待著大人看我的書，沒想到，竟也有小學生，託了我的姪兒和外甥們，要請他們帶著，來拜望這個沙漠裏的姑姑。
我多麼為這一個發現而驕傲歡喜，我真願意我也做一個小朋友的三毛，因為《聖經》上一再的說——「你們要像小孩子，才能進天國，因為天堂是他們的。」
親愛的小讀者，我是多麼的看重你們，但願三毛的書，能夠在沉重的課業之外，帶給你們片刻輕鬆的時光。
如果朋友們還沒有厭倦了這個如我一樣的小人物三毛，我願意不斷的做一個說故事的人。我不會講什麼大道理，因為我沒有學問，但是，我願意在將來的日子裏，仍做不斷的努力，以我的手，寫我的口，以我的口，表達我的心聲。

也許有時候我會沉寂一陣，不再出稿，請不要以為我是懶散了，更不要以為三毛已經鴻飛無痕，不計東西。

如果我突然停頓了，那只表示我在培養自己、沉澱自己；在告訴自己：寫，是重要，而有時擱筆不寫，卻是更重要。

目前我仍有寫作的興趣和材料，我因此仍要繼續我過去已開始了的長跑，但願在不久的將來，當三毛一本一本的新書出版時，使愛護我的讀者看見我默默的努力。

我的書在短短的一個半月之內，已經出了第四版了，我要感謝讀者對我的支持和鼓勵。在我，寫作的本身，並不是為了第三者，更不是為了成名。但是，因為讀者熱烈的反應，使我一個平凡而簡單的家庭主婦，認知了今後要再努力去奔跑的路，這是我一生裏要感謝你們的啊！

下個月，我為了對家庭及對丈夫的責任，不得不再度告別我的家，我的國，回到千山萬水外的北非去。我是多麼的不捨，也多麼的不安，不能給每一個愛護我的朋友充足的時間，來聚一聚，談一談。

我的朋友，我們原來並不相識，而今也不曾相逢，但是人生相識何必相逢，而相逢又何必相識。

在台北，我不覺得離你們近，在非洲我也不覺得離你們遠，只要彼此相知欣賞，天涯真是如比鄰啊！

我再謝謝你們的關愛，請不要忘記，三毛雖然是個小人物，卻有一顆寬闊的心，在她的心裏，安得下世界上每一個她所愛的人。

給我生命，養我長大，不變的愛護著我的雙親，他們給了我一個永遠歡迎我的家，在這個避風港裏，我完全的釋放自己，盡情的享受我在外得不著的溫暖和情愛。

感謝上帝，給了我永恆的信仰，祂迎我平安的歸來，又要帶著我一路飛到北非我丈夫的身邊去。我何其有幸，在親情、友情和愛情上，一樣都不缺乏。

我雖然常握著我生命小船的舵，但是在黑暗裏，替我掛上了那顆在靜靜閃爍的指路星，卻是我的神。祂叫我去哪裏，我就去哪裏，在我心的深處，沒有懼怕，沒有悲哀，有的只是一絲別離的悵然。

因為上帝恒久不變的大愛，我就能學習著去愛每一個人，每一個世上的一草一木一沙。

謝謝你們，沒有見過面的朋友。但願人長久，千里共嬋娟。祝

平安喜樂

三毛上

・本篇原為三毛《撒哈拉的故事》四版代序

平沙漠漠夜帶刀。

我初抵沙漠時，十分希望做世界第一個橫渡撒哈拉沙漠的女子探險家。這些事情，在歐洲時每夜想得睡不著，因為，沙漠不是文明地帶，過去旅行各國的經歷，在此地都不太用得上。想了快半年，還是決定來了再看情形。當然我不能完全沒有計劃的來，總不能在飛機上，背個大水壺往沙漠裏跳傘。我先到了西班牙屬地，撒哈拉沙漠的首都——阿蘊。說它是首都，我實在難以承認，因為明明是大沙漠中的一個小鎮，三五條街，幾家銀行，幾間鋪子，倒是很有西部電影裏小鎮的荒涼景色和氣氛，一般首都的繁華，在此地是看不到的。

我租的房子在鎮外，雖說是個破房子，租金卻比歐洲一般水準高很多。沒有家具，我用當地人鋪的草蓆，鋪在地上，再買了一個床墊，放在另一間當作床，算暫時安定下來了。水是有的，屋頂平台放個汽油桶，每天六時左右，市政府會接鹹水來，那是沙漠深井內，打出來的水，不知為什麼很鹹。洗臉、洗澡都得用它。平日喝的水，要一瓶一瓶去買，大約二十台幣左右一瓶。

初來時，日子是十分寂寥的，我不會說阿拉伯文，鄰居偏偏全是撒哈拉的當地人——非洲人，他們婦女很少會說西班牙文，倒是小孩子們能說半通不通的西文。我家的門口，開門出去沙漠，每日太陽下山時，總在天台坐著直到天黑，心裏卻是不知怎的覺得寂寞極了。顏色是淡黃土色的，我想月球上的景色，跟此地大約是差不多的。我很愛看日落時被染紅了的是一條街，街的那一邊，便是那無邊無際的沙漠，平滑、柔軟、安詳而神秘的一直延到天邊，

初來時，想休息一陣便去大漠中旅行，但是苦於不認識太多的人，只有每日往鎮上的警察局跑跑。（事實上，不跑也不行，警察局扣留了我的護照，老想趕我出境。）我先找到了副局長，他是西班牙人。

「先生，我想去沙漠，但不知怎麼去？你能幫助我麼？」

「沙漠？妳不就在沙漠裏面？抬頭看看窗外是什麼？」他自己卻頭也不抬。

「不是的，我想這樣走一趟。」我用手在他牆上掛的地圖上一揮，嘩一下揮到紅海。

他上下的打量了我快兩分鐘，對我說：「小姐，妳知道妳在說什麼嗎？這是不可能的。下班飛機請回馬德里，我們不想有麻煩。」

我急了：「我不會給你們麻煩，我有三個月足夠的生活費，我給你看，錢在這裏。」我用手在口袋裏抓了一把髒髒的票子給他看。

「好，不管妳，我給妳三個月的居留，三個月到了非走不可。妳現在住在哪裏？我好登記。」

「我住在鎮外，沒有門牌的房子裏面，怎麼講才好，我畫張圖給您。」

我就這樣在撒哈拉大沙漠中住下來了。

我不是要一再訴說我的寂寞，但是初來的一陣，幾乎熬不過這門功課，想打道回歐洲去

了。漫長的風沙，氣候在白天時，熱得水都燙手，到了夜裏，卻冷得要穿棉襖。很多次，我問自己，為什麼非要留下來不可？為什麼要一個人單身來到這個被世界早遺忘了的角落？而問題是沒有答案的，我仍然一天一天的住下來了。

我第二個認識的人，是此地「沙漠軍團」退休的司令，他是西班牙人，一生卻在沙漠中度過。現在年紀大了，卻不想回國。我向他請教沙漠的情形。

「小姐，這是不可能的事，妳要量量自己的條件。」我默然不語，但神色一定有些黯然。「來看看這張軍事地圖，」他叫我去牆邊看圖，「這是非洲，這是撒哈拉沙漠，有虛線的地方是路，其他的妳自己去看。」

我知道，我看過幾千遍不同的地圖了。這個退休司令的圖上，除了西屬撒哈拉有幾條虛線之外，其他便是國與國的邊界，以後一片空白。

我問他：「您所說的路，是什麼意思？」

「我指的路，也就是前人走過的印子，天氣好的時候，看得出來，風沙一大，就吹不見了。」

我謝了他出來，心情很沉重，我知道自己的行為，確是有些自不量力，但是，我不能就此放棄。我是個十分頑固的人。

不能氣餒，我去找當地的居民。撒哈拉威人世居這塊大沙漠，總有他們的想法。

他們在鎮外有一個廣場，場內駱駝和吉普車、貨物、山羊擠了一地。我等了一個回教徒的老人祈禱完畢，就上去問他橫渡撒哈拉的辦法。這老人會說西班牙文，他一開口，許多年輕人都圍上來了。

「要走到紅海嗎？我一輩子也沒去過，紅海現在可以坐飛機到歐洲，再換機就安安穩穩到了，要橫過沙漠，何必呢？」

「是的，但是我想由沙漠過去，請你指教。」我怕他聽不清楚，把嗓子拉得很高。

「一定要去？可以啊！妳聽好。租兩輛吉普車，一輛壞了還有另一輛，要一個嚮導，弄好充分的準備，不妨試試看！」

這是第一次，有人告訴我說可以試試。我緊著問：「租車多少錢一天？嚮導多少錢？」

「一輛車三千西幣一天，嚮導另要三千，食物、汽油另算。」

好，我心算了一下，一個月十八萬西幣是基本費。（合台幣十二萬。）

不對，算錯了，那兩輛車的租金才對，那麼一共是二十七萬西幣。（合台幣十八萬。）還要加上裝備、汽油、食物、水，非要四十萬一個月不行。

我摸摸口袋裏的那幾張大票子，十分氣餒，只好說：「太貴了，我沒有能力去，謝謝您。」

我預備離開了。老人卻說：「也有辦法花很少的錢。」

我一聽，又坐下地來。「這話怎麼說？」

「跟遊牧民族走，他們都是很和平的人，如哪兒有一點雨水，他們就去哪兒，這個省錢，我可替妳介紹。」

「我不怕苦，我買自己的帳篷和駱駝，請你幫忙。我馬上可以走。」

那老人笑笑：「走是說不定的，有時，他們在一個地方住一兩星期，有時住上半年三個月，要看山羊哪兒有些枯樹吃。」

「他們走完一次沙漠，大約要多久時間？」

「說不上，他們很慢的，大約十年左右吧！」

聽到的人都笑了，但只有我笑不出來。那天，我走了長長的路，回到我住的地方，千山萬水來到沙漠，卻滯留在這個小鎮。好在還有三個月時間，且住下來再做打算吧！

我住下來的第二天，房東叫他的家人來認識我。一大群男女小孩在我門外擠來擠去，我對他們笑笑，抱起最小的一個來，向他們說：「都進來，有東西吃。」

他們不好意思的看看身後的一個胖女子。這個女子長得十分的美麗，大眼睛，長睫毛，很白的牙齒，淡棕色的皮膚，身穿一件深翠藍色的纏身布，頭髮也用布蓋起來了。她過來將頭在我臉上靠了一靠，拉著我的手說：「沙那馬力古！」我也說：「沙那馬力古！」（日安的意思）我十分的喜歡她。

這群小孩子們，小女孩都穿著彩色濃豔的非洲大花長裙，頭髮梳成許多小辮子，狀如蛇髮美人，十分好看。男孩子們有的穿衣服，有的光身子，他們都不穿鞋子，身上有很濃的味道。臉孔都是很好看的，就是過分髒了一點。

事後我見到房東，他是警察，說得一口好西班牙文，我對他說：「您的太太十分美麗。」

他回答說：「奇怪，我太太沒去看妳啊！」

「那麼，那個胖胖的美麗女子是誰？」

「啊！那是我的大女兒姑卡，她才十歲。」

我大吃一驚，呆呆的望著他。姑卡長得很成熟，看上去大約三十歲了，我真不相信。

「小姐，妳大約十多歲吧？可以跟我女兒做個朋友。」我不好意思的抓抓頭，不知怎麼告訴房東自己的年齡。

後來我跟姑卡熟了，我問她：「姑卡，妳真的只有十歲？」

她說：「什麼歲？」

「妳，妳幾歲？」

她說：「我不知道啦！我只會數到十個手指，我們女人不管自己幾歲，我爸爸才知道我幾歲。」

後來我發覺，不但姑卡不知自己幾歲，她的媽媽，我的鄰居婦女都不會數目，也不關心自己的年齡，她們只關心自己胖不胖，胖就是美人，管她老不老。

住下來快一個月了，我認識了許多人，西班牙和撒哈拉威朋友都有。其中一個撒哈拉威青年，是高中畢業的，算是十分難得了。

有一天，他很興奮的對我說：「我明年春天結婚。」

「恭喜你，未婚妻在哪裏？」

「在沙漠內，住在哈伊麻（帳篷之意）。」

我看著這個十分英俊的青年人，指望他做些不同於族人的事。

「告訴我，你未婚妻幾歲？」

「今年十一歲。」

我一聽大叫：「你也算是受過高中教育的？天啊！」

他很氣，看看我說：「這有什麼不對？我第一個太太嫁我時才九歲，現在十四歲，兩個孩子了。」

「什麼？你有太太？怎麼一向不說起？」

「這個有什麼好講的，女人這個東西——」

我重重的瞪了他一眼。「你預備娶滿四個太太？」（回教徒可以同時有四妻。）

「不行啦，沒錢啦，現在兩個就好了。」

不久，姑卡哭著去結婚了，哭是風俗，但是如果將我換了她，我可會痛哭一輩子。

有一天黃昏，門口有汽車喇叭的聲音，我跑出去一看，我的新朋友夫婦在他們的吉普車上向我招手。「快來，帶妳去兜風。」

這對夫婦是西班牙人，先生在此地空軍服務，有輛現代的「沙漠之舟」，我一面爬上吉普車後座，一面問他們：

「去哪裏？」

「去沙漠。」

「去多久？」

「兩三小時就回來。」

其實，鎮上鎮外，全是沙，偏偏要跑得再遠去。在車上，我們沿著一條車印子，開到無邊的大漠裏去。快要黃昏了，卻仍然很熱。我有點睏，眼睛花了一下，再張開眼來時，嘩，不得了，前面兩百公尺處居然有個大湖，一平如鏡，湖旁有幾棵樹。

我擦擦眼睛，覺得車子在往湖的方向全力飛去，我從後座用力打了一下開車朋友的頭：

「老朋友，湖啊！送死去啊！」

我大叫，他不應我，加足了油門衝啊！我看看他太太，她正在莫名其妙的笑。車子不停，湖卻越來越近，我伏在膝蓋上任著他們開。

我聽說不遠的沙漠內，的確有個大湖，不想，卻在這裏。我稍一抬頭，湖還在，我只有再伏下身去抱住頭。車又駛了快一百公尺，停下來了。

「喂，張開眼睛來！」他們叫，我抬頭一看，無邊的荒野，落日染紅了如血似的大地，風吹來帶著漫漫的沙，可怕猙獰極了的景色出現在眼前。

湖呢？沒有湖了，水也不見了，樹當然也沒有了。我緊抓車前的靠墊作聲不得，好似「奇幻人間」的鬼故事，發生在自己身上。

我跳下車，用腳踏踏地，再用手去摸摸，都是實在的，但是那個湖怎麼消失了？我趕緊回頭看看車，車並沒有消失，還在那兒，車上兩個笑彎了腰的朋友。

「我懂了，這就是海市蜃樓，對不對？」

上車後，我仍然毛髮豎立，「怪怕人的，怎會那麼近呢？電影上拍的海市蜃樓都距離很遠。」

「多著呢，妳慢慢來認識這片沙漠吧！有趣的事多著呢。」

以後我見到什麼東西，都不敢相信自己的眼睛，總得上去摸一摸，不能告訴別人是海市蜃樓嚇的，只好說：「近視眼，要摸了才清楚。」

那天開著門洗衣服，房東的山羊跑進來，吃掉了我唯一用淡水種出來的一棵花。花是沒有，但是，兩片綠色的葉子卻長得很有生意，山羊一口就給吃掉了。我追出去打，又摔了一跤。當時氣極了，跑去隔壁罵房東的兒子。

「你們的山羊，把我種的葉子吃掉了。」

房東的兒子是老大，十五歲了，大模大樣的問我：「吃了幾片？」

「總共只長了兩片，全吃了。」

「兩片葉子還用得著生氣，不值得嘛！」

「什麼？你忘了這是撒哈拉，寸草不生，我的花……」

「不必講妳的花了，妳今天晚上做什麼？」

「不做什麼。」想想真沒事。

「我跟幾個朋友去捉外星人，妳去不去？」

「飛碟？你說飛碟降落？」我的好奇心又來了。

「就是那個東西。」

「回教徒不可騙人，小孩子。」

他用手發誓，真的有。「今晚沒有月光，可能會來。」

「我去！我去！」我趕緊說，又怕又興奮，「要捉的哦？」

「好嘛！一出來我們就去捉。不過妳得穿男裝，穿此地人的男裝。我可不要帶女人去。」

「隨便你，借我一件纏頭巾，還要件厚外套。」

於是，當天晚上我跟巴新他們一群小傢伙，走了快兩小時，到了完全沒有一點燈火的沙地裏伏著。四周是漆黑一片，星星冷得像鑽石一樣發出寒光，風吹在臉上，像被打了耳光似的痛。我將纏頭巾拉上來，包住鼻子，只有眼睛在外面。等得都快凍僵了，巴新忽然打了我一下。

「噓，別動，妳聽。」

嗚，嗚，嗚，如馬達一樣一抽一抽的聲音，四面八方傳來。「看不見！」我大叫。

「噓，別叫。」巴新用手一指，不遠處，高高的天空上，有一個橘紅色發光的飛行物緩緩飛過來。這時，我雖然專心的看著那個飛行體，人卻緊張得指甲都掐到沙地裏去了。那個怪東西，飛了一圈走了，我喘了口大氣，它又慢慢的低飛過來了。

這時，我只想它快快的走，別說捉外星人了，別給它捉走已是大幸。那個東西沒有下降，我軟了半天不會動，那麼冷，卻流了一身汗。

回來時，天已大亮，我站在自家門口，將頭巾、外套脫下來還給巴新。正好做警察的房東回來。

「咦，你們去哪裏？」

巴新一看見父親，如小狗一般夾了尾巴逃進去。

「回來啦！去看飛碟。」我回答房東。

「這個小孩子騙妳，妳也去。」

我想了一下，告訴房東：「倒是真的，那個橘紅色慢慢飛的東西，不是飛機，很慢，很低。」

房東沉思了一下，對我說：「很多人看見，夜間常常來，許多年啦！解釋不出是什麼。」

說得我又是一驚：「難道你也相信我剛剛看見的東西？」

「小姐，我相信真主，但是那個東西在沙漠的天空，確是存在的。」

我雖然凍了一夜，但是卻久久無法入睡。

話說有一夜，在朋友處吃完烤駱駝肉出來，已是深夜一點，他們說：「住下來吧！明早回去。」

我想想，一點鐘並不晚，所以，還是決心走回去。男主人露出為難的表情說：「我們不能送妳。」

我用手拍拍長筒靴，對他們說：「不必送了，我有這個。」

「是什麼東西？」他們夫婦同時問道。

我戲劇性的手一揚，唰一把明晃晃尖刀在手。那個太太叫了起來，我們笑了好久。告別他們我就開步走了。

到家要走四十分鐘，路程並不算很遠，可恨的是，路上卻要經過兩個大墓場。此地撒哈拉威人不用棺木，他們將死去的人用白布包起來，放在沙裏，上面再壓上石塊，不使死人半夜裏再坐起來而已。那夜，有月光，我大聲唱著此地「沙漠軍團」的軍歌，往前走。後來一想，還是不要唱歌比較好，一唱目標更顯著。沙漠裏沒有燈，除了風的嗚咽聲，我只聽見自己的腳步聲。

第一座墳場在月光下很清楚的出現了。我小心的走過一堆一堆的墳，不使自己去踏到永遠安息了的人。第二個墳場可有困難了，它坐落在一個小坡下。我回家，一定要下這個坡，死人埋得密密的，幾乎無路可走。不遠處，幾隻狗在墳場上嗅來嗅去，我蹲下去拿石子去打牠們，狗號叫起來逃掉了。

我在坡上站了一會兒，前後看了一看，這時的心情，沒人來，我怕，荒野裏來了個人，我更怕。萬一來的不是人呢？嘩，頭髮一根根直立起來，不敢再胡思亂想了。快走完墳場了，咦，前面地上，有個影子動起來。先是伏在地下的，掙扎著兩手向天，又跌下去了，沒一下又掙扎起來，又跌下去了。

我寒著臉，咬住下唇，鎮靜的站著不動。咦？那個影子也不動了。再細看，一團亂七八糟的布纏著身體，明明是墳裏爬出來的東西！我半蹲下去，右手摸到靴子裏的刀柄。一陣陣強大的怪風，吹了過來，我夢遊似的又被吹近了那個東西幾步。那東西，在月光下又掙扎著起來了一次。我回頭打量了一下情勢，後退是個小土坡，爬不快，不如衝過去，於是慢慢走了幾步。快到那東西了，我大叫了一聲，加快步子，飛身而過。哪知，我叫時那個東西也短促的叫起來——啊、啊的，聲音比我的要淒慘多了。

我衝了十來步，一呆，停住了，是人的聲音嘛！再一回頭看，一個男人穿著本地人的衣服，一臉慌張失措的站在那兒。

「誰？不要臉，躲在這嚇女人，有種嗎？」我不怕啦，用西班牙文罵這個人。

「我，我……」

「是賊嗎？半夜裏來偷墳場，是不是？」也不知是哪裏來的勇氣，我大步走上前去，一看，咦！小傢伙嘛，不到二十歲，滿臉都是沙土。

「我在母親墳上禱告，我沒有要嚇妳。」

「還說沒有。」我推了他一把。他快哭出來了。

「小姐，是妳嚇了我，真冤枉，是妳嚇了我，我……」

「嚇你？天曉得？」我真是啼笑皆非。

「我正在專心禱告，聽到風裏有歌聲傳來，我再細聽，又沒有了，後來又看見狗號叫著逃走，我正伏下頭去再禱告時，妳從山坡上出現了，頭髮長長的飛散著，我正嚇得半死，妳就朝我衝過來了，口裏還大叫著……」

我大笑起來，笑得跌跌撞撞，踏到死人胸口上。我笑夠了，對這個小傢伙說：「膽子那麼小，又要半夜裏出來禱告，快回去吧！」

他對我彎了一下腰，走了。

我發現，一隻腳正踏在他母親的左手。望望四周，月光沒有了，那邊墳場盡頭處，似有東西爬出來。我低叫一聲快逃啊，一口氣跑回家，撞開門來，將背靠在門上喘氣，看看錶，四十分鐘的路程，才十五分鐘就跑回來了。

就如朋友所說：「沙漠有趣的事情很多，妳慢慢的去發現吧！」今夜，真是夠了。

•原載於民國六十三年十二月女性世界三期

沙漠中的飯店。

我的先生很可惜是一個外國人。這樣來稱呼自己的先生不免有排外的味道，但是因為語文和風俗在各國之間確有大不相同之處，我們的婚姻生活也實在有許多無法共通的地方。

當初決定下嫁給荷西時，我明白的告訴他，我們不但國籍不相同，個性也不相同，將來婚後可能會吵架甚至於打架。他回答我：「我知道妳性情不好，心地卻是很好的，吵架打架都可能發生，不過我們還是要結婚。」於是我們認識了七年之後終於結婚了。

我不是婦女解放運動的支持者，但是我極不願在婚後失去獨立的人格和內心的自由自在化，所以我一再強調，婚後我還是「我行我素」，要不然不結婚。荷西當時對我說：「我就是要妳『妳行妳素』，失去了妳的個性和作風，我何必娶妳呢！」好，大丈夫的論調，我十分安慰。做荷西的太太，語文將就他。可憐的外國人，「人」和「入」這兩個字教了他那麼多遍，他還是分不清，我只有講他的話，這件事總算放他一馬了。（但是將來孩子來了，打死也要學中文，這點他相當贊成。）

閒話不說，做家庭主婦，第一便是下廚房。我一向對做家事十分痛恨，但對煮菜卻是十分有興趣，幾枝洋蔥，幾片肉，一炒變出一個菜來，我很欣賞這種藝術。

母親在台灣，知道我婚後因為荷西工作的關係，要到大荒漠地區的非洲去，十二分的心痛，但是因為錢是荷西賺，我只有跟了飯票走，毫無選擇的餘地。婚後開廚不久，我們吃的全部是西菜。後來家中航空包裹飛來接濟，我收到大批粉絲、紫菜、冬菇、生力麵、豬肉乾等珍貴食品，我樂得愛不釋手，加上歐洲女友寄來罐頭醬油，我的家庭「中國飯店」馬上開張，可惜食客只有一個不付錢的。（後來上門來要吃的朋友可是排長龍啊！）

其實母親寄來的東西，要開「中國飯店」實在是不夠，好在荷西沒有去過台灣，他看看我這個「大廚」神氣活現，對我也生起信心來了。

第一道菜是「粉絲煮雞湯」。荷西下班回來總是大叫：「快開飯啊，要餓死啦！」白白被他愛了那麼多年，回來只知道叫開飯，對太太卻是正眼也不瞧一下，我這「黃臉婆」倒是做得放心。話說第一道菜是粉絲煮雞湯，他喝了一口問我：「咦，什麼東西？中國細麵嗎？」「你岳母萬里迢迢替你寄細麵來？不是的。」「是什麼嘛？再給一點，很好吃。」我用筷子挑起一根粉絲：「這個啊，叫做『雨』。」「雨？」他一呆。我說過，我是婚姻自由自在化，說話自然心血來潮隨我高興。「這個啊，是春天下的第一場雨，下在高山上，被一根一根凍住了，山胞紮好了背到山下來一束一束賣了換米酒喝，不容易買到哦！」荷西還是呆呆的，研究性的看看我，又去看看盆內的「雨」，然後說：「妳當我是白癡？」我不置可否。「你還要不要？」回答我：「吹牛大王，我還要。」以後他常吃「春雨」，到現在不知道是什麼東西做的。有時想想荷西很笨，所以心裏有點悲傷。

第二次吃粉絲是做「螞蟻上樹」，將粉絲在平底鍋內一炸，再撒上絞碎的肉和汁。荷西下班回來一向是餓的，咬了一大口粉絲：「什麼東西？好像是白色的毛線，又好像是塑膠的？」「都不是，是你釣魚的那種尼龍線，中國人加工變成白白軟軟的了。」我回答他。他又吃了一口，莞爾一笑，口裏說著：「怪名堂真多，如果我們真開飯店，這個菜可賣個好價錢，乖乖！」那天他吃了好多尼龍加工白線。第三次吃粉絲，是夾在東北人的「合子餅」內與菠菜和肉絞得很碎當餅餡。他說：「這個小餅裏面妳撒了鯊魚的翅膀對不對？我聽說這種東西很貴，難怪妳只放了一點點。」我笑得躺在地上。「以後這隻很貴的魚翅膀，請媽媽不要買了，我要去信謝謝媽媽。」我大樂，回答他：「快去寫，我來譯信，哈哈！」

有一天他快下班了，我趁他忘了看豬肉乾，趕快將藏好的豬肉乾用剪刀剪成小小的方塊，放在瓶子裏，然後藏在毯子裏面。恰好那天他鼻子不通，睡覺時要用毛毯，我一時裏忘了我的寶貝，自在一旁看那第一千遍《水滸傳》。他躺在床上，手裏拿個瓶子，左看右看，我一抬頭，嘩，不得了，「所羅門王寶藏」被他發現了，趕快去搶，口裏叫著：「這不是你吃的，是藥，是中藥。」「我鼻子不通，正好吃中藥。」他早塞了一大把放在口中，我氣極了，又不能叫他吐出來，只好不響了。「怪甜的，是什麼？」我沒好氣的回答他：「喉片，給咳嗽的人順喉頭的。」「肉做的喉片？我是白癡啊？」第二天醒來，發覺他偷了大半瓶去送同事們吃，從那天起，只要是他同事，看見我都假裝咳嗽，想再騙豬肉乾吃，包括回教徒在內。（我沒再給回教朋友吃，那是不道德的。）

反正夫婦生活總是在吃飯，其他時間便是去忙著賺吃飯的錢，實在沒多大意思。有天我做了飯捲，就是日本人的「壽司」，用紫菜包飯，裏面放些唯他肉鬆。荷西這一下拒吃了。「什麼？妳居然給我吃印藍紙、複寫紙？」我慢慢問他：「你真不吃？」「不吃，不吃。」好，我大樂，吃了一大堆飯捲。「張開口來我看！」他命令我。「你看，沒有藍色，我是用反面複寫紙捲的，不會染到口裏去。」反正平日說的是唬人的話，所以常常胡說八道。「妳是吹牛大王，虛虛實實，我真恨妳，從實招來，是什麼嘛？」「你對中國完全不認識，我對我的先生相當失望。」我回答他，又吃一個飯捲。他生氣了，用筷子一夾夾了一個，面部大有壯士一去不復返的悲壯表情，咬了半天，吞下去。「是了，是海苔。」我跳起來，大叫：「對了，對了，真聰明！」又要跳，頭上吃了他一記老大爆栗。

中國東西快吃完了，我的「中國飯店」也捨不得出菜了，西菜又開始上桌。荷西下班來，看見我居然在做牛排，很意外，又高興，大叫：「要半生的。馬鈴薯也炸了嗎？」連給他吃了三天牛排，他卻好似沒有胃口，切一塊就不吃了。「是不是工作太累了？要不要去睡一下再起來吃？」「黃臉婆」有時也尚溫柔。「不是生病，是吃得不好。」我一聽唬一下跳起來。「吃得不好？吃得不好？你知道牛排多少錢一斤？」「不是的，太太，想吃『雨』，還是岳母寄來的菜好。」「好啦，中國飯店一星期開張兩次，如何？你要多久下一次『雨』？」

有一天荷西回來對我說：「了不得，今天大老闆叫我去。」「加你薪水？」我眼睛一亮。「不是──」我一把抓住他，指甲掐到他肉裏去。「不是？完了，你給開除了？天啊，我們──」「別抓我嘛，神經兮兮的，妳聽我講，大老闆說，我們公司誰都被請過到我家吃飯，就是他們夫婦不請，他在等妳請他吃中國菜──」「大老闆要我做菜？不幹不幹，不請他，請同事工友我都樂意，請上司吃飯未免太沒骨氣，我這個人啊，還談些氣節，你知道，我──」我正要大大宣揚中國人的所謂骨氣，又講不明白，再一接觸到荷西的面部表情，這個骨氣只好哽在喉嚨裏啦！

第二日他問我：「喂，我們有沒有筍？」「家裏筷子那麼多，不都是筍嗎？」他白了我一眼。「大老闆說要吃筍片炒冬菇。」乖乖，真是見過世面的老闆，不要小看外國人。「好，明天晚上請他們夫婦來吃飯，沒問題，筍會長出來的。」荷西含情脈脈的望了我一眼，婚後他第一次如情人一樣的望著我，使我受寵若驚，不巧那天辮子飛散，狀如女鬼。

第二天晚上，我先做好三道菜，用文火熱著，佈置了有蠟炬台的桌子，桌上鋪了白色的桌布，又加了一塊紅的鋪成斜角，十分美麗。這一頓飯吃得賓主盡歡，不但菜是色香味俱全，我這個太太也打扮得十分乾淨，居然還穿了長裙子。飯後老闆夫婦上車時特別對我說：「如果公共關係室將來有缺，希望妳也來參加工作，做公司的一分子。」我眼睛一亮。這全是「筍片炒冬菇」的功勞。

送走老闆，夜已深了，我趕快脫下長裙，換上破牛仔褲，頭髮用橡皮筋一綁，大力洗碗洗盤，重做灰姑娘狀使我身心自由。荷西十分滿意，在我背後問：「喂，這個『筍片炒冬菇』真好吃，妳哪裏弄來的筍？」我一面洗碗，一面問他：「什麼筍？」「今天晚上做的筍片啊！」我哈哈大笑：「哦，你是說小黃瓜炒冬菇嗎？」「什麼，妳，妳，妳騙了我不算，還敢去騙老闆——」「我沒有騙他，這是他一生吃到最好的一次『嫩筍片炒冬菇』，是他自己說的。」

荷西將我一把抱起來，肥皂水灑了他一頭一鬍子，口裏大叫：「萬歲，萬歲，妳是那隻猴子，那隻七十二變的，叫什麼，什麼……」我拍了一下他的頭：「齊天大聖孫悟空，這次不要忘了。」

結婚記。

1

去年冬天的一個清晨，荷西和我坐在馬德里的公園裏。那天的氣候非常寒冷，我將自己由眼睛以下都蓋在大衣下面，只伸出一隻手來丟麵包屑餵麻雀。荷西穿了一件舊的厚夾克，正在看一本航海的書。

「三毛，妳明年有什麼大計畫？」他問我。

「沒什麼特別的，過完復活節以後想去非洲。」

「摩洛哥嗎？妳不是去過了？」他又問我。

「去過的是阿爾及利亞，明年想去的是撒哈拉沙漠。」

荷西有一個很大的優點，任何三毛所做的事情，在別人看來也許是瘋狂的行為，在他看來卻是理所當然的。所以跟他在一起也是很愉快的事。

「你呢？」我問他。

「我夏天要去航海，好不容易念書、服兵役，都告一個段落了。」他將手舉起來放在頸子後面。

「船呢？」我知道他要一條小船已經好久了。

「黑穌父親有條帆船借我們，明年去希臘愛琴海，潛水去。」

我相信荷西，他過去說出來的事總是做到的。

「妳去撒哈拉預備住多久？去做什麼？」

「總得住個半年一年吧！我要認識沙漠。」這個心願是我自小念地理以後就有的了。

「我們六個人去航海，將妳也算進去了，八月趕得回來嗎？」

我將大衣從鼻子上拉下來，很興奮的看著他。「我不懂船上的事，你派我什麼工作？」口氣非常高興。

「妳做廚子兼攝影師，另外我的錢給妳管，幹不幹？」

「當然是想參加的，只怕八月還在沙漠裏回不來，怎麼才好？我兩件事都想做。」真想又捉魚又吃熊掌。

荷西有點不高興，大聲叫：「認識那麼久了，妳總是東奔西跑，好不容易我服完兵役了，妳又要單獨走，什麼時候才可以跟妳在一起？」

荷西一向很少抱怨我的，我奇怪的看了他一眼，一面將麵包屑用力撒到遠處去，被他一大聲說話，麻雀都嚇飛了。

「妳真的堅持要去沙漠？」他又問我一次。

我重重的點了一下頭，我很清楚自己要做的事。

「好。」他負氣的說了這個字，就又去看書了。荷西平時話很多，煩人得很，但真有事情他就決不講話。

想不到今年二月初，荷西不聲不響申請到一個工作（就正對著撒哈拉沙漠去找事），他捲捲行李，卻比我先到非洲去了。

我寫信告訴他：「你實在不必為了我去沙漠裏受苦，況且我就是去了，大半時間也會在各處旅行，無法常常見到你——」

荷西回信給我：「我想得很清楚，要留住妳在我身邊，只有跟妳結婚，要不然我的心永遠不能減去這份痛楚的感覺。我們夏天結婚好麼？」信雖然很平實，但是我卻看了快十遍，然後將信塞在長褲口袋裏，到街上去散步了一個晚上，回來就決定了。

今年四月中旬，我收拾了自己的東西，退掉馬德里的房子，也到西屬撒哈拉沙漠裏來了。當時荷西住在他工作的公司的宿舍裏，我住在小鎮阿雍，兩地相隔來回也快一百里路，但是荷西天天來看我。

「好，現在可以結婚了。」他很高興，容光煥發。

「現在不行，給我三個月的時間，我各處去看看，等我回來了我們再結婚。」我當時正在找機會由撒哈拉威（意思就是沙漠裏的居民）帶我一路經過大漠到西非去。

「這個我答應妳，但總得去法院問問手續，妳又加上要入籍的問題。」我們講好婚後我兩個國籍。

於是我們一同去當地法院問問怎麼結婚。秘書是一位頭髮全白了的西班牙先生，他說：

「要結婚嗎？唉，我們還沒辦過，你們曉得此地撒哈拉威結婚是他們自己風俗。我來翻翻法律書看——」他一面看書又一面說：「公證結婚，啊，在這裏——這個啊，要出生證明，單身證明，居留證明，法院公告證明……這位小姐的文件要由中華民國政府出，再由中國駐葡公使館翻譯證明，證明完了再轉西班牙駐葡領事館公證，再經西班牙外交部，再轉來此地審核，審核完畢我們就公告十五天，然後再送馬德里你們過去戶籍所在地法院公告……」

我生平最不喜歡填表格辦手續，聽秘書先生那麼一念，先就煩起來了，輕輕的對荷西說：「你看，手續太多了，那麼煩，我們還要結婚嗎？」

「要。妳現在不要說話嘛！」他很緊張。接著他問秘書先生：「請問大概多久我們可以結婚？」

「咦，要問你們自己啊！文件齊了就可公告，兩個地方公告就得一個月，另外文件寄來寄去嘛——我看三個月可以了。」秘書慢吞吞的將書合起來。

荷西一聽很急，他擦了一下汗，結結巴巴的對秘書先生說：「請您幫忙，不能快些嗎？我想越快結婚越好，我們不能等——」

這時秘書先生將書往架子上一放，一面飛快的瞄了我的腰部一眼。我很敏感，馬上知道他誤會荷西的話了，趕快說：「秘書先生，我快慢都不要緊，有問題的是他。」一講完發覺這話更不倫不類，趕快住口。

荷西用力扭我的手指，一面對秘書先生說：「謝謝，謝謝，我們這就去辦，再見，再見。」一講完了，拉著我飛雲似的奔下法院三樓，我一面跑一面咯咯笑個不停，到了法院外面我們才停住不跑了。

「什麼我有問題，妳講什麼嘛！難道我懷孕了？」荷西氣得大叫。我笑得不能回答他。

2

三個月很快的過去了。荷西在這段時間內努力賺錢，同時動手做家具，另外將他的東西每天搬一些來我的住處。我則背了背包和相機，跑了許多遊牧民族的帳篷，看了許多不同而多彩的奇異風俗，寫下了筆記，整理了幻燈片，也交了許多撒哈拉威朋友，甚至開始學阿拉伯文。日子過得有收穫而愉快。

當然，我們最積極的是在申請一張張結婚需要的文件，這件事最煩人，現在回想起來都要發高燒。

天熱了，我因為住的地方沒有門牌，所以在郵局租了一個信箱，每天都要走一小時左右去鎮上看信。來了三個月，這個小鎮上的人大半都認識了，尤其是郵局和法院，因為我天天去跑，都成朋友了。

那天我又坐在法院裏面，天熱得像火燒似的令人受不了。秘書先生對我說：「好，最後馬德里公告也結束了，你們可以結婚了。」

「真的？」我簡直不能相信這場文件大戰已結束了。

「我替你們安排好了日子。」秘書笑咪咪的說。

「什麼時候？」我趕緊問他。

「明天下午六點鐘。」

「明天？你說明天？」我口氣好似不太相信，也不開心。

秘書老先生有點生氣，好似我是個不知感激的人一樣。他說：「荷西當初不是說要快，要快？」

「是的，謝謝你，明天我們來。」我夢遊似的走下樓，坐在樓下郵局的石階上，望著沙漠發呆。

這時我看到荷西公司的司機正開吉普車經過，我趕快跑上去叫住他：「穆罕莫德沙里，你去公司嗎？替我帶口信給荷西，請告訴他，他明天跟我結婚，叫他下了班來鎮上。」

穆罕莫德沙里抓抓頭，奇怪的問我：「難道荷西先生今天不知道明天自己要結婚？」我大聲回答他：「他不知道，我也不知道。」司機聽了看著我，露出好怕的樣子，將車子歪歪扭扭的開走了。我才發覺又講錯話了，他一定以為我等結婚等瘋了。

荷西沒有等下班，他一下就飛車來了。「真的是明天？」他不相信，一面進門一面問。

「是真的，走，我們去打電報回家。」我拉了他又出門去。

「對不起，臨時通知你們，我們事先也不知道明天結婚，請原諒——」荷西的電報長得像寫信。

我呢，用父親的電報掛號，再寫：「明天結婚三毛。」才幾個字。我知道父母收到電報不知要多麼安慰和高興，多年來令他們受苦受難的就是我這個浪子。我是很對不起他們的。

「喂，明天妳穿什麼？」荷西問我。

「還不知道，隨便穿穿。」我仍在想。

「我忘了請假，明天還得上班。」荷西口氣有點懊惱。

「去嘛，反正下午六點才結婚，你早下班一小時正好趕回來。」我想當天結婚的人也可以去上班嘛。

「現在我們做什麼？電報已經發了。」他那天顯得呆呆的。

「回去做家具，桌子還沒釘好。我的窗簾也還差一半。」我真想不出荷西為什麼好似有點失常。

「結婚前一晚還要做工嗎？」看情形他想提早慶祝，偷懶嘛。

「那你想做什麼？」我問他。

「想帶妳去看電影，明天妳就不是我女朋友了。」

於是我們跑去唯一的一家五流沙漠電影院看了一場好片子《希臘左巴》，算做跟單身的日子告別。

3

第二天荷西來敲門時我正在睡午覺，因為來回提了一大桶淡水，累得很。已經五點半了。他進門就大叫：「快起來，我有東西送給妳。」口氣興奮得很，手中抱著一個大盒子。

我光腳跳起來，趕快去搶盒子，一面叫著：「一定是花。」

「沙漠裏哪裏變得出花來嘛！真是。」他有點失望我猜不中。

我趕緊打開盒子，撕掉亂七八糟包著的廢紙。嘩！露出兩個骷髏的眼睛來，我將這個意外的禮物用力拉出來，再一看，原來是一副駱駝的頭骨，慘白的骨頭很完整的合在一起，一大排牙齒正齜牙咧嘴的對著我，眼睛是兩個大黑洞。

我太興奮了，這個東西真是送到我心裏去了。我將它放在書架上，口裏嘖嘖讚嘆：「唉，真豪華，真豪華。」荷西不愧是我的知音。「哪裏搞來的？」我問他。

「去找的啊！沙漠裏快走死了，找到這一副完整的，我知道妳會喜歡。」他很得意。這真是最好的結婚禮物。

「快點去換衣服，要來不及了。」荷西看看錶開始催我。

我有許多好看的衣服，但是平日很少穿。我伸頭去看了一下荷西，他穿了一件深藍的襯衫，大鬍子也修剪了一下。好，我也穿藍色的。我找了一件淡藍細麻布的長衣服。雖然不是新的，但是它自有一種樸實優雅的風味。鞋子仍是一雙涼鞋，頭髮放下來，戴了一頂草編的闊邊帽子，沒有花，去廚房拿了一把香菜別在帽子上，沒有用皮包，兩手空空的。荷西打量了我一下：「很好，田園風味，這麼簡單反而好看。」

於是我們鎖了門，就走進沙漠裏去。

由我住的地方到小鎮上快要四十分鐘，沒有車，只好走路去。漫漫的黃沙，無邊而龐大的天空下，只有我們兩個渺小的身影在走著，四周寂寥得很，沙漠，在這個時候真是美麗極了。

「妳也許是第一個走路結婚的新娘。」荷西說。

「我倒是想騎匹駱駝呼嘯著奔到鎮上去，你想那氣勢有多雄壯，可惜得很。」我感嘆著不能騎駱駝。

還沒走到法院，就聽見有人說：「來了，來了。」一個不認識的人跳上來照相。我嚇了一跳，問荷西：「你叫人來拍照？」「沒有啊，大概是法院的。」他突然緊張起來。

走到樓上一看，法院的人都穿了西裝，打了領帶，比較之下荷西好似是個來看熱鬧的人。

「完了，荷西，他們弄得那麼正式，神經嘛！」我生平最怕裝模作樣的儀式，這下逃不掉了。

「忍一下，馬上就可以結完婚的。」荷西安慰我。

秘書先生穿了黑色的西裝，打了一個絲領結。「來，來，走這邊。」他居然不給我擦一下臉上流下來的汗，就拉著我進禮堂。再一看，小小的禮堂裏全是熟人，大家都笑咪咪的，望著荷西和我。天啊！怎麼都會知道的。

法官很年輕，跟我們差不多大，穿了一件黑色緞子的法衣。

「坐這兒，請坐下。」我們像木偶一樣被人擺佈著。荷西的汗都流到鬍子上了。

我們坐定了，秘書先生開始講話：「在西班牙法律之下，你們婚後有三點要遵守，現在我來念一下，第一：結婚後雙方必須住在一起——」

我一聽，這一條簡直是廢話嘛！滑天下之大稽，那時我一個人開始悶笑起來，以後他說什麼，我完全沒有聽見。後來，我聽見法官叫我的名字——「三毛女士」。我趕快回答他：「什麼？」那些觀禮的人都笑起來。「請站起來。」我慢慢的站起來。「荷西先生，請你也站起來。」真嚕嗦，為什麼不說：「請你們都站起來。」也好省些時間受苦。

這時我突然發覺，這個年輕的法官拿紙的手在發抖，我輕輕碰了一下荷西叫他看。這是沙漠法院第一次有人公證結婚，法官比我們還緊張。

「三毛，妳願意做荷西的妻子嗎？」法官問我。我知道應該回答——「是。」不曉得怎麼的卻回答了——「好！」法官笑起來了。又問荷西，他大聲說：「是。」我們兩人都回答了問題，法官卻好似不知下一步該說什麼好，於是我們三人都靜靜的站著，最後法官突然說：「好了，你們結婚了，恭喜，恭喜。」

我一聽這拘束的儀式結束了，人馬上活潑起來，將帽子一把拉下來當扇子搧。許多人上來與我們握手，秘書老先生特別高興，好似是我們的家長似的。突然有人說：「咦，你們的戒指呢？」我想對啦！戒指呢？轉身找荷西，他已在走廊上了，我叫他：「喂，戒指帶來沒有？」荷西很高興，大聲回答我：「在這裏。」然後他將他的一個拿出來，往自己手上一套，就去追法官了，口裏叫著：「法官，我的戶口名簿！我要戶口名簿！」他完全忘了也要給我戴戒指。

結好婚了，沙漠裏沒有一家像樣的飯店，我們也沒有請客的預算，人都散了，只有我們兩個不知做什麼才好。

「我們去國家旅館住一天好不好？」荷西問我。

「我情願回家自己做飯吃，住一天那種旅館我們可以買一星期的菜。」我不主張浪費。

於是我們又經過沙地回家去。

鎖著的門外放著一個大蛋糕，我們開門進去，將蛋糕的盒子拿掉，落下一張紙條來——新婚快樂——合送的是荷西的很多同事。我非常感動，沙漠裏有新鮮奶油蛋糕吃真是太幸福了。更可貴的是蛋糕上居然有一對穿著禮服的新人，著白紗的新娘眼睛還會一開一閉。我童心大發，一把將兩個娃娃拔起來，一面大叫：「娃娃是我的。」荷西說：「本來就是妳的嘛！我難道還搶這個。」於是他切了一塊蛋糕給我吃，一面替我補戴戒指，這時我們的婚禮才算真的完畢了。這就是我結婚的經過。

懸壺濟世。

我是一個生病不喜歡看醫生的人。這並不表示我很少生病，反過來說，實在是一天到晚鬧小毛病，所以懶得去看病啦。活了半輩子，我的寶貝就是一大紙盒的藥，無論到哪裏我都帶著，用久了也自有一點治小病的心得。

自從我去年旅行大沙漠時，用兩片阿斯匹靈藥片止住了一個老年撒哈拉威女人的頭痛之後，那幾天在帳篷裏住著時總有人拖了小孩或老人來討藥。當時我所敢分給他們的藥不外是紅藥水、消炎膏和止痛藥之類，但是對那些完全遠離文明的遊牧民族來說，這些藥的確產生了很大的效果。回到小鎮阿雍來之前，我將手邊所有的食物和藥都留下來，給了住帳篷的窮苦撒哈拉威人。

住在小鎮上不久，我的非洲鄰居因為頭痛來要止痛藥，我想這個鎮上有一家政府辦的醫院，所以不預備給她藥，請她去看醫生。想不到此地婦女全是我的同好，生病決不看醫生，她們的理由跟我倒不相同，因為醫生是男的，所以這些終日藏在面紗下的婦女情願病死也不能給男醫生看的。我出於無奈，勉強分給了鄰居婦人兩片止痛藥。從那時候開始，不知是誰的宣傳，四周婦女總是來找我看小毛病。更令她們高興的是，給藥之外還會偶爾送她們一些西方的衣服，這樣一來找我的人更多了。我的想法是，既然她們死也不看醫生，那麼不致命的小毛病我給幫忙一下，減輕她們的痛苦，也同時消除了我沙漠生活的寂寥，不是一舉兩得嗎？同時我發覺，被我分過藥的婦女和小孩，百分之八十是藥到病除。於是漸漸的我膽子也大了，有時居然還會出診。荷西看見我治病人如同玩洋娃娃，常常替我捏把冷汗，他認為我是在亂搞，不知亂搞的背後也存著很大的愛心。

鄰居姑卡十歲，她快要出嫁了，在出嫁前半個月，她的大腿內長了一個紅色的癤子，初看時只有一個銅板那麼大，沒有膿，摸上去很硬，表皮因為腫的緣故都鼓得發亮了，淋巴腺也腫出兩個核子來。第二天再去看她，她腿上的癤子已經腫得如核桃一般大了，這個女孩子痛得躺在地上的破蓆上呻吟。「不行，得看醫生啦！」我對她母親說。「這個地方不能給醫生看，她又快要出嫁了。」她母親很堅決的回答我。我只有連續給她用消炎藥膏，同時給她服消炎的特效藥。

這樣拖了三四天，一點也沒有好，我又問她父親：「給醫生看看好嗎？」回答也是：「不行，不行。」我一想，家中還有一點黃豆，沒辦法了，請非洲人試試中國藥方吧。於是我回家去磨豆子。荷西看見我在廚房，便探頭進來問：「是做吃的嗎？」

我回答他：「做中藥，給姑卡去塗。」

他呆呆的看了一下，又問：「怎麼用豆子呢？」

「中國藥書上看來的老法子。」

他聽我說後很不贊成的樣子說：「這些女人不看醫生，居然相信妳，妳自己不要走火入魔了。」

我將黃豆搗成的漿糊倒在小碗內，一面說「我是非洲巫醫」，一面往姑卡家走去。那一日我將黃豆糊擦在姑卡紅腫的地方，上面蓋上紗布，第二日去看瘤子變軟了，我再換黃豆塗上，第三日有黃色的膿在皮膚下露出來，第四日下午流出大量的膿水，然後出了一點血。我替她塗上藥水，沒幾日完全好了。荷西下班時我很得意的告訴他：「醫好了。」

「是黃豆醫的嗎？」

「是。」

「你們中國人真是神秘。」他不解的搖搖頭。

又有一天，我的鄰居哈蒂耶陀來找我，她對我說：「我的表妹從大沙漠裏來，住在我家，快要死了，妳來看看？」

我一聽快要死了，猶豫了一下。「生什麼病？」我問哈蒂。

「不知道，她很弱，頭暈，眼睛慢慢看不見，很瘦，正在死去。」

我聽她用的形容句十分生動，正覺有趣，這時荷西在房內聽見我們的對話，很急的大叫：「三毛，妳少管閒事。」

我只好輕輕告訴哈蒂耶陀：「過一下我來，等我先生上班去了我才能出來。」

將門才關上，荷西就罵我：「這個女人萬一真的死了，還以為是妳醫死的，不去看醫生，病死也是活該！」

「他們沒有知識，很可憐——」我雖然強辯，但荷西說的話實在有點道理，只是我好奇心重，並且膽子又大，所以不肯聽他的話。荷西前腳跨出去上班，我後腳也跟著溜出來。到了哈蒂家，看見一個骨瘦如柴的年輕女孩躺在地上，眼睛深得像兩個黑洞洞。摸摸她，沒有發燒，舌頭、指甲、眼睛內也都很健康的顏色，再問她什麼地方不舒服，她說不清，要哈蒂用阿拉伯文翻譯：「她眼睛慢慢看不清，耳朵裏一直在響，沒有氣力站起來。」

我靈機一動問哈蒂：「妳表妹住在大沙漠帳篷裏？」她點點頭。「吃得不太好？」我又問。哈蒂說：「根本等於沒有東西吃嘛！」

「等一下。」我說著跑回家去，倒了十五粒最高單位的多種維他命給她。「哈蒂，殺隻羊妳捨得麼？」她趕緊點點頭。

「先給妳表妹吃這維他命，一天兩三次，另外妳煮羊湯給她喝。」這樣沒過十天，那個被哈蒂形容成正在死去的表妹，居然自己走來我處，坐了半天才回去，精神也好了。荷西回來看見她，笑起來了：「怎麼，快死的人又治好了？什麼病？」我笑嘻嘻的回答他：「沒有病，極度營養不良嘛！」

「妳怎麼判斷出來的？」荷西問我。

「想出來的。」我發覺他居然有點讚許我的意思。

我們住的地方是小鎮阿雍的外圍，很少有歐洲人住，荷西和我樂於認識本地人，所以我們所交的朋友大半是撒哈拉威。我平日無事，在家裏開了一個免費的女子學校，教此地的婦女數數目字和認錢幣，程度好一點的便學算術（如一加一等於二之類）。我一共有七個到十五個女學生，她們的來去流動性很大，也可說這個學校是很自由的。有一天上課，學生不專心，跑到我書架上去抽書，恰好抽出《一個嬰兒的誕生》那本書來，書是西班牙文寫的，裏面有圖表，有畫片，有彩色的照片，從婦女如何受孕到嬰兒的出生，都有非常明瞭的解說。我的學生們看見這本書立刻產生好奇心，於是我們放開算術，講解這本書花了兩星期。她們一面看圖片一面小聲尖叫，好似完全不明白一個生命是如何形成的，雖然我的學生中有好幾個都是三四個孩子的母親了。「真是天下怪事，沒有生產過的老師，教已經生產過的媽媽們孩子是如何來的。」荷西說著笑個不住。

「以前她們只會生，現在知道是怎麼回事了，這是知難行易的道理。」起碼這些婦女能多得些常識，雖然這些常識並不能使她們的生活更幸福和健康些。

有一天我的一個學生法蒂瑪問我：「三毛，我生產的時候請妳來好嗎？」我聽了張口結舌的望著她，我幾乎天天見到法蒂瑪，居然不知道她懷孕了。「妳，幾個月了？」我問她。

她不會數數目，自然也不知道幾個月了。我終於說服了她，請她將纏身纏頭的大塊布料拿下來，只露出裏面的長裙子。「妳以前生產是誰幫忙的？」我知道她有一個三歲的小男孩。

「我母親。」她回答我。

「這次再請妳母親來好了，我不能幫忙妳。」

她頭低下去：「我母親不能來了，她死了。」

我聽她那麼說只好不響了。「去醫院生好嗎？不怕的。」我又問她。

「不行，醫生是男的。」她馬上一口拒絕了我。

我看看她的肚子，大概八個月了，我很猶豫的對她說：「法蒂瑪，我不是醫生，我也沒有生產過，不能替妳接生。」

她馬上要哭了似的對我說：「求求妳，妳那本書上寫得那麼清楚，妳幫我忙，求求妳——」我被她一求心就軟了，想想還是不行，只好硬下心來對她說：「不行，妳不要亂求我，妳的命會送在我手上。」

「不會啦，我很健康的，我自己會生，妳幫幫忙就行了。」

「再說吧！」我並沒有答應她。

一個多月過去了，我早就忘記了這件事。那天黃昏，一個不認識的小女孩來打門，我一開門，她只會說：「法蒂瑪，法蒂瑪。」其他西班牙文不會。我一面鎖門出來，一面對小女孩說：「去叫她丈夫回來，聽懂嗎？」她點點頭飛也似的跑了。去到法蒂瑪家一看，她痛得在地上流汗，旁邊她三歲的小男孩在哭，法蒂瑪躺的蓆子上流下一攤水來。我將孩子一把抱起來，跑到另外一家鄰居處一送，另外再拖了一個中年婦女跟我去法蒂瑪家。此地的非洲人很不合作，他們之間也沒有太多愛心，那個中年女人一看見法蒂瑪那個樣子，很生氣的用阿拉伯文罵我（後來我才知道，此地看人生產是不吉利的），然後就掉頭而去。我只有對法蒂瑪說：「別怕，我回去拿東西，馬上就來。」

我飛跑回家，一下子衝到書架上去拿書，打開生產那一章飛快的看了一遍，心裏又在想：「剪刀、棉花、酒精，還要什麼？還要什麼？」這時我才看見荷西已經回來了，正不解的呆望著我。

「哎呀，有點緊張，看情形做不下來。」我小聲的對荷西說，一面輕輕的在發抖。

「做什麼？做什麼？」荷西不由得也感染了我的緊張。

「去接生啊！羊水都流出來了。」我一手抱著那本書，另外一隻手抱了一大捲棉花，四處找剪刀。

「妳瘋了，不許去。」荷西過來搶我的書。

「妳沒有生產過，妳去送她的命。」他大聲吼我。

我這時清醒了些，強詞奪理的說：「我有書，我看過生產的紀錄片——」

「不許去。」荷西跑上來用力捉住我，我兩手都拿了東西，只好將手肘用力打在他的肋骨上，一面掙扎一面叫著：「你這個沒有同情心的冷血動物，放開我啊！」

「不放，妳不許去。」他固執的抓住我。

我們正在扭來扭去的打架時，突然看見法蒂瑪的丈夫滿臉惶惑的站在窗口向裏面望，荷西放開了我，對他說：「三毛不能去接生，她會害了法蒂瑪。我現在去找車，你太太得去醫院生產。」

法蒂瑪終於在政府醫院裏順利生下了一個小男孩，因是本地人，西國政府免費的。她出院回來後非常驕傲，她是附近第一個去醫院生產的女人，醫生是男的也不再提起了。

一天清晨，我去屋頂上曬衣服，突然發覺房東築在我們天台上的羊欄裏多了一對小羊，我興奮極了，大聲叫荷西：「快上來看啊！生了兩個可愛的小羊。」他跑上來看了看說：「這種小羊烤來吃最合適。」我嚇了一跳，很氣的問他：「你說什麼鬼話。」一面將小羊趕快推到母羊身邊去。這時我方發覺母羊生產過後，身體內拖出來一大塊像心臟似的東西，大概是衣胞吧？看上去噁心極了。過了三天，這一大串髒東西還掛在體外沒有落下來。「殺掉吃吧！」房東說。

「你殺了母羊，小羊吃什麼活下來？」我連忙找理由來救羊。

「這樣拖著衣胞也是要死的。」房東說。

「我來給治治看，你先不要殺。」我這句話衝口而出，自己並不知道如何去治母羊。在家裏想了一下，有了，我去拿了一瓶葡萄酒，上天台捉住了母羊，硬給灌下去，希望別醉死就有一半把握治好。這是偶爾聽一個農夫講的方法，我一下給記起來了。

第二日房東對我說：「治好了，肚裏髒東西全下來了，已經好啦！請問妳用什麼治的？真是多謝多謝！」我笑笑，輕輕的對他說：「灌了一大瓶紅酒。」他馬上又說：「多謝多謝！」再一想回教徒不能喝酒，他的羊當然也不能喝，於是一臉無可奈何的樣子走掉了。

我這個巫醫在誰身上都有效果，只有荷西，非常怕我，平日決不給我機會治他，我卻千方百計要他對我有信心。有一日他胃痛，我給他一包藥粉——「喜龍——U」，叫他用水吞下去。「是什麼？」他問。我說：「你試試看再說，對我很靈的。」他勉強被我灌下一包，事後不放心，又去看看包藥的小塑膠口袋，上面中文他不懂，但是恰好有個英文字寫著——維他命U——他哭喪著臉對我說：「難道維他命還有U種的嗎？怎麼可以治胃痛呢？」我實在也不知道，抓起藥紙來一看，果然有，我笑了好久。他的胃痛卻真好了。

其實做獸醫是十分有趣的，但是因為荷西為了上次法蒂瑪生產的事，被我嚇得心驚肉跳之後，我客串獸醫之事便不再告訴他。漸漸的他以為我已經不喜歡玩醫生的遊戲了。

上星期我們有三天假，天氣又不冷不熱，於是我們計畫租輛吉普車開到大沙漠中去露營。

當我們正在門口將水箱、帳篷、食物搬上車時，來了一個很黑的女鄰居，她頭紗並沒有拉上，很大方的向我們走過來。在我還沒有說話之前，她非常明朗的對荷西說：「你太太真了不起，我的牙齒被她補過以後，很久都不痛了。」

我一聽趕緊將話題轉開，一面大聲說：「咦，麵包呢？怎麼找不到啊！」一面獨自咯咯笑起來。果然，荷西啼笑皆非的望著我：「請問閣下幾時改行做牙醫了？」

我看沒有什麼好假裝了，仰仰頭想了一下，告訴他：「上個月開始的。」

「補了幾個人的牙？」他也笑起來了。

「兩個女人，一個小孩，都不肯去醫院，沒辦法，所以……事實上補好他們都不痛了，足可以咬東西。」我說的都是實在的。

「用什麼材料補的？」

「這個不能告訴你。」我趕緊回答他。

「妳不說我不去露營。」居然如此無賴的要脅我。好吧！我先跑開一步，離荷西遠一點，再小聲說：「不脫落，不透水，膠性強，氣味芳香，色彩美麗，請你說這是什麼好東西？」

「什麼？」他馬上又問，完全不肯用腦筋嘛！

「指——甲——油。」我大叫起來。「哇，指甲油補人牙齒！」他被嚇得全部頭髮唰一下完全豎起來，像漫畫裏的人物一樣好看極了，我看他嚇得如此，一面笑一面跑到安全地帶，等他想起來要追時，這個巫醫已經逃之夭夭了。

娃娃新娘。

初次看見姑卡正是去年這個時候，她和她一家人住在我小屋附近的一幢大房子內，是警官罕地的大女兒。

那時的姑卡梳著粗粗的辮子，穿著非洲大花的連身長裙，赤足，不用面紗，也不將身體用布纏起來，常常在我的屋外呼叫著趕她的羊，聲音清脆而活潑，儼然是一個快樂的小女孩。

後來她來跟我念書，我問她幾歲，她說：「這個妳得去問罕地，我們撒哈拉威女人是不知道自己幾歲的。」她和她的兄妹都不稱呼罕地父親，他們直接叫他的名字。罕地告訴我姑卡十歲，同時反問我：「妳大概也十幾歲吧？姑卡跟妳很合得來呢。」我無法回答他這個荒謬的問題，只好似笑非笑的望著他。

半年多過去了，我跟罕地全家已成了很好的朋友，幾乎每天都在一起煮茶喝。有一天喝茶時，只有罕地和他的太太葛柏在房內。罕地突然說：「我女兒快要結婚了，請妳有便時告訴她。」我嚥下一口茶，很困難的問他：「你指姑卡嗎？」他說：「是，過完拉麻丹再十日就結婚。」拉麻丹是回教的齋月，那時已快開始了。

我們沉默的又喝了一道茶，最後我忍不住問罕地：「你不覺得姑卡還太小嗎？她才十歲。」罕地很不以為然的說：「小什麼，我太太嫁給我時才八歲。」我想那是他們撒哈拉威的風俗，我不能用太主觀的眼光去批評這件事情，所以也不再說話了。「請妳對姑卡說，她還不知道。」姑卡的母親又對我拜託了一次。「你們自己為什麼不講？」我奇怪的反問他們。「這種事怎麼好直講？」罕地理直氣壯的回答我。我覺得他們有時真是迂腐得很。

第二天上完了算術課，我叫姑卡留下來生炭火煮茶喝。「姑卡，這次輪到妳了。」我一面將茶遞給她一面說。「什麼？」她不解的反問我。「傻子，妳要結婚了。」我直截了當的說出來。她顯然吃了一驚，臉突然脹紅了，小聲的問：「什麼時候？」我說：「拉麻丹過後再十天，妳知道大概是誰嗎？」她搖搖頭，放下茶杯不語而去，這是我第一次看見她面有憂容。

又過了一段日子，我在鎮上買東西，碰到姑卡的哥哥和另外一個青年，他介紹時說：「阿布弟是警察，罕地的部下，我的好朋友，也是姑卡未來的丈夫。」我聽見是姑卡的未婚夫，便刻意的看了他好幾眼。阿布弟長得不黑，十分高大英俊，說話有禮，目光溫和，給人非常好的第一印象。我回去時便去找姑卡，對她說：「放心吧！妳未婚夫是阿布弟，很年輕漂亮，不是粗魯的人，罕地沒有替妳亂挑。」姑卡聽了我的話，很羞澀的低下頭去不響，不過從神情上看去，她已經接受結婚這個事實了。

在撒哈拉威的風俗，聘禮是父母嫁女兒時很大的一筆收入。過去沙漠中沒有錢幣，女方所索取的聘禮是用羊群、駱駝、布匹、奴隸、麵粉、糖、茶葉……等等來算的。現在文明些了，他們開出來的單子仍是這些東西，不過是用鈔票來代替了。

姑卡的聘禮送來那一天，荷西被請去喝茶，我是女人，只有留在家中。不到一小時，荷西回來對我說：「那個阿布弟給了罕地二十萬西幣，想不到姑卡值那麼多錢。」（二十萬西幣合台幣十三萬多。）

「這簡直是販賣人口嘛！」我不以為然的說，心中又不知怎的有點羨慕姑卡，我結婚時一隻羊也沒有為父母賺進來過。

不到一個月，姑卡的裝扮也改變了。罕地替她買了好幾塊布料，顏色不外是黑、藍的單色，因為料子染得很不好，所以顏色都褪到皮膚上，姑卡用深藍布包著自己時全身便成了藍色，另有一種氣氛。雖然她仍然赤足，但是腳上已套上了金銀的鐲子，頭髮開始盤上去，身體被塗上刺鼻的香料，混著常年不洗澡的怪味，令人覺得她的確是一個撒哈拉威女人了。

拉麻丹的最後一日，罕地給他兩個小兒子受割禮，我自然跑去看看是怎麼回事。那時姑卡已經很少出來了，我去她房內看看，仍然只有一地的髒破蓆子，唯一的新東西就是姑卡的幾件衣服。

我問她：「妳結婚後帶什麼走？沒有鍋也沒有新爐子嘛！」

她說：「我不走，罕地留我住下來。」

我很意外的問她：「妳先生呢？」

她說：「也住進來。」我實在是羨慕她。

「可以住多久才出去？」我問她。

「習俗是可以住到六年滿才走。」難怪罕地要那麼多錢的聘禮，原來女婿婚後是住岳家的。

姑卡結婚的前一日照例是要離家，到結婚那日才由新郎將她接回來。我將一隻假玉的手鐲送給姑卡算禮物，那是她過去一直向我要的。那天下午要離家之前，姑卡的大姨來了，她是一個很老的撒哈拉威女人，姑卡坐在她面前開始被打扮起來。她的頭髮被放下來編成三十幾條很細的小辮子，頭頂上再裝一個假髮做的小堆，如同中國古時的宮女頭一般。每一根小辮子上再編入彩色的珠子，頭頂上也插滿了發亮的假珠寶，臉上是不用化妝品的。頭髮梳好後，姑卡的母親拿了新衣服來。

等姑卡穿上那件打了許多褶的大白裙子後，上身就用黑布纏起來，本來就很胖的身材這時顯得更腫了。「那麼胖！」我嘆了一口氣。她的大姨回答我：「胖，好看，就是要胖。」穿好了衣服，姑卡靜靜的坐在地上，她的臉非常的美麗，一頭的珠寶使得這個暗淡的房間也有了光輝。

「好了，我們走吧！」姑卡的大姨和表姐將她帶出門去，她要在大姨家留一夜，明天才能回來。這時我突然想起一件事情來，咦，姑卡沒有洗澡啊，難道結婚前也不洗澡的嗎？

婚禮那天，罕地的家有了一點改變，骯髒的草蓆不見了，山羊被趕了出去，大門口放了一隻殺好的駱駝，房間大廳內鋪了許多條紅色的阿拉伯地毯，最有趣的是屋角放了一面羊皮的大鼓，這面鼓看上去起碼有一百年的歷史了。

黃昏了，太陽正落下地平線，遼闊的沙漠被染成一片血色的紅。這時鼓聲響了起來，它的聲音響得很沉鬱，很單調，傳得很遠，如果不是事先知道是婚禮，這種神秘的節奏實在有些恐怖。我一面穿毛衣一面往罕地家走去，同時幻想著，我正跑進天方夜譚的美麗故事中去。

走進屋子裏氣氛就不好了，大廳內坐了一大群撒哈拉威男人，都在吸菸，空氣壞極了。這個阿布弟也跟這許多人擠在一起，如果不是以前見過他，實在看不出他今夜有哪一點像新郎。

屋角坐著一個黑得像炭似的女人，她是唯一坐在男人群中的婦人，她不蒙頭，披了一大塊黑布，仰著頭專心用力的在打鼓，打幾十下就站起來，搖晃著身體，口中尖聲呼嘯，叫聲原始極了，一如北美的印地安人，全屋子裏數她最出色。「她是誰？」我問姑卡的哥哥。

「是我祖母處借來的奴隸，她打鼓出名的。」

「真是了不起的奴隸。」我嘖嘖讚嘆著。

這時房內又坐進來三個老年女人，她們隨著鼓聲開始唱起沒有起伏的歌，調子如哭泣一般，同時男人全部隨著歌調拍起手來。我因是女人，只有在窗外看著這一切，所有的年輕女人都擠在窗外，不過她們的臉完全蒙起來了，只有美麗的大眼睛露在外面。

看了快兩小時，天已黑了，鼓聲仍然不變，拍手唱歌的人也是一個調子。我問姑卡的母親：「這樣要拍到幾點？」

她說：「早呢，妳回去睡覺吧！」我回去時千叮萬囑姑卡的小妹妹，清早去迎親時要來叫醒我。

清晨三時的沙漠還是冷得令人發抖。姑卡的哥哥正與荷西在弄照相機談話。我披了大衣出來時，姑卡的哥哥很不以為然的說：「她也要去啊？」我趕緊求他帶我去，總算答應我了。女人在此地總是沒有地位。

我們住的這條街上佈滿了吉普車，新的舊的都有，看情形罕地在族人裏還有點聲望，我與荷西上了一輛迎親的車子，這一大排車不停的按著喇叭在沙地上打轉，男人口中原始的呼叫著往姑卡的姨母家開去。

據說過去習俗是騎駱駝，放空槍，去帳篷中迎親，現在吉普車代替了駱駝，喇叭代替了空槍，但是喧譁吵鬧仍是一樣的。

最氣人的要算看迎親了，阿布弟下了車，跟一群年輕朋友衝進姑卡坐著的房間，也不向任何人打招呼，上去就抓住姑卡的手臂硬往外拖，大家都在笑，只有姑卡低了頭在掙扎，因為她很胖，阿布弟的朋友們也上去幫忙拖她，這時她開始哭叫起來，我並不知她是真哭假哭，但是，看見這批人如此粗暴的去抓她，使我非常激動。我咬住下唇看這場鬧劇如何下場，雖然我已經看得憤怒起來。

這時姑卡已在門外了，她突然伸手去抓阿布弟的臉，一把抓下去，臉上出現好幾道血痕，阿布弟也不弱，他用手反扭姑卡的手指。這時四周都靜下來了，只有姑卡口中偶爾發出的短促哭聲在夜空中迴響。

他們一面打，姑卡一面被拖到吉普車旁去，我緊張極了，對姑卡高聲叫：「傻瓜，上車啊，妳打不過的。」姑卡的哥哥對我笑著說：「不要緊張，這是風俗，結婚不掙扎，事後要被人笑的。這樣拚命打才是好女子。」

「既然要拚命打，不如不結婚。」我口中嘆著氣。

「等一下入洞房還得哭叫，妳等著看好了，有趣得很。」

實在是有趣，但是我不喜歡這種結婚的方式。

總算回到姑卡的家裏了，這時已是早晨五點鐘。罕地已經避出去，但是姑卡的母親和弟妹、親友都沒有睡，我們被請入大廳與阿布弟的親友們坐在一起，開始有茶和駱駝肉吃。姑卡已被送入另外一間小房間內去獨自坐著。

吃了一些東西，鼓聲又響起來，男客們又開始拍著手呻吟。我一夜沒睡實在是累了，但是又捨不得離去。「三毛，妳先回去睡，我看了回來告訴妳。」荷西對我說，我想了一下，最精彩的還沒有來，我不回去。

唱歌拍手一直鬧到天快亮了，我方看見阿布弟站起來，等他一站起來，鼓聲馬上也停了，大家都望著他，他的朋友們開始很無聊的向他調笑起來。

等阿布弟往姑卡房間走去時，我開始非常緊張，心裏不知怎的不舒服，想到姑卡哥哥對我說的話——「入洞房還得哭叫——」我覺得在外面等著的人包括我在內，都是混帳得可以了，奇怪的是藉口風俗就沒有人改變它。

阿布弟拉開布簾進去了很久，我一直垂著頭坐在大廳裏，不知過了幾世紀，聽見姑卡——「啊——」一聲如哭泣似的叫聲，然後就沒有聲息了。雖然風俗要她叫，但是那聲音叫得那麼的痛，那麼的真，那麼的無助而悠長，我靜靜的坐著，眼眶開始潤溼起來。

「想想看，她到底只是一個十歲的小孩子，殘忍！」我憤怒的對荷西說。他仰頭望著天花板，一句話也回答不出來。那天我們是唯一在場的兩個外地人。

等到阿布弟拿著一塊染著血跡的白布走出房來時，他的朋友們就開始呼叫起來，聲音裏形容不出的曖昧。在他們的觀念裏，結婚初夜只是公然用暴力去奪取一個小女孩的貞操而已。

我對婚禮這樣的結束覺得失望而可笑，我站起來沒有向任何人告別就大步走出去。

婚禮的慶祝一共舉行了六天，這六天內，每天下午五點開始便有客人去罕地家喝茶吃飯，同時唱歌擊鼓到半夜。

因為他們的節目每天都是一個樣子，所以我也不再去了，第五日罕地的另外一個小女兒來叫我，她說：「姑卡在找妳，妳怎麼不來。」我只好換了衣服去看姑卡。

這六日的慶祝，姑卡照例被隔離在小房間裏，客人一概不許看她，只有新郎可以出出進進。我因為是外地人，所以去了姑卡家，不管三七二十一，拉開布簾進去。

房內的光線很暗，空氣非常混濁，姑卡坐在牆角內一堆毯子上。她看見我非常高興，爬上來親我的臉頰，同時說：「三毛，妳不要走。」

「我不走，我去拿東西來給妳吃。」我跑出去抓了一大塊肉進來給她啃。

「三毛，妳想我這樣很快會有小孩嗎？」她輕輕的問我。

我不知怎麼回答她，看見她過去胖胖的臉在五天之內瘦得眼眶都陷下去了，我心裏一抽，呆呆的望著她。

「給我藥好嗎？那種吃了沒有小孩的藥？」她急急的低聲請求我。我一直移不開自己的視線，定定的看著她十歲的臉。

「好，我給妳，不要擔心，這是我們兩個之間的秘密。」我輕輕的拍著她的手背。「現在可以睡一下，婚禮已經過去了。」

荒山之夜。

那天下午荷西下班後，他並沒有照例推門進來，只留在車上按喇叭，音如「三毛，三毛」。於是我放下了正在寫著玩的毛筆字跑去窗口回答他。

「為什麼不進來？」我問他。

「我知道什麼地方有化石的小烏龜和貝殼，妳要去嗎？」

我跳了起來，連忙回答：「要去，要去。」

「快出來！」荷西又在叫。

「等我換衣服，拿些吃的東西，還有毯子。」我一面向窗口叫，一面跑去預備。

「快點好不好，不要帶東西啦！我們兩三小時就回來。」

我是個急性人，再給他一催，乾脆一秒鐘就跑出門來了。身上穿了一件布的連身裙拖到腳背，腳上穿了一雙拖鞋，出門時順手抓了掛在門上的皮酒壺，裏面有一公升的紅酒。這樣就是我全部的裝備了。

「好了，走吧！」我在車墊上跳了一跳，滿懷高興。

「來回兩百四十多里，三小時在車上，一小時找化石，回來十點鐘正好吃晚飯。」荷西正在自言自語。

我聽見來回兩百多里路，不禁望了一下已經偏西了的太陽，想對荷西抗議。但是此人自從有了車以後，這個潛伏性的「戀車情結」大發特發，又是個O型人，不易改變，所以我雖然覺得黃昏了還跑那麼遠有點不妥，但是卻沒有說一句反對的話。

一路上沿著公路往小鎮南方開了二十多公里，到了檢查站路就沒有了，要開始進入一望無際的沙漠。

那個哨兵走到窗口來看了看，說著：「啊，又是你們，這個時候了還出去嗎？」

「不遠，就在附近三十公里繞圈子，她要仙人掌。」荷西說完了這話開了車子就跑。

「你為什麼騙他？」我責問他。

「不騙不給出來，妳想想看，這個時間了，他給我們去那麼遠？」

「萬一出事了，你給他的方向和距離都不正確，他們怎麼來找我們？」我問他。

「不會來找的，上次幾個嬉皮怎麼死的？」他又提令人不舒服的事，那幾個嬉皮的慘死我們是看到的。

已經快六點鐘了，太陽雖然掛下來了，四周還是明亮得刺眼，風已經颳得有點寒意了。

車子很快的在沙地上開著，我們沿著以前別人開過的車輪印子走。滿鋪碎石的沙地平坦的一直延伸到視線及不到的遠方。海市蜃樓左前方有一個，右前方有兩個，好似是一片片繞著小樹叢的湖水。

四周除了風聲之外什麼也聽不見，死寂的大地像一個巨人一般躺在那裏，它是猙獰而又兇惡的，我們在它靜靜展開的軀體上駛著。

「我在想，總有一天我們會死在這片荒原裏。」我嘆口氣望著窗外說。

「為什麼？」車子又跳又衝的往前飛馳。

「我們一天到晚跑進來擾亂它，找它的化石，挖它的植物，捉它的羚羊，丟汽水瓶、紙盒子、髒東西，同時用車輪壓它的身體。沙漠說它不喜歡，它要我們的命來抵償，就是這樣——嗚、嗚——」我一面說，一面用手做出掐人脖子的姿勢。

荷西哈哈大笑，他最喜歡聽我胡說八道。

這時我將車窗全部搖上來，因為氣溫已經不知不覺下降了很多。

「迷宮山來了。」荷西說。

我抬起頭來往地平線上極目望去，遠處有幾個小黑點慢慢的在放大。那是附近三百里內唯一的群山，事實上它是一大群高高的沙堆，散佈在大約二、三十里方圓的荒地上。

這些沙堆因為是風吹積成的，所以全是弧形的，在外表上看去一模一樣。它們好似一群半圓的月亮，被天空中一隻大怪手抓下來，放置在撒哈拉沙漠裏。更奇怪的是，這些一百公尺左右高的沙堆，每一個間隔的距離都是差不多的。人萬一進了這個群山裏，一不小心就要被迷住失去方向。我給它取名叫迷宮山。

迷宮山越來越近了，終於第一個大沙堆聳立在面前。

「要進去啊？」我輕輕的說。

「是，進去後再往右邊開十五里左右就是聽說有化石的地方。」

「快七點半多了，鬼要打牆了。」我咬咬嘴唇，心裏不知怎的覺得不對勁。

「迷信，哪裏來的鬼。」荷西就是不相信。

此人膽大粗心，又頑固如石頭，於是我們終於開進迷宮山裏去繞沙堆了。太陽在我們正背後，我們的方向是往東邊走。

迷宮山這次沒有迷住我們，開了半小時不到就跑出來了。再往前去沙地裏完全沒有車印子，我們對這一帶也不熟悉；更加上坐在一輛完全不適合沙漠行駛的普通汽車裏，心情上總很沒有安全感。荷西下車來看了一看地。

「回去吧！」我已完全無心找化石了。

「不回去。」荷西完全不理會我，車子一跳又往這片完全陌生的地上繼續開下去。

開了兩三里路，我們前面現出了一片低地，顏色是深咖啡紅的，那片地上還罩了一層淡灰紫色的霧氣。幾千萬年以前此地可能是一條很寬的河。

荷西說：「這裏可以下去。」車子慢慢順著一大片斜坡滑下去，他將車停住，又下車去看地，我也下車了，抓起一把土來看，它居然是溼泥，不是沙，我站了一下，想也想不通。

「三毛，妳來開車，我在前面跑，我打手勢叫停，妳就不要再開了。」

說完荷西就開始跑起來。我慢慢發動車子，跟他保持一段距離。

「怎麼樣？」他問我。

「沒問題。」我伸出頭去回答他。

他越跑離我越遠，然後又轉過身來倒退著跑，同時雙手揮動著叫我前進。

這時我看見荷西身後的泥土在冒泡泡，好像不太對，我趕緊煞車向他大叫：「小心，小心，停——」

我打開車門一面叫一面向他跑去，但是荷西已經踏進這片大泥淖裏去了，溼泥一下沒到他的膝蓋，他顯然吃了一驚，回過頭去看，又踉蹌的跌了幾步，泥很快的沒到了他大腿，他掙扎了幾步，好似要倒下去的樣子，不知怎的，越掙扎越遠了，我們之間有了很大一段距離。

我張口結舌的站在一邊，人驚得全身都凍住了，我不相信這是真的，但是眼前的景象是千真萬確的啊！這全是幾秒鐘內發生的事情。

荷西困難的在提腳，眼看要被泥淖吃掉了，這時我看見他右邊兩公尺左右好似有一塊突出來的石頭，我趕緊狂叫：「往那邊，那邊有塊石頭。」

他也看見石塊了，又掙扎著過去，泥已經埋到他的腰部了。我遠遠的看著他，卻無法替他出力，急得全身神經都要斷了，這好似在一場噩夢裏一樣。

看見他雙手抱住了泥淖內突出來的大石塊，我方醒了過來，馬上跑回車內去找可以拉他過來的東西，但是車內除了那個酒壺之外，只有兩個空瓶子和一些《聯合報》，行李箱內有一個工具盒，其他什麼也沒有。

我又跑回泥淖邊去看看荷西，他沒有作聲，呆呆的望著我。

我往四處瘋狂的亂跑，希望在地上撿到一條繩子，幾塊木板，或者隨便什麼東西都好。但是四周除了沙和小石子之外，什麼也沒有。

荷西抱住石塊，下半身陷在泥裏，暫時是不會沉下去了。

「荷西，找不到拉你的東西，你忍一下。」我對他叫著，我們之間大約有十五公尺。

「不要急，不要急。」他安慰我，但是他聲音都變了。

四周除了風聲之外就是沙，濛濛的在空氣中飛揚著。前面是一片廣大的泥淖，後面是迷宮山，我轉身去望太陽，它已經要落下去了。再轉身去看荷西，他也正在看太陽。

夕陽黃昏本是美景，但是我當時的心情卻無法欣賞它。寒風一陣陣吹過來，我看看自己單薄的衣服，再看看泡在稀泥裏的荷西，再回望太陽，它像獨眼怪人的大紅眼睛，正要閉上了。

幾小時之內，這個地方要冷到零度，荷西如果無法出來，就要活活被凍死了。

「三毛，進車裏去，去叫人來。」他對我喊著。

「我不能離開你。」我突然情感激動起來。

前面的迷宮山我可以看方向開出去，但是從迷宮山開到檢查站，再去叫人回來，天一定已經黑了。天黑不可能再找到迷宮山回到荷西的地方，只有等天亮，天亮時荷西一定已經凍死了。

太陽完全看不見了，氣溫很快的下降，這是沙漠夜間必然的現象。

「三毛，到車裏去，妳要凍死了。」荷西憤怒的對我叫著，但是我還是蹲在岸邊。

我想荷西一定比我凍得更厲害，我發抖發得話也不想講，荷西將半身掛在石塊上，只要他不動，我就站起來叫他：「荷西，荷西，要動，轉轉身體，要勇敢——」他聽見我叫他，就動一下，但是要他在那個情形下運動也是太困難了。

天已經變成鴿灰色，我的視線已經慢慢被暮色弄模糊了。我的腦筋裏瘋狂的在掙扎，我離開他去叫人，冒著回不來救他的危險，還是陪著他一同凍死。

這時我看見地平線上有車燈，我一愣，跳了起來，明明是車燈嘛！在很遠很遠，但是往我這個方向開來。

我大叫：「荷西，荷西，有車來。」一面去按車子的喇叭，我瘋了似的按著喇叭，又打開車燈一熄一亮吸引他們的注意，然後又跳到車頂上去揮著雙手亂叫亂跳。

終於他們看到了，車子往這邊開來。

我跳下車頂向他們跑去，車子看得很清楚了，是沙漠跑長途的吉普車，上面裝了很多茶葉木箱，車上三個撒哈拉威男人。

他們開到距離我快三十公尺處便停了車，在遠處望著我，卻不走過來。

我當然明白，他們在這荒野裏對陌生人有戒心，不肯過來。於是我趕快跑過去，他們正在下車。我們的情形他們可以看得很清楚，天還沒有完全黑。

「幫幫忙，我先生掉在泥淖裏了，請幫忙拖他上來。」我跑得上氣不接下氣，到了他們面前滿懷希望的求著。

他們不理我，卻用土話彼此談論著，我聽得懂他們說：「是女人，是女人。」

「快點，請幫幫忙，他快凍死了。」我仍大口大口的喘著氣。

「我們沒有繩子。」其中的一個回答我，我愣住了，因為他的口氣拒人千里之外。

「你們有纏頭巾，三條結在一起可以夠長了。」我又試探的建議了一句。我明明看見車上綁木箱的是大粗麻繩。

「妳怎麼知道我們一定會救他，奇怪。」

「我……」我想再說服他們，但是看見他們的眼神很不定，不懷好意的上下打量著我，我便改口了。

「好，不救也沒法勉強，算了。」我預備轉身便走，荒山野地裏碰到瘋子了。

說時遲那時快，我正要走，這三個撒哈拉威人其中的一個突然一揚頭，另外一個就跳到我背後，右手抱住了我的腰，左手摸到我胸口來。

我驚得要昏了過去，本能的狂叫起來，一面在這個瘋子鐵一樣的手臂裏像野獸一樣的又吼又掙扎，但是一點用也沒有。他扳住我的身體，將我轉過去面對著他，將那張可怕的臉往我湊過來。

荷西在那邊完全看得見山坡上發生的情形，他哭也似的叫著：「我殺了你們。」

他放開了石頭預備要踏著泥淖拚出來，我看了一急，忘了自己，向他大叫：「荷西，不要，不要，求求你——」一面哭了出來。

那三個撒哈拉威人給我一哭全去注意荷西了，我面對著抱著我的瘋子，用盡全身的氣力，舉起腳來往他下腹踢去，他不防我這致命的一踢，痛叫著蹲下去，當然放開了我。我轉身便逃，另外一個跨了大步來追我，我蹲下去抓兩把沙子往他眼睛裏撒去，他兩手蒙住了臉，我乘這幾秒鐘的空檔，踢掉腳上的拖鞋，光腳往車子的方向沒命的狂奔。

他們三個沒有跑步來追，他們上了吉普車慢慢的往我這兒開來。

我想當時他們一定錯估了一件事情，以為只有荷西會開車，而我這樣亂跑是逃不掉的，所以用車慢慢來追我。

我跳進車內，開了引擎，看了一眼又留在石塊邊的荷西，心裏像給人鞭打了一下似的抽痛。

「跑，跑，三毛，跑。」荷西緊張的對我大叫。

我沒有時間對他說任何話，用力一踏油門。車子跳了起來，吉普車還沒到，我已衝上山坡飛也似的往前開去。吉普車試著擋我，我用車好似「自殺飛機」一樣去撞它。他們反而趕快閃開了。

油門已經踏到底了，但是吉普車的燈光就是避不掉，他們咬住我的車不放過我，我的心緊張得快跳出來，人好似要窒息了一樣喘著氣。

我一面開車，一面將四邊車門都按下了鎖，左手在坐墊背後摸索，荷西藏著的彈簧刀給我握到了。

迷宮山來了，我毫不考慮的衝進去，一個沙堆來了，我繞過去，吉普車也跟上來，我瘋狂的在這些沙堆裏穿來穿去，吉普車有時落後一點，有時又正面撞過來，總之無論我怎麼拚命亂開，總逃不掉它。

這時我想到，除非我熄了自己的車燈，吉普車總可以跟著我轉，萬一這樣下去汽油用完了，我只有死路一條。

想到這兒，我發狠將油門拚命踏，繞過半片山，等吉普車還沒有跟上來，我馬上熄了燈，車子並沒有減速，我將駕駛盤牢牢抓住，往左邊來個緊急轉彎，也就是不往前面逃，打一個轉回到吉普車追來後面的沙堆去。

弧形的沙堆在夜間有一大片陰影，我將車子盡量靠著沙堆停下來，開了右邊的門，從那裏爬出去，離車子有一點距離，手裏握著彈簧刀，這時我多麼希望這輛車子是黑色的，或者咖啡色、墨綠色都可以，但是它偏偏是輛白色的。

我看見吉普車失去了我的方向，它在我前面不停的打著轉找我，它沒有想到我會躲起來，所以它繞了幾圈又往前面加速追去。

我沿著沙地跑了幾步，吉普車真的開走了，我不放心怕它開回來，又爬到沙堆頂上去張望，吉普車的燈光終於完全在遠處消失了。

我滑下山回到車裏去，發覺全身都是冷汗，眼前一波一波的黑影子湧上來，人好似要嘔吐似的。我又爬出車子，躺在地上給自己凍醒，我絕不能癱下來，荷西還留在泥淖裏。

又等了幾分鐘，我已完全鎮靜下來了。看看天空，大熊星座很明亮，像一把水杓似的掛在天上，小熊星在它下面，好似一顆顆指路的鑽石，迷宮山在夜間反而比日正當中時容易辨認方向。

我在想，我往西走可以出迷宮，出了迷宮再往北走一百二十里左右，應該可以碰到檢查站，我去求救，再帶了人回來，那樣再快也不會在今夜，那麼荷西——他——我用手捂住了臉不能再想下去。

我在附近站了一下，除了沙以外沒有東西可以給我做指路的記號，但是記號在這兒一定要留下來，明天清早可以回來找。

我被凍得全身劇痛，只好又跑回到車裏去。無意中我看見車子的後座，那塊坐墊是可以整個拆下來的啊，我馬上去開工具箱，拿出起子來拆螺絲釘，一面雙手用力拉坐墊，居然被我拆下來了。

我將這塊坐墊拖出來，丟在沙地上，這樣明天回來好找一點。我上車將車燈打開來，預備往檢查站的方向開去，心裏一直控制著自己，不要感情用事，開回去看荷西不如找人來救他，我不是丟下了他。

車燈照著沙地上被我丟在一旁的大黑坐墊，我已經發動車子了。

這時我像被針刺了一下，跳了起來，車墊那麼大一塊，又是平的，它應該不會沉下去。我興奮得全身發抖，趕快又下去撿車墊，仍然將它丟進後座。掉轉車頭往泥淖的方向開去。

為了怕迷路，我慢慢的沿著自己的車印子開，這樣又繞了很多路，有時又完全找不到車印，等到再開回到泥淖邊時，我不敢將車子太靠近，只有將車燈對著它照去。

泥淖靜靜的躺在黑暗中，就如先前一樣，偶爾冒些泡泡，泥上寂靜一片，我看不見荷西，也沒有那塊突出來的石頭。

「荷西，荷西——」我推開車門沿著泥淖跑去，口裏高叫著他的名字。但是荷西真的不見了。我一面抖著一面像瘋子一樣上下沿著泥淖的邊緣跑著，狂喊著。

荷西死了，一定是死了，恐怖的迴響在心裏擊打著我。我幾乎肯定泥淖已經將他吞噬掉了。這種恐懼令人要瘋狂起來。我逃回到車裏去，伏在駕駛盤上抖得像風裏的一片落葉。

不知過了多久，我聽見有很微弱的聲音在叫我——「三毛——三毛——」我慌張的抬起頭來找，黑暗中我看不到什麼，打開車燈，將車子開動了一點點，又聽清楚了，是荷西在叫我。

我將車開了快一分鐘，荷西被車燈照到了，他還是在那塊石頭邊，但是我停錯了地方，害得空嚇一場。

「荷西，撐一下，我馬上拉你出來。」

他雙手抱住石塊，頭枕在手臂裏，在車燈下一動也不動。

我將車墊拉出來，半拖半抱的往泥淖跑下來，跑到溼泥纏我小腿的地方，才將這一大塊後車坐墊用力丟出去，它浮在泥上沒有沉下去。

「備胎！」我對自己說，又將備胎由車蓋子下拖出來。跑到泥淖邊，踏在車墊上，再將備胎丟進稀泥裏，這樣我跟荷西的距離又近了。

冷，像幾百支小刀子一樣的刺著我，應該還不到零度，我卻被凍得快要倒下去了。我不能停，我有許多事要趕快做，我不能縮在車裏。

我用千斤頂將車子右邊搖起來，開始拆前輪胎。快，快，我一直催自己，在我手腳還能動以前，我要將荷西拉出來。

下了前胎，又去拆後胎，這些工作我平日從來沒有那麼快做好過，但是這一次只有幾分鐘全拆下來了。

我看看荷西，他始終動也不動的僵在那兒。

「荷西，荷西。」我丟一塊手掌大的小石塊去打他，要他醒，他已經不行了。

我抱著拆下的輪胎跑下坡，跳過浮著的車墊，備胎，將手中的前胎也丟在泥裏，這樣又來回跑了一次，三個車胎和一個坐墊都浮在稀泥上了。

我分開腳站在最後一個輪胎上，荷西和我還是有一些距離，他的眼神很悲哀的望著我。

「我的衣服！」我想起來，我穿的是長到地的布衣服，裙子是大圓裙。我再快速跑回車內，將衣服從頭上脫下來，用刀割成四條寬布帶子，打好結，再將一把老虎鉗綁在布帶前面，抱著這一大堆帶子，我飛快跑到泥淖的輪胎上去。

「荷西，喂，我丟過來了，你抓好。」我叫荷西注意，布帶在手中慢慢被我打轉，一點一點放遠，它還沒有跌下去，就被荷西抓住了。

他的手一抓住我這邊的帶子，我突然鬆了口氣，跌坐在輪胎上哭了起來，這時冷也知道了，餓也知道了，驚慌卻已過去。

哭了幾聲，想起荷西，又趕快拉他，但是人一鬆懈，氣力就不見了，怎麼拉也沒見荷西動。

「三毛，帶子綁在車胎上，我自己拉。」荷西啞著聲音說。

我坐在輪胎上，荷西一點一點拉著帶子，看他近了，我解開帶子，綁到下一個輪胎給他再拉近，因為看情形，荷西沒有氣力在輪胎之間跳上岸，他凍太久了。

等荷西上了岸，他馬上倒下去了。我還會跑，我趕緊跑回車內去拿酒壺，這是救命的東西，灌下了他好幾口酒，我急於要他進車去，只有先丟下他，再去泥裏撿車胎和車墊回來。

「荷西，活動手腳，荷西，要動，要動——」我一面裝車胎一面回頭對荷西喊，他正在地下爬，臉像石膏做的一樣白，可怖極了。「讓我來。」他爬到車邊，我正在扭緊後胎的螺絲帽。

「你去車裏，快！」我說完丟掉起子，自己也爬進車內去。

我給荷西又灌了酒，將車內暖氣開大，用刀子將溼褲筒割開，將他的腳用我的割破的衣服帶子用力擦，再將酒澆在他胸口替他擦。

似乎過了一個世紀，他的臉開始有了些血色，眼睛張開了一下又閉起來。

「荷西，荷西。」我輕輕拍打他的臉叫著他。

又過了半小時，他完全清醒了，張大著眼睛，像看見鬼一樣的望著我，口中結結巴巴的說：「妳，妳……」

「我，我什麼？」我被他的表情嚇了一大跳。

「妳——妳吃苦了。」他將我一把抱著，流下淚來。

「你說什麼，我沒有吃苦啊！」我莫名其妙，從他手臂裏鑽出來。

「妳被那三個人抓到了？」他問。

「沒有啊！我逃掉了，早逃掉了。」我大聲說。

「那，妳為什麼光身子，妳的衣服呢？」

我這才想到我自己只穿著內衣褲，全身都是泥水。荷西顯然也被凍瘋了，他居然到這麼久之後才看見我沒有穿衣服。

在回家的路上，荷西躺在一旁，他的兩隻腿必須馬上去看醫生，想來是凍傷了。夜已深了，迷宮山像鬼魅似的被我丟在後面，我正由小熊星座引著往北開。

「三毛，還要化石麼？」荷西呻吟似的問著我。

「要。」我簡短的回答他。「你呢？」我問他。「我更要了。」

「什麼時候再來？」

「明天下午。」

沙漠觀浴記。

有一天黃昏，荷西突然心血來潮，要將一頭亂髮剪成平頭，我聽了連忙去廚房拿了剪魚的大剪刀出來，同時想用抹布將他的頸子圍起來。

「請你坐好。」我說。

「妳做什麼？」他嚇了一跳。

「剪你的頭髮。」我將他的頭髮拉了一大把起來。

「剪妳自己的難道還不夠？」他又跳開了一步。

「鎮上那個理髮師不會比我高明，你還是省省吧，來！來！」我又去捉他。

荷西一把抓了鑰匙就逃出門去，我丟下剪刀也追出去。

五分鐘之後，我們都坐在骯髒悶熱的理髮店裏，為了怎麼剪荷西的頭髮，理髮師、荷西和我三個人爭論起來，各不相讓，理髮師很不樂，狠狠的瞪著我。

「三毛，妳到外面去好不好？」荷西不耐的對我說。

「給我錢，我就走。」我去荷西口袋裏翻了一張藍票子，大步走出理髮店。

沿著理髮店後面的一條小路往鎮外走，骯髒的街道上堆滿了垃圾，蒼蠅成群的飛來飛去，一大批瘦山羊在找東西吃。這一帶我從來沒有來過。

經過一間沒有窗戶的破房子，門口堆了一大堆枯乾的荊棘植物。我好奇的站住腳再仔細看看，這個房子的門邊居然掛了一塊牌子，上面寫著「泉」。

我心裏很納悶，這個垃圾堆上的屋子怎麼會有泉水呢？於是我走到虛掩著的木門邊，將頭伸進去看看。

大太陽下往屋裏暗處看去，根本沒有看見什麼，就聽到有人吃驚的怪叫起來——「啊……啊……」又同時彼此嚷著阿拉伯話。

我轉身跑了幾步，真是滿頭霧水，裏面的人到底在做什麼？為什麼那麼怕我呢？

這時裏面一個中年男人披了撒哈拉式的長袍追出來，看見我還沒有跑，便衝上來想抓住我的樣子。

「妳做什麼，為什麼偷看人洗澡？」他氣沖沖的用西班牙文責問我。

「洗澡？」我被弄得莫名其妙。

「不知羞恥的女人，快走，噓——噓——」那個人打著手勢好似趕雞一樣趕我走。

「噓什麼嘛，等一下。」我也大聲回嚷他。

「喂，裏面的人到底在做什麼？」我問他，同時又往屋內走去。

「洗澡，洗——澡，不要再去看了。」他口中又發出噓聲。

「這裏可以洗澡？」我好奇心大發。

「是啦！」那個人不耐煩起來。

「怎麼洗？你們怎麼洗？」我大為興奮，頭一次聽說撒哈拉威人也洗澡，豈不要打破砂鍋問到底。

「妳來洗就知道了。」他說。

「我可以洗啊？」我受寵若驚的問。

「女人早晨八點到中午十二點，四十塊錢。」

「多謝，多謝，我明天來。」

我連忙跑去理髮店告訴荷西這個新的好去處。

第二天早晨，我抱著大毛巾，踏在厚厚的羊糞上，往「泉」走去，一路上氣味很不好，實在有點倒胃口。

推門進去，屋內坐著一個撒哈拉威中年女子，看上去精明而又兇悍，大概是老闆娘了。

「要洗澡嗎？先付錢。」

我將四十塊錢給了她，然後四處張望。這個房間除了亂七八糟丟著的鏽鐵皮水桶外沒有東西，光線很不好，一個裸體女人出來拿了一個水桶又進去了。

「怎麼洗？」我像個鄉巴佬一樣東張西望。

「來，跟我來。」

老闆娘拉了我的手進了裏面一個房間，那個小房間大約只有三四個榻榻米大，有幾條鐵絲橫拉著，鐵絲上掛滿了撒哈拉威女人的內衣，還有裙子和包身體的布等等，一股很濃的怪味衝進鼻子裏，我閉住呼吸。

「這裏，脫衣服。」老闆娘命令似的說。

我一聲不響，將衣服脫掉，只剩裏面事先在家中穿好的比基尼游泳衣，同時也將脫下的衣服掛在鐵絲上。

「脫啊！」那個老闆娘又催了。

「脫好了。」我白了她一眼。

「穿這個怪東西怎麼洗？」她問我，又很粗暴的用手拉我的小花布胸罩，又去拉拉我的褲子。

「怎麼洗是我的事。」我推開了她的手，又白了她一眼。

「好，現在到外面去拿水桶。」

我乖乖的出去拿了兩個空水桶進來。

「這邊，開始洗。」她又推開一個門，這幢房子一節一節的走進去，好似枕頭麵包一樣。

泉，終於出現了，沙漠裏第一次看見地上冒出的水來，真是感動極了。它居然在一個房間裏。

那是一口深井，許多女人在井旁打水，嘻嘻哈哈，情景十分活潑動人。我提著兩只空水桶，像呆子一樣望著她們。

這批女人看見我這個穿衣服的人進去，大家都停住了，我們彼此望來望去，面露微笑，這些女人不太會講西班牙話。

一個女人走上來，替我打了一桶水，很善意的對我說：「這樣，這樣。」

然後她將一大桶水從我頭上倒下來，我趕緊用手擦了一下臉，另一桶水又淋下來，我連忙跑到牆角，口中說著：「謝謝！謝謝！」再也不敢領教了。

「冷嗎？」一個女人問我。

我點點頭，狼狽極了。

「冷到裏面去。」她們又將下一扇門拉開，這個麵包房子不知一共有幾節。

我被送到再裏面一間去。一陣熱浪迎面撲上來，四周霧氣茫茫，看不見任何東西，等了幾秒鐘，勉強看見四周的牆，我伸直手臂摸索著，走了兩步，好似踏著人的腿，我彎下身子去看，才發覺這極小的房間裏的地上都坐了成排的女人，在對面牆的那邊，一個大水槽內正滾著冒泡泡的熱水，霧氣也是那裏來的，很像土耳其浴的模樣。

這時房間的門被人拉開了幾分鐘，空氣涼下來，我也可以看清楚些。

這批女人身旁都放了一兩個水桶，裏面有冷的井水。房間內溫度那麼高，地被蒸得發燙，我的腳被燙得不停的動來動去，不知那些坐在地上的女人怎麼受得了。

「這邊來坐。」一個牆角邊的裸女挪出了地方給我。

「我站著好了，謝謝！」看看那一片如泥漿似的溼地，不是怕燙也實在坐不下去。

我看見每一個女人都用一片小石頭沾著水，在刮自己身體，每刮一下，身上就出現一條黑黑的漿汁的污垢，她們不用肥皂，也不太用水，要刮得全身的髒都鬆了，才用水沖。

「四年了，我四年沒有洗澡，住哈伊麻，很遠、很遠的沙漠——」一個女人笑嘻嘻的對我說，「哈伊麻」意思是帳篷。

她對我說話時我就不吸氣。

她將水桶舉到頭上沖下去，隔著霧氣，我看見她沖下來的黑漿水慢慢淹過我清潔的光腳，我胃裏一陣翻騰，咬住下唇站著不動。

「妳怎麼不洗，石頭借給妳刮。」她好心的將石頭給我。

「我不髒，我在家裏洗過了。」

「不髒何必來呢！像我，三四年才來一次。」她洗過了還是看上去很髒。

這個房間很小，沒有窗，加上那一大水槽的水不停的冒熱氣，我覺得心跳加快，汗出如雨，加上屋內人多，混合著人的體臭，我好似要嘔吐了似的。挪到溼溼的牆邊去靠一下，才發覺這個牆上積了一層厚厚如鼻涕一樣的滑滑的東西，我的背上被黏了一大片。我咬住牙，連忙用毛巾沒命的擦背。

在沙漠裏的審美觀念，胖的女人才是美，所以一般女人想盡方法給自己發胖。平日女人出門，除了長裙之外，還用大塊的布將自己的身體、頭臉纏得個密不透風。有時髦些的，再給自己加上一副太陽眼鏡，那就完全看不清她們的真面目了。

我習慣了看木乃伊似包裹著的女人，現在突然看見她們全裸的身體是那麼的胖大，實在令人觸目心驚，真是浴場現形，比較之下，我好似一根長在大胖乳牛身邊的細狗尾巴草，黯然失色。

一個女人已經刮得全身的黑漿都起來了，還沒有沖掉，外面一間她的孩子哭了，她光身子跑出去，將那個幾個月大的嬰兒抱進來，就坐在地上餵起奶來。她下巴、頸子、臉上、頭髮上流下來的污水流到胸部，孩子就混著這些污水吸著乳汁。

我呆看著這可怖骯髒透頂的景象，胃裏又是一陣翻騰，沒法子再忍下去，轉身跑出這個房間。

一直奔到最外面一間，用力吸了幾口新鮮空氣，才走回到鐵絲上去拿衣服來穿。

「她們說妳不洗澡，只是站著看，有什麼好看？」老闆娘很有興趣的問我。

「看妳們怎麼洗澡。」我笑著回答她。

「妳花了四十塊錢就是來看看？」她張大了眼睛。

「不貴，很值得來。」

「這兒是洗身體外面，裏面也要洗。」她又說。

「洗裏面？」我不懂她說什麼。

她做了一個掏腸子的手勢，我大吃一驚。

「哪裏洗，請告訴我。」既嚇又興奮，衣服扣子也扣錯了。

「在海邊，妳去看，在勃哈多海灣，搭了很多哈伊麻，春天都要去那邊住，洗七天。」

當天晚上我一面做飯一面對荷西說：「她說裏面也要洗洗，在勃哈多海邊。」

「不要是妳聽錯了？」荷西也嚇了一跳。

「沒有錯，她還做了手勢，我想去看看。」我央求荷西。

從小鎮阿雍到大西洋海岸並不是太遠，來回只有不到四百里路，一日可以來回了。勃哈多有個海灣我們是聽說，其他近乎一千里的西屬撒哈拉海岸幾乎全是岩岸沒有沙灘。

車子沿著沙地上前人的車印開，一直到海都沒有迷路，在岩岸上慢慢找勃哈多海灣又費了一小時。

「看，那邊下面。」荷西說。

我們的車停在一個斷崖邊，幾十公尺的下面，藍色的海水平靜的流進一個半圓的海灣裏，灣內沙灘上搭了無數白色的帳篷，有男人、女人、小孩在走來走去，看上去十分自在安詳。

「這個亂世居然還有這種生活。」我羨慕的嘆息著，這簡直是桃花源的境界。

「不能下去，找遍了沒有落腳的地方，下面的人一定有他們秘密的路徑。」荷西在懸崖上走了一段回來說。

荷西把車內新的大麻繩拉出來，綁在車子的保險槓上，再將一塊大石頭堆在車輪邊卡住，等綁牢了，就將繩子丟到崖下去。

「我來教妳，妳全身重量不要掛在繩子上，妳要踏穩腳下的石頭，繩子只是穩住妳的東西，怕不怕？」

我站在崖邊聽他解釋，風吹得人發抖。

「怕嗎？」又問我。

「很怕，相當怕。」我老實說。

「好，怕就我先下去，妳接著來。」

荷西背著照相器材下去了。我脫掉了鞋子，也光腳吊下崖去，半途有隻怪鳥繞著我打轉，我怕牠啄我眼睛，只有快快下地去，結果注意力一分散，倒也不怎麼怕就落到地面了。

「噓！這邊。」荷西在一塊大石頭後面。

落了地，荷西叫我不要出聲，一看原來有三五個全裸的撒哈拉威女人在提海水。

這些女人將水桶內的海水提到沙灘上，倒入一個很大的罐子內，這個罐子的下面有一條皮帶管可以通水。

一個女人半躺在沙灘上，另外一個將皮帶管塞進她體內，如同灌腸一樣，同時將罐子提在手裏，水經過管子流到她腸子裏去。

我推了一下荷西，指指遠距離鏡頭，叫他裝上去，他忘了拍照，看呆了。

水流光了一個大罐子，旁邊的女人又倒了一罐海水，繼續去灌躺著的女人，三次灌下去，那個女人忍不住呻吟起來，接著又再灌一大桶水，她開始尖叫起來，好似在忍受著極大的痛苦。

我們在石塊後面看得心驚膽裂。

這條皮帶管終於拉出來了，又插進另外一個女人的肚內清洗，而這邊這個已經被灌足了水的女人，又在被口內灌水。

據「泉」那個老闆娘說，這樣一天要洗內部三次，一共洗七天才完畢，真是名副其實的春季大掃除，一個人的體內居然容得下那麼多的水，也真是不可思議。

過了不久，這個灌足了水的女人蹣跚爬起來，慢慢往我們的方向走來。

她蹲在沙地上開始排泄，肚內瀉出了無數的髒東西，瀉了一堆，她馬上退後幾步，再瀉，同時用手抓著沙子將她面前瀉的糞便蓋起來，這樣一面瀉，一面埋，瀉了十幾堆還沒有停。

等這個女人蹲在那裏突然唱起歌時，我忍不住哈哈大笑特笑起來，她當時的情景非常滑稽，令人忍不住要笑。

荷西跳上來捂我的嘴，可是已經太遲了。

那個光身子女人一回頭，看見石塊後的我們，嚇得臉都扭曲了，張著嘴，先逃了好幾十步，才狂叫出來。

我們被她一叫，只有站直了，再一看，那邊帳篷裏跑出許多人來，那個女人向我們一指，他們氣勢洶洶的往我們奔殺而來。

「快跑，荷西。」我又想笑又緊張，大叫一聲拔腿就跑，跑了一下回過頭叫：「拿好照相機要緊啊！」

我們逃到吊下來的繩子邊，荷西用力推我，我不知哪裏來的本事，一會兒就上懸崖了，荷西也很快爬上來。

可怖的是，明明沒有路的斷崖，那些追的人沒有用繩子，不知從哪條神秘的路上也冒出來了。

我們推開卡住車輪的石塊，繩子都來不及解，我才將自己丟進車內，車子就如砲彈似的彈了出去。

過了一星期多，我仍然在痛悼我留在崖邊的美麗涼鞋，又不敢再開車回去撿。突然聽見荷西下班回來了，正在窗外跟一個撒哈拉威朋友說話。

「聽說最近有個東方女人，到處看人洗澡，人家說你——」那個撒哈拉威人試探的問荷西。

「我從來沒聽說過，我太太也從來沒有去過勃哈多海灣。」荷西正在回答他。

我一聽，天啊！這個呆子正在此地無銀三百兩了，連忙跑出去。

「有啦！我知道有東方女人看人洗澡。」我笑容可掬的說。

荷西一臉驚愕的表情。

「上星期飛機不是送來一大批日本遊客，日本人喜歡研究別人怎麼洗澡，尤其是日本女人，到處亂問人洗澡的地方——」

荷西用手指著我，張大了口，我將他手一把打下去。

那個撒哈拉威朋友聽我這麼一說，恍然大悟，說：「原來是日本人，我以為，我以為……」他往我一望，臉上出現一抹紅了。

「你以為是我，對不對？我其實除了煮飯洗衣服之外，什麼都不感興趣，你弄錯了。」

「對不起，我想錯了，對不起。」他又一次羞紅了臉。

等那個撒哈拉威人走遠了，我還靠在門邊，閉目微笑，不防頭上中了荷西一拍。

「不要發呆了，蝴蝶夫人，進去煮飯吧！」

愛的尋求。

鄰近我住的小屋附近，在七八個月前開了一家小小的雜貨店，裏面賣的東西應有盡有，這麼一來，對我們這些遠離小鎮的居民來說實在方便了很多，我也不用再提著大包小包在烈日下走長路了。

這個商店我一天大約要去四五次，有時一面燒菜，一面飛奔去店裏買糖買麵粉，在時間上總是十萬火急，偏偏有時許多鄰居在買東西，再不然錢找不開，每去一趟總不能如我的意十秒鐘就跑個來回，對我這種急性子人很不合適。

買了一星期後，我對這個管店的年輕撒哈拉威人建議，不如來記帳吧，我每天夜裏記下白天所買的東西，到了滿一千塊西幣左右就付清。這個年輕人說他要問他哥哥之後才能答覆我。第二天他告訴我，他們歡迎我記帳，他們不會寫字，所以送了我一本大簿子，由我單方面記下所欠積的東西。

於是從那時候開始我就跟沙侖認識了。

沙侖平日總是一個人在店裏，他的哥哥另外有事業，只有早晚來店內晃一下。每一次我去店內結帳付錢時，沙侖總堅持不必再核對我做的帳，如果我跟他客氣起來，他馬上面紅耳赤吶吶不能成言，所以我後來也不堅持他核算帳了。
因為他信任我，我算帳時也特別仔細，不希望出了差錯讓沙侖受到責怪。這個店並不是他的，但是他好似很負責，夜間關店了也不去鎮上，總是一個人悄悄的坐在地上看著黑暗的天空。他很木訥老實，開了快一個月的店，他好似沒有交上任何朋友。
有一天下午，我又去他店裏結帳，付清了錢，我預備離去，當時沙侖手裏拿著我的帳簿低頭把玩著，那個神情不像是忘了還我，倒像有什麼話要說。
我等了他兩秒鐘，他還是那個樣子不響，於是我將他手裏的帳簿抽出來，對他說：「好了，謝謝你，明天見！」就轉身走出去。
他突然抬起頭來，對我喚著：「葛羅太太——」
我停下來等他說話，他又不講了，臉已經脹得一片通紅。
「有什麼事嗎？」我很和氣的問他，免得加深他的緊張。
「我想——我想請您寫一封重要的信。」他說話時一直不敢抬眼望我。
「可以啊！寫給誰？」我問他，他真是太怕羞了。
「給我的太太。」他低得聲音都快聽不見了。
「你結婚了？」我很意外，因為沙侖吃住都在這個小店裏。無父無母，他哥哥一家對待他也十分冷淡，從來不知道他有太太。
他再點點頭，緊張得好似對我透露了一個天大的秘密。
「太太呢？在哪裏？為什麼不接來？」我知道他的心理，他自己不肯講，又渴望我問他。

他還是不回答，左右看了一下，確定沒有人進店來，他突然從櫃檯下面抽出一張彩色的照片來塞在我手裏，又低下頭去。

這是一張已經四周都磨破角的照片，裏面是一個阿拉伯女子穿著歐洲服裝。五官很端正，眼睛很大，但是並不年輕的臉上塗了很多化妝品，一片花紅柳綠。衣服是上身一件袒胸無袖的大花襯衫，下面是一條極短已經不再流行的蘋果綠迷你裙，腰上紮了一條銅鍊子的皮帶，胖腿下面踏了一雙很高的黃色高跟鞋，鞋帶子成交叉狀紮到膝蓋。黑髮一部分梳成鳥巢，另一部分披在肩後。全身掛滿了廉價的首飾，還用了一個發光塑膠皮的黑皮包。

光看這張照片，就令人眼花撩亂，招架不及，如果真人來了，加上香粉味一定更是精彩。

看看沙侖，他正熱切的等待著我對照片的反應，我不忍掃他的興，但是對這朵「阿拉伯人造花」實在找不出適當讚美的字眼，只有慢慢的將照片放回在櫃檯上。

「很時髦，跟這兒的撒哈拉威女孩們太不相同了。」我只有這麼說，不傷害他，也不昧著自己良心。

沙侖聽我這麼說，很高興，馬上說：「她是很時髦，很美麗，這裏沒有女孩比得上她。」

我笑笑問他：「在哪兒？」

「她現在在蒙地卡羅。」他講起他太太來好似在說一個女神似的。

「你去過蒙地卡羅？」我懷疑自己聽錯了。

「我沒有，我們是去年在阿爾及利亞結婚的。」他說。

「結了婚，她為什麼不跟你回沙漠來？」

他的臉被我一問，馬上黯淡下來了，熱切的神情消失了。

「沙伊達說，叫我先回來，過幾日她跟她哥哥一同來撒哈拉，結果，結果——」

「一直沒有來。」我替他將話接下去，他點點頭看著地。

「多久了？」我又問。

「一年多了。」

「你怎麼不早寫信去問？」

「我——」他說著好似喉嚨被卡住了，「我跟誰去講——」他嘆了一口氣。

我心裏想，你為什麼又肯對我這個不相干的人講了呢？

「拿地址來看看。」我決定幫他一把。

地址拿出來了，果然是摩納哥，蒙地卡羅，不是阿爾及利亞。

「你哪裏來的這個地址？」我問他。

「我去阿爾及利亞找過我太太一次，三個月以前。」他吞吞吐吐的說。

「哎呀，怎麼不早講？你話講得不清不楚，原來又去找過了。」

「她不在，她哥哥說她走了，給了我這張照片和地址叫我回來。」

千里跋涉，就為了照片裏那個俗氣女人？我感嘆的看著沙侖那張忠厚的臉。

「沙侖，我問你，你結婚時給了多少聘金給女方？」

突然想到沙漠裏的風俗。

「很多。」他又低下頭去，好似我的問觸痛了他的傷口。

「多少？」我輕輕的問。

「三十多萬。」（合台幣二十多萬。）

我嚇了一跳，懷疑的說：「你不可能有那麼多錢，亂講！」

「有，有，我父親前年死時留下來給我的，妳可以問我哥哥。」沙侖頑固的分辯著。

「好，下面我來猜。你去年將父親這筆錢帶去阿爾及利亞買貨，要運回撒哈拉來賣，結果貨沒有買成，娶了照片上的沙伊達，錢送給了她，你就回來了，她始終沒有來。我講的對不對？」一個很簡單拆白黨的故事。

「對，都猜對了，妳怎麼像看見一樣？」他居然因為被我猜中了，有點高興。

「你真不明白？」我張大了眼睛，奇怪得不得了。

「我不明白她為什麼不肯來這裏，所以我拜託妳一定要寫信給她，告訴她，我——我——」他情緒突然很激動，用手托住了頭。「我現在什麼都沒有了。」他喃喃的說。

我趕快將視線轉開去，看見這個老實木訥的人這麼真情流露，我心裏受到了很大的感動。從第一次見到他時開始，他身上一直靜靜的散發著一種很孤苦的悲戚感，就好像舊俄時代小說裏的那些忍受著極大苦難的人一樣。

「來吧，來寫信，我現在有空。」我打起精神來說。

這時沙侖輕輕的懇求我：「請妳不要告訴我哥哥這寫信的事。」

「我不講，你放心。」我將帳簿打開來寫信。

「好，你來講，我寫。講啊……」我又催他。

「沙伊達，我的妻——」沙侖發抖似的吐出這幾個字，又停住了。

「不行，我只會寫西班牙文，她怎麼念信？」明明知道這個女騙子根本不會念這封信，也不會承認是他什麼太太，我又不想寫了。

「沒關係，請妳寫，她會找人去念信的，求求妳……」沙侖好似怕我又不肯寫，急著求我。

「好吧！講下去吧！」我低頭再寫。

「自從我們去年分手之後，我念念不忘妳，我曾經去阿爾及利亞找妳——」我看得出，如果沙侖對這個女子沒有巨大的愛情，他不會克服他的羞怯，在一個陌生人的面前陳述他心底深藏著的熱情。

「好啦！你來簽名。」我把寫好的信從帳簿上撕下來，沙侖會用阿拉伯文寫自己的名字。

沙侖很仔細的簽了名，嘆了口氣，他滿懷希望的說：「現在只差等回信來了。」

我望了他一眼，不知怎麼說，只有不響。

「回信地址可以用你們的郵局信箱號碼嗎？荷西先生不會麻煩吧？」

「你放心，荷西不在意的，好，我替你寫回信地址。」我原先並沒有想到要留回信地址。

「現在我親自去寄。」

沙侖向我要了郵票，關了店門，往鎮上飛奔而去。

從信寄掉第二日開始，這個沙侖一看見我進店，就要驚得跳起來，如果我搖搖頭，他臉上失望的表情馬上很明顯的露出來。這樣早就開始為等信痛苦，將來的日子怎麼過呢？

一個月又過去了，我被沙侖無聲的糾纏弄得十分頭痛，我不再去他店裏買東西，我也不知道如何告訴他，沒有回信，沒有回信，沒有回信——死心算了。我不去他的店，他每天關了店門就來悄悄的站在我窗外，也不敲門，要等到我看到他了，告訴他沒有信，他才輕輕的道聲謝，慢慢走回小店前，坐在地上呆望著天空，一望好幾小時。

過了很久一陣，有一次我開信箱，裏面有我幾封信，還有一張郵局辦公室的通知單，叫我去一趟。

「是什麼東西？」我問郵局的人。

「一封掛號信，妳的郵箱，給一個什麼沙侖——哈米達，是妳的朋友，還是寄錯了？」

「啊——」我拿著這封摩納哥寄來的信，驚叫出來，全身寒毛豎立。抓起了信，往回家的路上快步走去。

我完全錯估了這件事情，她不是騙子，她來信了，還是掛號信，沙侖要高興得不知什麼樣子了。

「快念，快念！」

沙侖一面關店一面說，他人在發抖，眼睛發出瘋子似的光芒。

打開信來一看，是法文的，我真對沙侖抱歉。

「是法文——」我咬咬手指，沙侖一聽，急得走投無路。

「是給我的總沒錯吧！」他輕輕的問。生怕大聲了，這個美夢會醒。

「是給你的，她說她愛你。」我只看得懂這一句。

「隨便猜猜，求妳，還說什麼？」沙侖像瘋子了。

「猜不出，等荷西下班吧。」

我走回家，沙侖就像個殭屍鬼似的直直的跟在我後面，我只好叫他進屋，坐下來等荷西。

荷西有時在外面做事受了同事的氣，回來時臉色會很兇，我已經習慣了，不以為意。那天他回來得特別早，看見沙侖在，只冷淡的點點頭，就去換鞋子，也不說一句話。沙侖手裏拿著信，等荷西再注意他，但是荷西沒有理他，又走到臥室去了，好不容易又出來了，身上一條短褲，又往浴室走去。

沙侖此時的緊張等待已到了飽和點，他突然一聲不響，拿著信，啪一下跪撲在荷西腳前，好似要上去抱荷西的腿。我在廚房看見這情景嚇了一大跳，沙侖太過分了，我對自己生氣，將這個瘋子弄回那麼小的家裏來亂吵。

荷西正在他自己那個世界裏神遊，突然被沙侖在面前一跪，嚇得半死，大叫：「怎麼搞的，怎麼搞的，三毛，快來救命啊——」

我用力去拉沙侖，好不容易將他和荷西都鎮定住，我已經累得心灰意懶了，只恨不得沙侖快快出去給我安靜。

荷西念完了信，告訴沙侖：「你太太說，她也是愛你的，現在她不能來撒哈拉，因為沒有錢，請你設法籌十萬塊西幣，送去阿爾及利亞她哥哥處，她哥哥會用這個錢買機票給她到你身邊來，再也不分離了。」

「什麼？見她的大頭鬼，又要錢——」我大叫出來。

沙侖倒是一點也不失望，他只一遍一遍的問荷西：「沙伊達說她肯來？她肯來？」他的眼光如同在做夢一般幸福。

「錢，沒有問題，好辦，好辦──」他喃喃自語。

「算啦，沙侖──」我看勸也好似勸不醒他。

「這個，送給你。」沙侖像被喜悅沖昏了頭，脫下他手上唯一的銀戒指，塞在荷西手裏。

「沙侖，我不能收，你留下給自己。」荷西一把又替他戴回他手指去。

「謝謝，你們幫了我很多。」沙侖滿懷感激的走了。

「這個沙侖太太到底怎麼回事？沙侖為她瘋狂了。」荷西莫名其妙的說。

「什麼太太嘛，明明是個婊子！」這朵假花只配這樣叫她。

自從收到這封信之後，沙侖又千方百計找到了一個兼差，白天管店，夜間在鎮上的大麵包店烤麵包，日日夜夜的辛勞工作，只有在清晨五點到八點左右可以睡覺。

半個月下來，他很快速的憔悴下來，人瘦了很多，眼睛佈滿血絲，頭髮又亂又髒，衣服像抹布一樣縐，但是他話多起來了，說話時對生命充滿盼望，但是我不知怎的覺得他內心還是在受著很大的痛苦。

過了不久，我發覺他菸也戒掉了。

「要每一分錢都省下來，菸不抽不要緊。」他說。

「沙侖，你日日夜夜辛苦，存了多少？」我問他。

兩個月以後，他已是一副骨架子了。

「一萬塊，兩個月存了一萬，快了，快了，妳不用替我急。」他語無倫次，長久的缺乏睡眠，他的神經已經衰弱得不得了。

我心裏一直在想，沙伊達有什麼魔力，使一個只跟她短短相處過三天的男人這樣愛她，這樣不能忘懷她所給予的幸福。

又過了好一陣，沙侖仍不生不死的在發著他的神經，一個人要這樣撐到死嗎？

一個晚上，沙侖太累了，他將兩隻手放到烤紅的鐵皮上去，雙手受到了嚴重的燙傷。白天店裏的工作，他哥哥並沒有許他關店休息。

我看他賣東西時，用兩手腕處夾著拿東西賣給顧客，手忙腳亂，拿了這個又掉了那個。他哥哥來了，冷眼旁觀，他更緊張，番茄落了一地，去撿時，手指又因為灌膿，痛得不能著力，汗，大滴大滴的流下來。

可憐的沙侖，什麼時候才能從對沙伊達瘋狂的渴望中解脫出來？平日的他顯得更孤苦了。

自從手燙了之後，沙侖每夜都來塗藥膏，再去麵包店上工。只有在我們家，他可以盡情流露出他心底的秘密，他已完全忘了過去沙伊達給他的挫折，只要多存一塊錢，他夢想的幸福就更接近了。

那天夜裏他照例又來了，我們叫他一同吃飯，他說手不方便，乾脆就不吃東西。

「我馬上就好了，手馬上要結疤了，今天也許可以烤麵包了，沙伊達她——」他又開始做起那個不變的夢。

荷西這一次卻很憐憫溫和的聽沙侖說話，我正將棉花紗布拿出來要給沙侖換藥，一聽他又講了，又來了，心裏一陣煩厭，對著沙侖說：「沙伊達，沙伊達，沙伊達，一天到晚講她，你真不知道還是假不知道，沙——伊——達——是——婊子——」

我這些話衝口而出，也收不回來了。荷西猛一下抬起頭來注視著沙侖，室內一片要凍結起來的死寂。

我以為沙侖會跳上來把我捏死，但是他沒有。我對他講的話像個大棍子重重的擊倒了他，他緩緩的轉過頭來往我定定的望著，要說話，說不出一個字，我也定定的看著他瘦得像鬼一樣可憐的臉。

他臉上沒有憤怒的表情，他將那雙燙爛了的手舉起來，望著手，望著手，眼淚突然嘩一下流瀉出來，他一句話也沒有講，奪門而出，往黑暗的曠野裏跑去。

「妳想他明白受騙了嗎？」荷西輕輕的問我。

「他從開始到現在，心裏一直明明白白，只是不肯醒過來，他不肯自救，誰能救他。」我肯定沙侖的心情。

「沙伊達用蠱術迷了他。」荷西說。

「沙伊達能迷住他的不過是情慾上的給予，而這個沙侖一定要將沙伊達的肉體，解釋做他這一生所有缺乏的東西的代表，他要的是愛，是親情，是家，是溫暖。這麼一個拘謹孤單年輕的心，碰到一點即使是假的愛情，也當然要不顧一切的去抓住了。」

荷西一聲不響，將燈熄了，坐在黑暗中。

第二天我們以為沙侖不會來了，但是他又來了，我將他的手換上藥，對他說：「好啦！今晚烤麵包不會再痛了，過幾天全部的皮都又長好了。」

沙侖很安靜，不多說話，出門時他好似有話要說，又沒有說，走到門口，他突轉過身來，說了一聲：「謝謝！」

我心裏一陣奇異的感覺，口裏卻回答說：「謝什麼，不要又在發瘋了，快走，去上工。」

他也怪怪的對我笑了一笑，我關上門心裏一麻，覺得很不對勁，沙侖從來不會笑的啊！

第三天早晨，我開門去倒垃圾，拉開門，迎面正好走來兩個警察。

「請問您是葛羅太太？」

「是，我是。」我心裏對自己說，沙侖終於死了。

「有一個沙侖哈米達——」

「他是我們朋友。」我安靜的說。

「妳知道他大概會去了哪裏？」

「他？」我反問他們。

「他昨夜拿了他哥哥店裏要進貨的錢，又拿了麵包店裏收來的帳，逃掉了……」

「哦——」我沒有想到沙侖是這樣的選擇。

「他最近說過什麼比較奇怪的話，或者說過要去什麼地方嗎？」警察問我。

「沒有，你們如果認識沙侖，就知道了，沙侖是很少說話的。」

送走了警察，我關上門去睡了一覺。

「妳想沙侖怎麼會捨得下這片沙漠？這是撒哈拉威人的根。」荷西在吃飯時說。

「反正他不能再回來了，到處都在找他。」

吃過飯後我們在天台上坐著，那夜沒有風，荷西叫我開燈，燈亮了，一群一群的飛蟲馬上撲過來，牠們繞著光不停的打轉，好似這個光是牠們活著唯一認定的東西。

我們兩人看著這些小飛蟲。

「妳在想什麼？」荷西說。

「我在想，飛蛾撲火時，一定是極快樂幸福的。」

芳鄰。

我的鄰居們外表上看去都是極骯髒而邋遢的撒哈拉威人。不清潔的衣著和氣味，使人產生一種錯覺，以為他們也同時是窮苦而潦倒的一群。事實上，住在附近的每一家人，不但有西國政府的補助金，更有正當的職業，加上他們將屋子租給歐洲人住，再養大批羊群，有些再去鎮上開店，收入是十分安穩而可觀的。

所以本地人常說，沒有經濟基礎的撒哈拉威是不可能住到小鎮阿雍來的。

我去年初來沙漠的頭幾個月，因為還沒有結婚，所以經常離鎮深入大漠中去旅行。每次旅行回來，全身便像被強盜搶過了似的空空如也。沙漠中窮苦的撒哈拉威人連我帳篷的釘都給我拔走，更不要說隨身所帶的東西了。

在開始住定這條叫做金河大道的長街之後，我聽說同住的鄰居都是沙漠裏的財主，心裏不禁十分慶幸，幻想著種種跟有錢人做鄰居的好處。

說起來以後發生的事情實在是我的錯。

第一次被請到鄰居家去喝茶回來，荷西和我的鞋子上都黏上了羊糞，我的長裙子上被罕地小兒子的口水滴溼了一大塊。第二天，我就開始教罕地的女兒們用水拖地和曬蓆子。當然水桶、肥皂粉和拖把、水，都是我供給的。

就因為此地的鄰居們是如此親密的緣故，我的水桶和拖把往往傳到了黃昏，還輪不到我自己用，但是這並不算什麼，因為這兩樣東西他們畢竟用完了是還我的。

住久了金河大道，雖然我的家沒有門牌，但是鄰居們遠近住著的都會來找我。

我除了給藥時將門打開之外，平日還是不太跟他們來往，君子之交淡如水的道理我是十分恪守的。

日子久了，我住著的門總得開開關關，我門一開，這些婦女和小孩就湧進來，於是，我們的生活方式和日常用具都被鄰居很清楚的看在眼裏了。

因為荷西和我都不是小氣的人，對人也算和氣，所以鄰居們慢慢的學到了充分利用我們的這個缺點。

每天早晨九點左右開始，這個家就不斷的有小孩子要東西。

「我哥哥說，要借一只燈泡。」

「我媽媽說，要一顆洋蔥——」

「我爸爸要一瓶汽油。」

「我們要棉花——」

「給我吹風機。」

「妳的熨斗借我姐姐。」

「我要一些釘子，還要一點點電線。」

其他來要的東西千奇百怪，可恨的是偏偏我們家全都有這些東西，不給他們心裏過意不去，給了他們，當然是不會還的。

「這些討厭的人，為什麼不去鎮上買。」荷西常常講，可是等小孩子來要了還是又給了。

不知什麼時候開始，鄰居的小孩子們開始伸手要錢，我們一出家門，就被小孩子們圍住，口裏叫著：「給我五塊錢，給我五塊錢！」

這些要錢的孩子們，當然也包括了房東的子女。

要錢我是絕對不給的，但是小孩子們很有恆心的每天來纏住我。有一天我對房東的孩子說：「你爸爸租這個破房子給我，收我一萬塊，如果再給你每天五塊，我不如搬家。」

從這個時候起，小孩子們不要錢了，只要泡泡糖，要糖我是樂意給的。

我想，他們不喜歡我搬走，所以不再討錢了。

有一天小女孩拉布來敲門，我開門一看，一隻小山也似的駱駝屍體躺在地上，血水流了一地，十分驚人。

「我媽媽說，這隻駱駝放在妳冰箱裏。」

我回頭看看自己如鞋盒一般大的冰箱，嘆了一口氣，蹲下去對拉布說：「拉布，告訴妳媽媽，如果她把你們家的大房子送給我做針線盒，這隻駱駝就放進我的冰箱裏。」

她馬上問我：「妳的針在哪裏？」

當然，駱駝沒有冰進來，但是拉布母親的臉繃了快一個月。她只對我說過一句話：「妳拒絕我，傷害了我的驕傲。」

每一個撒哈拉威人都是很驕傲的，我不敢常常傷害他們，也不敢不出借東西。

有一天，好幾個女人來向我要「紅色的藥水」，我執意不肯給，只說：「有什麼人弄破了皮膚，叫他來塗藥。」

但是她們堅持要拿回去塗。

等我過了幾小時聽見鼓聲跑出去看時，才發覺在公用天台上，所有的女人都用我的紅藥水塗滿了臉和雙手，正在扭來扭去的跳舞唱歌，狀極愉快。看見紅藥水有這樣奇特的功效，我也不能生氣了。

更令人苦惱的是，鄰近一家在醫院做男助手的撒哈拉威人，因為受到了文明的洗禮，他拒絕跟家人一同用手吃飯，所以每天到了吃飯的時候，他的兒子就要來敲門。

「我爸爸要吃飯了，我來拿刀叉。」這是一定的開場白。

這個小孩每天來借刀叉雖然會歸還，我仍是給他弄得不勝其煩，乾脆買了一套送給他，叫他不許再來了。

沒想到過了兩天，他又出現在門口。

「怎麼又來了？上一次送你的那一套呢？」我板著臉問他。

「我媽媽說那套刀叉是新的，要收起來。現在我爸爸要吃飯——」

「你爸爸要吃飯關我什麼事——」我對他大吼。這個小孩子像小鳥似的縮成一團，我不忍心了，只有再借他刀叉。畢竟吃飯是一件重要的事。

沙漠裏的房子，在屋頂中間總是空一塊不做頂。我們的家，無論吃飯、睡覺，鄰居的孩子都可以在天台上缺的那方塊往下看。

有時候颳起狂風沙來，屋內更是落沙如雨。在這種氣候下過日子，荷西跟我只有扮流沙河裏住著的沙和尚，一無選擇其他角色的餘地。

荷西跟房東要求了好幾次，房東總不肯加蓋屋頂。於是我們自己買材料，荷西做了三個星期日，鋪好了一片黃色毛玻璃的屋頂，光線可以照進來，美麗清潔極了。我將苦心拉拔大的九棵盆景放在新的屋頂下，一片新綠。我的生活因此改進了很多。

有一天下午，我正全神貫注的在廚房內看食譜做蛋糕，同時在聽音樂。突然聽到玻璃屋頂上好似有人踩上去走路的聲音，伸頭出去看，我的頭頂上很清楚的映出一隻大山羊的影子，這隻可惡的羊，正將我們斜斜的屋頂當山坡爬。

我抓起菜刀就往通天台的樓梯跑去，還沒來得及上天台，就聽見木條細微的斷裂聲，接著驚天動地的一陣巨響，木條、碎玻璃如雨似的落下來。當然這隻大山羊也從天而降，落在我們窄小的家裏。我緊張極了，連忙用掃把將山羊打出門，望著破洞洞外的藍天生氣。

破了屋頂我們不知應該叫誰來賠，只有自己買材料修補。

「這次做石棉瓦的怎樣？」我問荷西。

「不行，這房子只有朝街的一扇窗，用石棉瓦光線完全被擋住了。」荷西很苦惱，因為他不喜歡星期天還得做工。

過了不久，新的白色半透明塑膠板的屋頂又架起來了。荷西還做了一道半人高的牆，將鄰居們的天台隔開。

這個牆不只是為了防羊，也是為了防鄰居的女孩子們，因為她們常常在天台上將我曬著的內衣褲拿走，她們不是偷，因為用了幾天又會丟回在天台上，算做風吹落的。

雖然新屋頂是塑膠板的，但是半年內山羊還是掉下來過四次。我們忍無可忍，就對鄰居們講，下次再捉到穿屋頂的羊，就殺來吃掉，絕對不還給他們了，請他們關好自己的羊欄。

鄰居都是很聰明的人，我們大呼小叫，他們根本不置可否，抱著羊對我們瞇著眼睛笑。

「飛羊落井」的奇觀雖然一再發生，但是荷西總不在家，從來沒能體會這個景象是如何的動人。

有一個星期天黃昏，一群瘋狂的山羊跳過圍牆，一不小心，又上屋頂來了。

我大叫：「荷西，荷西，羊來了——」

荷西丟下雜誌衝出客廳，已經來不及了，一隻超級大羊穿破塑膠板，重重的跌在荷西的頭上，兩個都躺在水泥地上呻吟。

荷西爬起來，一聲不響，拉了一條繩子就把羊綁在柱子上，然後上天台去看看是誰家的混蛋放羊出來的。

天台上一個人也沒有。

「好，明天殺來吃掉。」荷西咬牙切齒的說。

等我們下了天台，再去看羊，這隻俘虜不但不叫，反而好像在笑，再低頭一看，天啊！我辛苦了一年種出來的九棵盆景，二十五片葉子，全部被牠吃得乾乾淨淨。

我又驚又怒又傷心，舉起手來，用盡全身的氣力，重重的打了山羊一個大耳光，對荷西尖叫著：「你看，你看——」然後衝進浴室抱住一條大毛巾大滴大滴的流下淚來。
這是我第一次為沙漠裏的生活洩氣以致流淚。
羊，當然沒有殺掉。
跟鄰居的關係，仍然在借東西的開門關門裏和睦的過下去。
有一次，我的火柴用完了，跑到隔壁房東家去要。
「沒有，沒有。」房東的太太笑嘻嘻的說。
我又去另外一家的廚房。
「給妳三根，我們自己也不多了。」哈蒂耶對我說，表情很生硬。
「妳這盒火柴還是上星期我給妳的，我一共給妳五盒，妳怎麼忘了？」我生起氣來。
「對啊，現在只剩一盒了，怎麼能多給妳。」她更不高興了。
「妳傷害了我的驕傲。」我也學她們的口氣對哈蒂耶說。
拿著三根火柴回來，一路上在想，要做史懷哲還可真不容易。
我們住在這兒一年半了，荷西成了鄰居的電器修理匠、木匠、泥水工——我呢，成了代書、護士、老師、裁縫——反正都是鄰居們訓練出來的。
撒哈拉威的青年女子皮膚往往都是淡色的，臉孔都長得很好看，她們平日在族人面前一定蒙上臉，但是到我們家裏來就將面紗拿掉。
其中有一個蜜娜，長得非常的甜美，她不但喜歡我，更喜歡荷西，只要荷西在家，她就會打扮得很清潔的來我們家坐著。後來她發覺坐在我們家沒有什麼意思，就找理由叫荷西去她家。

有一天她又來了，站在窗外叫：「荷西！荷西！」
我們正在吃飯，我問她：「妳找荷西什麼事？」
她說：「我們家的門壞了，要荷西去修。」
荷西一聽，放下叉子就想站起來。
「不許去，繼續吃飯。」我將我盤子裏的菜一倒倒在荷西面前，又是一大盤。
這兒的人可以娶四個太太，我可不喜歡四個女人一起來分荷西的薪水袋。
蜜娜不走，站在窗前，荷西又看了她一眼。
「不要再看了，當她是海市蜃樓。」我厲聲說。
這個美麗的「海市蜃樓」有一天終於結婚了，我很高興，送了她一大塊衣料。
我們平日洗刷用的水，是市政府管的，每天送水一大桶就不再給了。所以我們如果洗澡，就不能同時洗衣服，洗了衣服，就不能洗碗洗地，這些事都要小心計算好天台上水桶裏的存量才能做。天台水桶的水是很鹹的，不能喝，平日喝的水要去商店買淡水。水，在這裏是很珍貴的。
上星期日我們為了參加鎮上舉行的「駱駝賽跑大會」，從幾百里路紮營旅行的大漠裏趕回家來。
那天颳著大風沙，我回家來時全身都是灰沙，難看極了。進了家門，我衝到浴室去沖涼，希望參加騎駱駝時樣子清潔一點，因為西班牙電視公司的駐沙漠記者答應替我拍進新聞片裏。
等我全身都是肥皂時，水不來了，我趕快叫荷西上天台去看水桶。

「是空的，沒有水。」荷西說。

「不可能嘛！我們這兩天不在家，一滴水也沒用過。」我不禁緊張起來。包了一塊大毛巾，我光腳跑上天台。水桶像一場噩夢似的空著。再一看鄰居的天台，曬了數十個麵粉口袋，我恍然大悟，水原來是給這樣吃掉了。

我將身上的肥皂用毛巾擦了一下，就跟荷西去賽駱駝了。

那個下午，所有會瘋會玩的西班牙朋友都在駱駝背上飛奔賽跑，壯觀極了，只有我站在大太陽下看別人。這些騎士跑過我身旁時，還要笑我：「膽小鬼啊！膽小鬼啊！」

我怎麼能告訴人家，我不能騎駱駝的原因是怕汗出太多了，身上不但會發癢，還會冒肥皂泡泡。

這些鄰居裏，跟我最要好的是姑卡，她是一個溫柔又聰明的女子，很會思想。但是姑卡有一個毛病，她想出來的事情跟我們不大一樣，也就是說她對是非的判斷往往令我驚奇不已。

有個晚上，荷西和我要去此地的國家旅館裏參加一個酒會。我燙好了許久不穿的黑色晚禮服，又把幾件平日不用的稍微貴些的項鍊拿出來放好。

「酒會是幾點？」荷西問。

「八點鐘。」我看看鐘，已經七點四十五分了。

等我衣服、耳環都穿好弄好了，預備去穿鞋時，我發覺平日一向在架子上放著的紋皮高跟鞋不見了，問問荷西，他說沒有拿過。

「妳隨便穿一雙不就行了。」荷西最不喜歡等人。

我看著架子上一大排鞋子——球鞋、木拖鞋、平底涼鞋、布鞋、長筒靴子——沒有一雙可以配黑色的長禮服，心裏真是急起來，再一看，咦！什麼鬼東西，它什麼時候跑來的？這是什麼？

架子上靜靜的放著一雙黑黑髒髒的尖頭沙漠鞋，我一看就認出來是姑卡的鞋子。

她的鞋子在我架子上，那我的鞋會在哪裏？

我連忙跑到姑卡家去，將她一把抓起來，兇兇的問她：「我的鞋呢？我的鞋呢？妳為什麼偷走？」

又大聲喝叱她：「快找出來還我，妳這個混蛋！」

這個姑卡慢吞吞的去找，廚房裏，蓆子下面，羊堆裏，門背後——都找遍了，找不到。

「我妹妹穿出去玩了，現在沒有。」她很平靜的回答我。

「明天再來找妳算帳。」我咬牙切齒的走回家。那天晚上的酒會，我只有換了件棉布的白衣服，一雙涼鞋，混在荷西上司太太們珠光寶氣的氣氛裏，不相稱極了。壞心眼的荷西的同事還故意稱讚我：「妳真好看，今天晚上妳像個牧羊女一樣，只差一根手杖。」

第二天早晨，姑卡提了我的高跟鞋來還我，已經被弄得不像樣了。

我瞪了她一眼，將鞋子一把搶過來。

「哼！妳生氣，生氣，我還不是會生氣。」姑卡的臉也脹紅了，氣得不得了。

「妳的鞋子在我家，我的鞋子還不是在妳家，我比妳還要氣。」她又接著說。

我聽見她這荒謬透頂的解釋，忍不住大笑起來。

「姑卡，妳應該去住瘋人院。」我指指她的太陽穴。

「什麼院？」她聽不懂。

「聽不懂算了。姑卡，我先請問妳，妳再去問問所有的鄰居女人，我們這個家裏，除了我的『牙刷』和『丈夫』之外，還有妳們不感興趣不來借的東西嗎？」

她聽了如夢初醒，連忙問：「妳的牙刷是什麼樣子的？」

我聽了激動得大叫：「出去——出去。」

姑卡一面退一面說：「我只要看看牙刷，我又沒有要妳的丈夫，真是——」

等我關上了門，我還聽見姑卡在街上對另外一個女人大聲說：「妳看，妳看，她傷害了我的驕傲。」

感謝這些鄰居，我沙漠的日子被她們弄得五光十色，再也不知寂寞的滋味了。

素人漁夫。

有一個星期天，荷西去公司加班，整天不在家。

我為了打發時間，將今年三月到現在荷西所賺的錢，細細的計算清楚，寫在一張清潔的白紙上，等他回來。

到了晚上，荷西回來了，我將紙放在他的面前，對他說：「你看，半年來我們一共賺進來那麼多錢。」

他看了一眼我做好的帳，也很歡喜，說：「想不到賺了那麼多，忍受沙漠的苦日子也還值得吧！」

「我們出去吃晚飯吧，反正有那麼多錢。」他興致很高的提議。

我知道他要帶我去國家旅館吃飯，很快的換好衣服跟他出門，這種事實在很少發生。

「我們要上好的紅酒、海鮮湯，我要牛排，給太太來四人份的大明蝦，甜點要冰淇淋蛋糕，也是四人份的，謝謝！」荷西對茶房說。

「幸虧今天一天沒吃東西，現在正好大吃一頓。」我輕輕的對荷西說。

國家旅館是西班牙官方辦的，餐廳佈置得好似阿拉伯的皇宮，很有地方色彩，燈光很柔和，吃飯的人一向不太多，這兒的空氣新鮮，沒有塵土味，刀叉擦得雪亮，桌布燙得筆挺，若有若無的音樂像溪水似的流瀉著。我坐在裏面，常常忘了自己是在沙漠，好似又回到了從前的那些好日子裏一樣。

一會兒，菜來了，美麗的大銀盤子裏，用碧綠的生菜襯著一大排炸明蝦，杯子裏是深紅色的葡萄酒。

「啊！幸福的青鳥來了！」我看著這個大菜感動得嘆息起來。

「妳喜歡，以後可以常常來嘛！」荷西那天晚上很慷慨，好像大亨一樣。

長久的沙漠生活，只使人學到一個好處，任何一點點現實生活上的享受，都附帶的使心靈得到無限的滿足和昇華。換句話說，我們注重自己的胃勝於自己的腦筋。

吃完晚飯，付掉了兩張綠票子，我們很愉快的散步回家，那天晚上我是一個幸福的人。

第二天，我們當然在家吃飯，飯桌上有一個圓圓的馬鈴薯餅，一個白麵包，一瓶水。

「等我來分，這個餅，你吃三分之二，我拿三分之一。」

我一面分菜，一面將麵包整個放在荷西的盤子裏，好看上去滿一點。

「很好吃的，我放了洋蔥，吃嘛！」我開始吃。

荷西狼吞虎嚥地一下就吃光了餅，站起來要去廚房。

「沒有菜了，今天就吃這麼些。」我連忙叫住他。

「今天怎麼搞的？」他莫名其妙的望著我。

「拿去看！」我將另一張帳單遞給他。

「這是我們半年來用掉的錢，昨天算的是賺來的，今天算的是用出去的。」我趴在他肩膀上跟他解釋。

「這麼多，花了這麼多？都用光了！」他對我大吼。

「是。」我點點頭。「你看，上面寫得清清楚楚。」

荷西抓起來念著我做的流水帳——「番茄六十塊一公斤，西瓜兩百二十一個，豬肉半斤三百——」

「妳怎麼買那麼貴的菜嘛，我們可以吃省一點——」一面念一面又喃喃自語。等到他念到——「修車一萬五，汽油半年兩萬四千——」聲音越來越高，人站了起來。

「你不要緊張嘛！半年跑了一萬六千里，你算算是不是要那麼多油錢。」

「所以，我們賺來的錢都用光了，白苦了一場。」荷西很懊惱的樣子，表情有若舞台劇。

「其實我們沒有浪費，衣著費半年來一塊錢也沒花，全是跟朋友們吃飯啦，拍照啦，長途旅行這幾件事情把錢搞不見了。」

「好，從今天開始，單身朋友們不許來吃飯，拍照只拍黑白的，旅行就此不再去了，這片沙漠直渡也不知道渡了多少次了。」荷西很有決心的宣佈。

這個可憐的小鎮，電影院只有一家又髒又破的，街呢，一條熱鬧的也沒有，書報雜誌收到大半已經過期了，電視平均一個月收得到兩三次，映出來的人好似鬼影子，一個人在家也不敢看，停電停水更是家常便飯，想散個步嘛，整天颳著狂風沙。

這兒的日子，除了撒哈拉威人過得自在之外，歐洲人酗酒，夫妻打架，單身漢自殺經常發生，全是給沙漠逼出來的悲劇。只有我們，還算懂得「生活的藝術」，苦日子也熬下來了，過得還算不太壞。

我靜聽著荷西宣佈的節省計畫，開始警告他。

「那麼省，你不怕三個月後我們瘋掉了或自殺了？」

荷西苦笑了一下：「真的，假期不出去跑跑會活活悶死。」

「你想想看，我們不往阿爾及利亞那邊內陸跑，我們去海邊，為什麼不利用這一千多里長的海岸線去看看？」

「去海邊，穿過沙漠一個來回，汽油也是不得了。」

「去捉魚呀，捉到了做鹹魚曬乾，我們可以省菜錢，也可以抵汽油錢。」我的勁一向是很大的，說到玩，決不氣餒。

第二個週末，我們帶了帳篷，足足沿著海邊去探了快一百里的岩岸，夜間紮營住在崖上。沒有沙灘的岩岸有許多好處，用繩子吊下崖去很方便，海潮退了時岩石上露出附著的九孔，夾縫裏有螃蟹，水塘裏有章魚，有蛇一樣的花斑鰻，有圓盤子似的電人魚，還有成千上萬的黑貝殼豎長在石頭上，我認得出牠們是一種海鮮叫淡菜，再有肥肥的海帶可以曬乾做湯，漂流木是現代雕塑，小花石頭撿回來貼在硬紙板上又是圖畫。這片海岸一向沒有人來過，仍是原始而又豐富的。

「這裏是所羅門王寶藏，發財了啊！」

我在滑滑的石頭上跳來跳去，尖聲高叫，興奮極了。

「這一大堆石塊分給妳，快快撿，潮水退了。」

荷西丟給我一只水桶，一副線手套，一把刀，他正在穿潛水衣，要下海去射大魚。

不到一小時，我水桶裏裝滿了鏟下來的淡菜和九孔，又捉到十六隻小臉盆那麼大的紅色大螃蟹，水桶放不下，我用石塊做了一個監牢，將牠們暫時關在裏面。海帶我紮了一大堆。

荷西上岸來時，腰上串了快十條大魚，顏色都是淡紅色的。

「你看，來不及拿，太多了。」我這時才知道貪心人的滋味。

荷西看了我的大螃蟹，又去捉了快二十個黑灰色的小蟹。他說：「小的叫尼克拉斯，比大的好吃。」

潮水慢慢漲了，我們退到崖下，刮掉魚鱗，洗乾淨魚的肚腸，滿滿的裝了一口袋。我把長褲脫下來，兩個褲管打個結，將螃蟹全丟進去，水桶也綁在繩子上，就這樣爬上崖去。

那個週末初次的探險，可以說滿載而歸。

回家的路上我拚命的催荷西。

「快開，快開，我們去叫單身宿舍的同事們回來吃晚飯。」

「妳不做鹹魚了嗎？」荷西問我。

「第一次算了，請客請掉，他們平常吃得也不好。」

荷西聽了很高興，回家之前又去買了一箱啤酒、半打葡萄酒請客。

以後的幾個週末，同事們都要跟去捉魚。我們一高興，乾脆買了十斤牛肉，五棵大白菜，做了十幾個蛋餅，又添了一個小冰箱，一個炭爐子，五個大水桶，六副手套，再買了一箱可樂，一大箱牛奶。浩浩蕩蕩的開了幾輛車，沿著海岸線上下亂跑，夜間露營，吃烤肉，談天說地，玩得不亦樂乎，要存錢這件事就不知不覺的被淡忘了。

我們這個家，是誰也不管錢的，錢，放在中國棉襖的口袋裏，誰要用了，就去抽一張。帳，如果記得寫，就寫在隨手抓來的小紙頭上，丟在一個大糖瓶子裏。

去了海邊沒有幾次，口袋空了，糖瓶子裏擠滿了小紙片。

「又沒有了，真快！」我抱著棉襖喃喃自語。

「當初去海邊，不是要做鹹魚來省菜錢的嗎？結果多出來那麼多開銷。」荷西不解的抓抓頭。

「友情也是無價的財富。」我只有這麼安慰他。

「下星期乾脆捉魚來賣。」荷西又下決心了。

「對啊！魚可以吃就可以賣啊！真聰明，我就沒想到呢！」我跳起來拍了一下荷西的頭。

「只要把玩的開銷賺回來就好了。」荷西不是貪心的人。

「好，賣魚，下星期賣魚。」我很有野心，希望大賺一筆。

那個星期六早晨四點半，我們摸黑上車，牙齒冷得格格打戰就上路了，仗著藝高膽大路熟，就硬是在黑暗的沙漠裏開車。

清晨八點多，太陽剛剛上來不久，我們已經到了高崖上。下了車，身後是連綿不斷神秘而又寂靜的沙漠，眼前是驚濤裂岸的大海和亂石，碧藍的天空沒有一絲雲霧，成群的海鳥飛來飛去，偶爾發出一些叫聲，更襯出了四周的空寂。

我翻起了夾克領子，張開雙臂，仰起頭來給風吹著，保持著這個姿勢不動。
「妳在想什麼？」荷西問我。
「你呢？」我反問他。
「我在想《天地一沙鷗》那本書講的一些境界。」
荷西是個清朗的人，此時此景，想的應該是那本書，一點也差不了。
「妳呢？」他又問我。
「我在想，我正瘋狂的愛上了一個英俊的跛足軍官，我正跟他在這高原上散步，四周長滿了美麗的石南花，風吹著我的亂髮，他正熱烈的注視著我——浪漫而痛苦的日子啊！」我悲嘆著。
說完閉上眼睛，將手臂交抱著自己，滿意的吐了口氣。
「妳今天主演的是『雷恩的女兒』？」荷西說。
「猜對了。好，現在開始工作。」
我拍了一下手，去拉繩子，預備吊下崖去。經過這些瘋狂的幻想，做事就更有勁起來。這是我給枯燥生活想出來的調節方法。
「三毛，今天認真的，妳要好好幫忙。」荷西一本正經的說。
我們站在亂石邊，荷西下去潛水，他每射上來一條魚，就丟去淺水邊，我趕快上去撿起來，跪在石頭上，用刀刮魚鱗，洗肚腸，收拾乾淨了，就將魚放到一個塑膠口袋裏去。
刮了兩三條很大的魚，手就刺破了，流出血來，浸在海水裏怪痛的。

荷西在水裏一浮一沉，不斷的丟魚上來，我拚命工作，將洗好的魚很整齊的排在口袋裏。

「賺錢不太容易啊！」我搖搖頭喃喃自語，膝蓋跪得紅腫起來。

過了很久，荷西才上岸來，我趕快拿牛奶給他喝。他閉著眼睛，躺在石塊上，臉蒼白的。

「幾條了？」他問。

「三十多條，好大的，總有六七十公斤。」

「不捉了，快累死了。」他又閉上了眼睛。

我一面替他灌牛奶，一面說：「我們這種人，應該叫素人漁夫。」

「魚是葷的，三毛。」

「我不是說這個葷素，過去巴黎有群人，平日上班做事，星期天才畫畫，他們叫自己素人畫家。我們週末打魚，所以是素人漁夫，也不錯！」

「妳花樣真多，捉個魚也想得出新名字出來。」荷西顯然不感興趣。

休息夠了，我們分三次，將這小山也似的一堆魚全部吊上崖去，放進車廂裏，上面用小冰箱裏的碎冰鋪上。

看看烈日下的沙漠，這兩百多里開回去又是一番辛苦，奇怪的是，這次就沒上幾次好玩，人也累得不得了。

車快到小鎮了，我輕輕求荷西：「拜託啦，給我睡一覺再出來賣魚，拜託啦！太累了啊！」

「不行，魚會臭掉，妳回去休息，我來賣。」荷西說。

「要賣一起賣，我撐一下好了。」我只有那麼說。

車經過國家旅館城堡似的圍牆，我靈機一動，大叫——停——

荷西煞住了車，我光腳跑下車，伸頭去門內張望。

「喂，喂，噓——」我向在櫃檯的安東尼奧小聲的叫。

「啊，三毛！」他大聲打招呼。

「噓，不要叫，後門在哪裏？」我輕輕的問他。

「後門？妳幹嘛要走後門？」

我還沒有解釋，恰好那個經理大人走過，我一嚇躲在柱子後面，他伸頭看，我乾脆一溜煙逃回外面車上去。

「不行啦！我不會賣，太不好意思了。」我捧住臉氣得很。

「我去。」荷西一摔車門，大步走進去。好荷西，真有種。

「喂！您，經理先生。」

他用手向經理一招，經理就過來了，我躲在荷西背後。

「我們有新鮮的魚，你們要買不買？」荷西口氣不卑不亢，臉都不紅，我看是裝出來的。

「什麼？你要賣魚？」經理望著我們兩條破褲子，露出很難堪的臉色來，好似我們侮辱了他一樣。

「賣魚走邊門，跟廚房的負責人去談——」他用手一指邊門，氣勢凌人的說。

我一下子縮小了好多，拚命將荷西拉出去，對他說：「你看，他看不起我們，我們別處去賣好了，以後有什麼酒會還得見面的這個經理——」

「這個經理是白癡，不要怕，走，我們去廚房。」

廚房裏的人都圍上來看我們，好像很新鮮似的。

「多少錢一斤啊？」終於要買了。

我們兩人對望了一眼，說不出話來。

「嗯，五十塊一公斤。」荷西開價了。

「是，是，五十塊。」我趕緊附和。

「好，給我十條，我們來磅一下。」這個負責人很和氣。

我們非常高興，飛奔去車廂裏挑了十條大魚給他。

「這個帳，一過十五號，就可以憑這張單子去帳房收錢。」

「不付現錢嗎？」我們問。

「公家機關，請包涵包涵！」負責買魚的人跟我們握握手。

我們拿著第一批魚賺來的一千多塊的收帳單，看了又看，然後很小心的放進我的褲子口袋裏。

「好，現在去娣娣酒店。」荷西說。

這個「娣娣酒店」可是撒哈拉大名鼎鼎的，他們平時給工人包飯，夜間賣酒，樓上房間出租。外表是漆桃紅色的，裏面整天放著流行歌，燈光是綠色的，老有成群花枝招展的白種女人在裏面做生意。

西班牙來的修路工人，一發薪水就往娣娣酒店跑，喝醉了就被丟出來，一個月辛苦賺來的工錢，大半送到這些女人的口袋裏去。

到了酒店門口，我對荷西說：「你進去，我在外面等。」

等了快二十分鐘，不見荷西出來。

我拎了一條魚，也走進去，恰好看見櫃檯裏一個性感「娣娣」在摸荷西的臉，荷西像一隻呆頭鳥一樣站著。

我大步走上去，對那個女人很兇的綳著臉大吼一聲：「買魚不買，五百塊一公斤。」一面將手裏拎著的死魚重重的摔在酒吧上，發出啪一聲巨響。

「怎麼亂漲價，妳先生剛剛說五十塊一公斤。」

我瞪著她，心裏想，妳再敢摸一下荷西的臉，我就漲到五千塊一公斤。

荷西一把將我推出酒店，輕聲說：「妳就會進來搗蛋，我差一點全部賣給她了。」

「不買拉倒，你賣魚還是賣笑？居然讓她摸你的臉。」我舉起手來就去打荷西，他知道理虧，抱住頭任我亂打。

一氣之下，又衝進酒店去將那條丟在酒吧上的大魚一把抽回來。

烈日當空，我們又熱，又餓，又渴，又倦，彼此又生著氣，我真想把魚全部丟掉，只是說不出口。

「你記不記得沙漠軍團的炊事兵巴哥？」我問荷西。

「妳想賣給軍營？」

「是。」

荷西一聲不響開著車往沙漠軍團的營地開去，還沒到營房，就看見巴哥恰好在路上走。

「巴哥。」我大叫他。「要不要買新鮮的魚？」我滿懷希望的問。

「魚，在哪裏？」他問。

「在我們車廂裏，有二十多條。」

巴哥瞪著我猛搖頭。

「三毛，三千多人的營區，吃妳二十多條魚夠嗎？」他一口回絕了我。

「這是說不定的，你先拿去煮嘛！耶穌的五個餅，兩條魚，餵飽了五千多人，這你怎麼說？」我反問他。

「我來教你們，去郵局門口賣，那裏人最多。」巴哥指點迷津。當然我們賣魚的對象總是歐洲人，撒哈拉威人不吃魚。

於是我們又去文具店買了一塊小黑板，幾支粉筆，又向認識的雜貨店借了一個磅秤。黑板上畫了一條跳躍的紅魚，又寫著——「鮮魚出售，五十塊一公斤。」

車開到郵局門口，正是下午五點鐘，飛機載的郵包、信件都來了，一大批人在開信箱，熱鬧得很。

我們將車停好，將黑板放在車窗前，後車廂打開來。做完這幾個動作，臉已經紅得差不多了，我們跑到對街人行道上去坐著，看都不敢看路上的人。

人群一批一批的走過，就是沒有人停下來買魚。

坐了一會兒，荷西對我說：「三毛，妳不是說我們都是素人嗎？素人就不必靠賣業餘的東西過日子嘛！」

「回去啊？」我實在也不起勁了。

就在這時候，荷西的一個同事走過，看見我們就過來打招呼：「啊！在吹風嗎？」

「不是。」荷西很扭捏的站起來。

「在賣魚。」我指指對街我們的車子。

這個同事是個老光棍，也是個粗線條的好漢，他走過去看看黑板，再看看打開的車廂，明白了，馬上走回來，捉了我們兩個就過街去。

「賣魚嘛，要叫著賣的呀！你們這麼怕羞不行，來，來，我來幫忙賣。」

這個同事順手拉了一條魚提在手中，拉開嗓子大叫：「呀——哦，賣新鮮好魚哦！七十五塊一公斤哦——呀哦——魚啊！」

他居然還自作主張漲了價。

人群被他這麼一嚷，馬上圍上來了，我們喜出望外，二十多條魚真是小意思，一下子就賣光了。

我們坐在地上結帳，賺了三千多塊，再回頭找荷西同事，他已經笑嘻嘻的走得好遠去了。

「荷西，我們要記得謝他啊！」我對荷西說。

回到家裏，我們已是筋疲力盡了。洗完澡之後，我穿了毛巾浴衣去廚房燒了一鍋水，丟下一包麵條。

「就吃這個啊？」荷西不滿意的問。

「隨便吃點，我都快累死了。」我其實飯也吃不下。

「清早辛苦到現在，妳只給我吃麵條，不吃。」他生氣了，穿了衣服就走。

「你去哪裏？」我大聲叱罵他。

「我去外面吃。」說話的人腦子裏一下塞滿了水泥，硬邦邦的。

我只有再換了衣服追他一起出去，所謂外面吃，當然只有一個去處——國家旅館的餐廳。

在餐廳裏，我小聲的在數落荷西：「世界上只有你這種笨人。點最便宜的菜吃，聽見沒有？」正在這時，荷西的上司之一拍著手走過來，大叫：「真巧、真巧，我正好找不到伴吃飯，我們三個一起吃。」

他自說自話的坐下來。

「聽說今天廚房有新鮮的魚，怎麼樣，我們來三客魚嚐嚐，這種鮮魚，沙漠裏不常有。」他還是在自說自話。

上司做慣了的人，忘記了也該看看別人臉色，他不問我們就對茶房說：「生菜沙拉，三客魚，酒現在來，甜點等一下。」

餐廳部的領班就是中午在廚房裏買我們魚的那個人，他無意間走過我們這桌，看見荷西和我正用十二倍的價錢在吃自己賣出來的魚，嚇得張大了嘴，好似看見了兩個瘋子。

付帳時我們跟荷西的上司搶著付，結果荷西贏了，用下午郵局賣魚的收入付掉，只找回來一點零頭。我這時才覺得，這些魚無論是五十塊還是七十五塊一公斤，都還是賣得太便宜了，我們畢竟是在沙漠裏。

第二天早晨我們睡到很晚才醒來，我起床煮咖啡、洗衣服，荷西躺在床上對我說：

「幸虧還有國家旅館那筆帳可以收，要不然昨天一天真是夠慘了，汽油錢都要賠進去，更別說那個辛苦了。」

「你說帳——那張收帳單——」

我尖叫起來，飛奔去浴室，關掉洗衣機，肥皂泡泡裏掏出我的長褲，伸手進口袋去一摸——那張單子早就泡爛了，軟軟白白的一小堆，拼都拼不起來了。

「荷西，最後的魚也溜掉啦！我們又要吃馬鈴薯餅了。」

我坐在浴室門口的石階上，又哭又笑起來。

死果。

回教「拉麻丹」齋月馬上就要結束了。我這幾天每個夜晚都去天台看月亮，因為此地人告訴我，第一個滿月的那一天，就是回教人開齋的節日。

鄰居們殺羊和駱駝預備過節，我也正在等著此地婦女們用一種叫做「黑那」的染料，將我的手掌染成土紅色美麗的圖案。這是此地女子們在這個節日裏必然的裝飾之一，我也很喜歡入境問俗，跟她們做相同的打扮。

星期六那天的週末，我們因為沒有離家去大沙漠旅行的計畫，所以荷西跟我整夜都在看書，弄到天亮才上床。

第二日我們睡到中午才起身，起床之後，又去鎮上買了早班飛機送來的過期西班牙本地的報紙。

吃完了簡單的中飯，我洗清了碗筷，回到客廳來。

荷西埋頭在享受他的報紙，我躺在地上聽音樂。

因為睡足了覺，我感到心情很好，計畫晚上再去鎮上看一場查利．卓別林的默片——《小城之光》。

當天風和日麗，空氣裏沒有灰沙。美麗的音樂充滿了小房間，是一個令人滿足而悠閒的星期日。

下午兩點多，撒哈拉威小孩們在窗外叫我的名字，他們要幾個大口袋去裝切好的肉。我拿了一包彩色的新塑膠袋分給他們。

分完了袋子，我站著望了一下沙漠。對街正在造一批新房子，美麗沙漠的景色一天一天在被切斷，我覺得十分可惜。

站了一會兒，不遠處兩個我認識的小男孩不知為什麼打起架來，一輛腳踏車丟在路邊。我看他們打得起勁，就跑上去騎他們的車子在附近轉圈子玩，等到他們打得很認真了，才停了車去勸架，不讓他們再打下去。

下車時，我突然看見地上有一條用麻繩串起來的本地項鍊，此地人男女老幼都掛著的東西。我很自然的撿了起來，拿在手裏問那兩個孩子：「是你掉的東西？」

這兩個孩子看到我手裏拿的東西，架也不打了，一下子跳開了好幾步，臉上露出很怕的表情，異口同聲的說：「不是我的，不是我的！」連碰都不上來碰一下。我覺得有點納悶，就對孩子們說：「好，放在我門口，要是有人來找，你們告訴他，掉的項鍊在門邊上放著。」這話說完，我就又回到屋內去聽音樂。

到了四點多鐘，我開門去看，街上空無人跡，這條項鍊還是在老地方。我拿起來細細的看了一下：它是一個小布包，一個心形的果核，還有一塊銅片，這三樣東西穿在一起做成的。

這種銅片我早就想要一個，後來沒看見鎮上有賣，小布包和果核倒是沒看過。想想這串東西那麼髒，不值一塊錢，說不定是別人丟掉了不要的，我沉吟了一下，就乾脆將它拾了回家來。

到了家裏，我很高興的拿了給荷西看，他說：「那麼髒的東西，別人丟掉的妳又去撿了。」就又回到他的報紙裏去了。

我跑到廚房用剪刀剪斷了麻繩，那個小布包嗅上去有股怪味，我不愛，就丟到垃圾桶裏去，果核也有怪味，也給丟了。只有那片像小豆腐乾似的鏽紅色銅片非常光滑，四周還鑲了美麗的白鐵皮，跟別人掛的不一樣，我看了很喜歡，就用去污粉將它洗洗乾淨，找了一條粗的絲帶子，掛在頸子上剛好一圈，看上去很有現代感。

我又跑去找荷西，給他看，他說：「很好看，可以配黑色低胸的那件襯衫，妳掛著玩吧！」

我掛上了這塊牌子，又去聽音樂，過了一會兒，就把這件事忘得一乾二淨了。

聽了幾捲錄音帶，我覺得有點瞌睡，心裏感到很奇怪，才起床沒幾小時，怎麼會覺得全身都累呢？因為很睏，我就把錄音機放在胸口上平躺著，這樣可以省得起來換帶子，我頸上掛的牌子就貼在錄音機上。

這時候，錄音機沒轉了幾下，突然瘋了一樣亂轉起來，音樂的速度和拍子都不對了，就好像在發怒一般。荷西跳起來，關上了開關，奇怪的看來看去，口裏喃喃自語著：「一向好好的啊，大概是灰太多了。」

於是我們又趴在地上試了試，這次更糟，錄音帶全部纏在一起了，我們用髮夾把一捲被弄得亂七八糟的帶子挑出來。荷西去找工具，開始要修。

荷西去拿工具的時候，我就用手在打那個錄音機，因為家裏的電動用具壞了時，被我亂拍亂打，它們往往就會又好起來，實在不必拆開來修。

才拍了一下，我覺得鼻子癢，打了一個噴嚏。

我過去有很嚴重的過敏性鼻病，常常要打噴嚏，鼻子很容易發炎，但是前一陣被一個西班牙醫生給治好了，好久沒有再發。這下又開始打噴嚏，我口裏說著：「哈，又來了！」一面站起來去拿衛生紙，因為照我的經驗這一下馬上會流清鼻水。

去浴室的路不過三五步，我又連著打了好幾個噴嚏，同時覺得右眼有些不舒服，照照鏡子，眼角有一點點紅，我也不去理它，因為鼻涕要流出來了。

等我連續打了快二十多個噴嚏時，我覺得不太對勁，因為以往很少會這麼不斷的打。我還是不很在意，去廚房翻出一粒藥來吃下去，但是二十多個噴嚏打完了，不到十秒鐘，又更驚天動地的連續下去。

荷西站在一旁，滿臉不解的說：「醫生根本沒有醫好嘛！」我點點頭，又捂著鼻子哈啾哈啾的打，連話都沒法說，狼狽得很。

一共打了一百多個噴嚏，我已經眼淚鼻涕流得一塌糊塗了，好不容易它停了幾分鐘，我趕快跑到窗口去吸新鮮空氣。荷西去廚房倒了一杯熱水，放了幾片茶葉給我喝下去。

我靠在椅子上喝了幾口茶，一面擤鼻涕，一面覺得眼睛那塊紅的地方熱起來，再跑去照照鏡子，它已經腫了一塊，那麼快，不到二十分鐘，我很奇怪，但是還是不在意，因為我得先止住我的噴嚏，它們偶爾幾十秒鐘還是在打。我手裏抱了一個字紙簍，一面擦鼻涕一面丟，等到下一個像颱風速度也似的大噴嚏打出來，鼻血也噴出來了，我轉身對荷西說：「不行，打出血來了啦！」

再一看荷西，他在我跟前急劇的一晃，像是電影鏡頭放橫了一樣，接著四周的牆、天花板都旋轉起來。我撲上去抓住他，對他叫：「是不是地震，我頭暈——」

他說：「沒有啊！妳快躺下來。」上來抱住我。

我當時並不覺得害怕，只是被弄得莫名其妙，這短短半小時裏，我到底為什麼突然變得這個樣子。

荷西拖了我往臥室走，我眼前天旋地轉，閉上眼睛，人好似也上下倒置了一樣在暈。躺在床上沒有幾分鐘，胃裏覺得不對勁，掙扎著衝去浴室，開始大聲的嘔吐起來。

過去我常常會嘔吐，但是不是那種吐法，那天的身體裏不只是胃在翻騰，好像全身的內臟都要嘔出來似的瘋狂的在折磨我。吐完了中午吃的東西，開始嘔清水，嘔完了清水，吐黃色的苦膽，吐完了苦水，沒有東西再吐了，我就不能控制的大聲乾嘔。

荷西從後面用力抱住我，我就這麼吐啊，打噴嚏啊，流鼻血啊，直到我氣力完完全全用盡了，坐在地上為止。

他將我又拖回床上去，用毛巾替我擦臉，一面著急的問：「妳吃了什麼髒東西？是不是食物中毒？」

我有氣無力的回答他：「不瀉，不是吃壞了。」就閉上眼睛休息，躺了一下，奇怪的是，這種現象又都不見了，身體內像海浪一樣奔騰的那股力量消逝了。我覺得全身虛脫，流了一身冷汗，但是房子不轉了，噴嚏不打了，胃也沒有什麼不舒服。我對荷西說：「要喝茶。」

荷西跳起來去拿茶，我喝了一口，沒幾分鐘人覺得完全好了，就坐起來，張大眼睛呆呆的靠著。

荷西摸摸我的脈搏，又用力按我的肚子，問我：「痛不痛？痛不痛？」

我說：「不痛，好了，真奇怪。」就要下床來。他看看我，真的好了，呆了一下，就說：「妳還是躺著，我去做個熱水袋給妳。」我說：「真的好了，不用去弄。」

這時荷西突然扳住我的臉，對我說：「咦，妳的眼睛什麼時候腫得那麼大了。」我伸手摸摸，右眼腫得高高的了。

我說：「我去照鏡子看看！」下床來沒走了幾步路，胃突然像有人用鞭子打了一下似的一痛，我「哦」的叫了一聲，蹲了下去，這個奇怪的胃開始抽起筋來。我快步回到床上去，這個痛像閃電似的捉住了我，我覺得我的胃裏有人用手在扭它，在絞它。我縮著身體努力去對抗它，但是還是忍不住呻吟起來，忍著忍著，這種痛不斷的加重，我開始無法控制的在床上滾來滾去，口裏尖叫出來，痛到後來，我眼前一片黑暗，只聽見自己像野獸一樣在狂叫。荷西伸手過來要替我揉胃，我用力推開他，大喊著：「不要碰我啊！」

我坐起來，又跌下去，痙攣性的劇痛並不停止。我叫啞了嗓子，胸口肺裏面也連著痛起來，每一吸氣，肺葉尖也在抽筋。這時我好似一個破布娃娃，正在被一個看不見的恐怖的東西將我一片一片在撕碎。我眼前完全是黑的，什麼都看不見，神志是很清楚的，只是身體做了劇痛的奴隸，在做沒有效果的掙扎。我喊不動了，開始咬枕頭，抓床單，汗溼透了全身。

荷西跪在床邊，焦急得幾乎流下淚來，他不斷的用中文叫我在小時候只有父母和姐姐叫我的小名——「妹妹！妹妹！妹妹——」

我聽到這個聲音，呆了一下，四周一片黑暗，耳朵裏好似有很重的聲音在爆炸，又像雷鳴一樣轟轟的打過來，劇痛卻一刻也不釋放我，我開始還尖叫起來，我聽見自己用中文在亂叫：「姆媽啊！爹爹啊！我要死啦，我痛啊——」

我當時沒有思想任何事情，我口裏在尖叫著，身上能感覺的就是在被人扭斷了內臟似的痛得發狂。

荷西將我抱起來往外面走，他開了大門，將我靠在門上，再跑去開了車子，把我放進去，我知道自己在外面了，就咬住嘴唇不讓自己叫痛。強烈的光線照進來，我閉上眼睛，覺得怕光怕得不得了，我用手蒙住眼睛對荷西說：「光線，我不要光，快擋住我。」他沒有理我，我又尖叫：「荷西，光太強了。」他從後座抓了一條毛巾丟給我，我不知怎的，怕得拿毛巾馬上把自己蓋起來，趴在膝蓋上。

星期天的沙漠醫院當然不可能有醫生，荷西找不到人，一言不發的掉轉車頭往沙漠軍團的營房開去。我們到了營房邊，衛兵一看見我那個樣子，連忙上來幫忙，兩個人將我半拖半抱的抬進醫療室，衛兵馬上叫人去找醫官。我躺在病檯上，覺得人又慢慢好過來了，耳朵不響了，眼睛不黑了，胃不痛了，等到二十多分鐘之後，醫官快步進來時，我已經坐起來了，只是有點虛，別的都很正常。

荷西將這個下午排山倒海似的病情講給醫生聽，醫生給我聽了心臟，把了脈搏，又看看我的舌頭，敲敲我的胃，我什麼都不再痛了，只是心跳有點快。他很奇怪的嘆了口氣，對荷西說：「她很好啊！看不出有什麼不對。」

我看荷西很洩氣，好似騙了醫官一場似的不好意思，他說：「你看看她的眼睛。」醫官扳過我的眼睛來看看，說：「灌膿了，發炎好多天了吧？」

我們拚命否認，說是一小時之內腫起來的。醫官看了一下，給我打了一針消炎針，他再看看我那個樣子，不像是在跟他開玩笑，於是說：「也許是食物中毒。」我說：「不是，我沒有瀉肚子。」他又說：「也許是過敏，吃錯了東西。」我又說：「皮膚上沒有紅斑，不是食物過敏。」醫官很耐性的看了我一眼，對我說：「那麼妳躺下來，如果再吐了再劇痛了馬上來叫我。」說完他走掉了。

說也奇怪，我前一小時好似厲鬼附身一樣的病痛，在診療室裏完完全全沒有再發。半小時過去了，衛兵和荷西將我扶上車，衛兵很和善的說：「要再發了馬上回來。」

坐在車上我覺得很累，荷西對我說：「妳趴在我身上。」我就趴在他肩上閉著眼睛，頸上的牌子斜斜的垂在他腿上。

沙漠軍團往回家的路上，是一條很斜的下坡道。荷西發動了車子，慢慢的滑下去，滑了不到幾公尺，我感到車子意外的輕，荷西並沒有踏油門，但是車子好像有人在後面推似的加快滑下去。荷西用力踏煞車，煞車不靈了，我看見他馬上拉手煞車，將排檔換到一檔，同時緊張的對我說：「三毛，抱緊我！」車子失速的開始往下坡飛也似的衝下去，他又去踩煞車，但是煞車硬硬的卡住了，斜坡並不是很高的，照理說車子再滑也不可能那麼快，一霎間我們好像浮起來似的往下滑下去，荷西又大聲叫我：「抓緊我，不要怕。」我張大了眼睛，看見荷西面前的路飛也似的撲上來，我要叫，喉嚨像被卡住了似的叫不出來。正對面來了一輛十輪大卡車的軍車，我們眼看就要撞上去了，我這才「啊——」一下的狂叫出來，荷西用力一扭方向盤，我們的車子衝出路邊，又滑了好久不停，荷西看見前面有一個沙堆，他拿車子一下往沙裏撞去，車停住了，我們兩個人在灰天灰地的沙堆裏嚇得手腳冰冷，癱了下來。

對面那輛軍車上的人馬上下來了，他們往我們跑來，一面問：「沒事吧？還好吧？」我們只會點頭，話也不會回答。

等他們拿了鏟子來除沙時，我們還軟在位子上，好像給人催眠過了似的。

荷西過了好一會，才說出一個字來，他對那些軍人說：「是煞車。」

駕駛兵叫荷西下車，他來試試車。就有那麼嚇人，車子發動了之後，他一次一次的試煞車都是好好的，荷西不相信，也上去試試，居然也是好的。剛剛發生的那幾秒鐘就像一場噩夢，醒來無影無蹤。我們張口結舌的望著車子，不敢相信眼前的事實。

以後我們兩人怎麼再上了車，如何慢慢的開回家來，事後再回想，再也記不得了，那一段好似催眠中的時光完全不在記憶裏。

到了家門口，荷西來抱我下車，問我：「覺得怎麼樣？」我說：「人好累好累，痛是不再痛了。」

於是我上半身給荷西托著，另外左手還抓著車門，我的身子靠在他身上，那塊小銅片又碰到了荷西，這是我事後回憶時再想起來的，當時自然不會注意這件小事情。

荷西為了托住我，他用腳大力的把車門碰上，我只覺得一陣昏天黑地的痛。四隻手指緊緊的給壓在車門裏，荷西沒看見，還拚命將我往家裏拖進去，我說：「手——手，荷西啊——」他回頭一看，驚叫了一聲，放開我馬上去開車門，手拉出來時，食指和中指看上去扁扁的，過了兩三秒鐘，血嘩一下溫暖的流出來，手掌慢慢被浸溼了。

「天啊！我們做了什麼錯事——」荷西顫著聲音說，拿著我的手就站在那裏發起抖來。

我不知怎的覺得身體內最後的氣力都好似要用盡了，不是手的痛，是虛得不得了，我渴望快快讓我睡下來。

我對荷西說：「手不要緊，我要躺下，快——」

這時一個鄰家的撒哈拉威婦女在我身後輕呼了一聲，馬上跑上來托住我的小腹，荷西還看我卡壞了的手，她急急的對荷西說：「她——小孩——要掉下來了。」

我只覺得人一直在遠去，她的聲音從很遙遠的地方傳來，我抬頭無力的看了一下荷西，他的臉像在水波上的影子飄來飄去。荷西蹲下來也用力抱住了我，一面對那個鄰居女人說：「去叫人來。」

我聽見了，用盡氣力才擠出幾個字——「什麼事？我怎麼了？」

「不要怕，妳在大量的流血。」荷西溫柔的聲音傳過來。

我低頭下去一看，小水柱似的血，沿著兩腿流下來，浸得地上一攤紅紅的濃血，裙子上早溼了一大片，血不停的靜靜的從小腹裏流出來。

「我們得馬上回去找醫官。」荷西人抖得要命。

我當時人很清楚，只是覺得要飄出去了似的輕，我記得我還對荷西說：「我們的車不能用，找人來。」

荷西一把將我抱起來往家裏走，踢開門，將我放在床上，我一躺下，覺得下體好似啪一下被撞開了，血就這樣泉水似的衝出來。

當時我完全不覺得痛，我正化做羽毛慢慢的要飛出自己去。

罕地的妻子葛柏快步跑進來，罕地穿了一條褲子跟在後面，罕地對荷西說：「不要慌，是流產，我太太有經驗。」

荷西說：「不可能是流產，我太太沒有懷孕。」

罕地很生氣的在責備他：「你也許不知道，她或許沒有告訴你。」

「隨便你怎麼說，我要你的車送她去醫院，我肯定她沒有懷孕。」

他們爭辯的聲音一波一波的傳過來，好似巨響的鐵鍊在彈著我當時極度衰弱的精神。我的生命在此時對我沒有意義，唯一希望的是他們停止說話，給我永遠的寧靜，哪怕是死也沒有比這些聲音在我肉體上的傷害更令我苦痛的了。

我又聽見罕地的妻子在大聲說話，這些聲浪使我像一根脆弱的琴弦在被它一來一回的撥弄著，難過極了。

我下意識的舉起兩隻手，想捂住耳朵。

我的手碰到了凌亂的長髮，罕地的妻子驚叫了一聲，馬上退到門邊去，指著我，厲聲的用土語對罕地講了幾個字，罕地馬上也退了幾步，用好沉重的聲音對荷西說：「她頸上的牌子，誰給她掛上去的？」

荷西說：「我們快送她去醫院，什麼牌子以後再講。」

罕地大叫起來：「拿下來，馬上把那塊東西拿下來。」

荷西猶豫了一下，罕地緊張得又叫起來：「快，快去拿，她要死了，你們這兩個不知天高地厚的傻瓜。」

荷西被罕地一推，他上來用力一拉牌子，絲帶斷了，牌子在他手裏。

罕地脫下鞋子用力打荷西的手，牌子掉下來，落在我躺著的床邊。

他的妻子又講了很多話，罕地近乎歇斯底里的在問荷西：「你快想想，這個牌子還碰過什麼人？什麼東西？快，我們沒有時間。」

荷西結巴的在說話，他感染了罕地和他妻子的驚嚇，他說：「碰過我，碰過錄音機，其他——好像沒有別的了。」

罕地又問他：「再想想，快！」

荷西說：「真的，再沒有碰過別的。」

罕地用阿拉伯文在說：「神啊，保佑我們。」又說：「沒事了，我們去外面說話。」

「她在流血——」荷西很不放心的說，但是還是跟出去了。

我聽見他們將前面通走廊那個門關上了，都在客廳裏。

我的精神很奇怪的又回復過來，我在大量的流冷汗，我重重的緩慢的在呼吸，我眼睛沉重得張不開來，但是我的身體已經不再飄浮了。

這時，四周是那麼的靜，那麼的清朗，沒有一點點聲音，我只覺得舒適的疲倦慢慢的在淹沒我。

我正在往睡夢中沉落下去。

沒有幾秒鐘，我很敏感的精神覺得有一股東西，一種看不見形象的力量，正在流進這個小房間，我甚至覺得它發出極細微的絲絲聲。我拚命張開眼睛來，只看見天花板和衣櫃邊的簾子，我又閉上眼睛，但是我的第六感在告訴我，有一條小河，一條蛇，或是一條什麼東西已經流進來了，它們往地上的那塊牌子不停的流過去，緩緩的在進來，慢慢的在升起，不斷的充滿了房間。我不知怎的感到寒冷與懼怕，我又張開了眼睛，但是看不見我感到的東西。

這樣又過了十多秒鐘，我的記憶像火花一樣在腦子裏一閃而過，我驚恐得幾乎成了石像，我聽見自己狂叫出來。

「荷西——荷西——啊——救命——」

那扇門關著，我以為的狂叫，只是沙啞的聲音。我又尖叫，再尖叫，我要移動自己的身體，但是我沒有氣力。我看見床頭小桌上的茶杯，我用盡全身的氣力去握住它，將它舉起來丟到水泥地上去，杯子破了，發出響聲，我聽到那邊門開了，荷西跑過來。

我捉住荷西，瘋了似的說：「咖啡壺，咖啡壺，我擦那塊牌子時一起用去污粉擦了那個壺——」

荷西呆了一下，又推我躺下去，罕地這時進來，東嗅西嗅，荷西也嗅到了，他們同時說：

「煤氣——」

荷西拖了我起床就走，我被他們一直拉到家外面，荷西又衝進去關煤氣桶，又衝出來。

罕地跑到對街去拾了一手掌的小石子，又推荷西：「快，用這些石子將那牌子圍起來，成一個圈圈。」

荷西又猶豫了幾秒鐘，罕地拚命推他，他拿了石子跑了進去。

那個晚上，我們睡在朋友家。家中門窗大開著，讓煤氣吹散。我們彼此對望著，一句話也說不出來，恐懼占住了我們全部的心靈和意志。

昨天黃昏，我躺在客廳的長椅上，靜靜的細聽著每一輛汽車通過的聲音，渴望著荷西早早下班回來。

鄰居們連小孩都不在窗口做他們一向的張望，我被完全孤立起來。

等荷西下了班，他的三個撒哈拉威同事才一同進門來。

「這是最毒最厲的符咒，你們會那麼不巧拾了回來。」

荷西的同事之一解釋給我們聽。

「回教的？」我問他們。

「我們回教不弄這種東西，是南邊『茅利塔尼亞』那邊的巫術。」

「你們不是每個撒哈拉威人都掛著這種小銅片？」荷西說。

「我們掛的不一樣，要是相同，早不死光了？」他的同事很生氣的說。

「你們怎麼區別？」我又問。

「妳那塊牌子還掛了一個果核，一個小布包是不是？銅牌子四周還有白鐵皮做了框，幸虧妳丟了另外兩樣，不然妳一下子就死了。」

「是巧合，我不相信這些迷信。」我很固執的說。

我說出這句話，那三個本地人嚇得很，他們異口同聲的講：「快不要亂說。」

「這種科學時代，怎麼能相信這些怪事？」我再說。

他們三個很憤怒的望著我，問我：「妳過去是不是有前天那些全部發作的小毛病？」

我細想了一下，的確是有。我有鼻子過敏，我常生針眼，我會吐，常頭暈，胃痛，劇烈運動之後下體總有輕微的出血，我切菜時總會切到手——

「有，都不算大病，很經常的這些小病都有。」我只好承認。

「這種符咒的現象，就是拿人本身健康上的缺點在做攻擊，它可以將這些小毛病化成厲鬼來取妳的性命。」撒哈拉威朋友又對我解釋。

「咖啡壺溢出來的水弄熄了煤氣，難道妳也解釋做巧合？」

我默默不語，舉起壓傷了的左手來看著。

這兩天來，在我腦海裏思想、再思想、又思想的一個問題卻驅之不去。

「我在想——也許——也許是我潛意識裏總有想結束自己生命的欲望。所以——病就來了。」我輕輕的說。

聽見我說出這樣的話來，荷西大吃一驚。

「我是說——我是說——無論我怎麼努力在適應沙漠的日子，這種生活方式和環境我已經忍受到了極限。」

「三毛，妳——」

「我並不在否認我對沙漠的熱愛，但是我畢竟是人，我也有軟弱的時候——」

「妳做咖啡我不知道，後來我去煮水，也沒有看見咖啡弄熄了火，難道妳也要解釋成我潛意識裏要殺死我們自己？」

「這件事要跟學心理的朋友去談，我們對自己心靈的世界知道得太少。」

不知為什麼，這種話題使大家悶悶不樂。人，是最怕認識自己的動物。我嘆了口氣，不再去想這些事。

我們床邊的牌子，結果由回教的教長，此地人稱為「山棟」的老人來拿去，他用刀子剖開兩片夾住的鐵皮，銅牌內赫然出現一張畫著圖案的符咒。我親眼看見這個景象，全身再度浸在冰水裏似的寒冷起來。

噩夢過去了，我健康的情形好似差了一點點，許多朋友勸我去做全身檢查，我想，對我，這一切已經得到了解釋，不必再去麻煩醫生。

今天是回教開齋的節日，窗外碧空如洗，涼爽的微風正吹進來，夏日已經過去，沙漠美麗的秋天正在開始。

天梯。

對於開車這件事情，我回想起來總記不得是如何學會的。很多年來，旁人開車，我就坐在一邊專心的用眼睛學，後來有機會時，我也摸摸方向盤，日子久了，就這樣很自然的會了。

我的膽子很大，上了別人的車，總是很客氣的問一聲主人：「給我來開好吧？我會很當心的。」

大部分的人看見我如此低聲下氣的請求，都會把車交給我。無論是大車、小車、新車、舊車，我都不辜負旁人的好意，給他好好的開著，從來沒有出過差錯。

這些交車給我的人，總也忘了問我一個最最重要的問題，他們不問，我也不好貿然的開口，所以我總沉默的開著車子東轉西轉。

等到荷西買了車子，我就愛上了這匹「假想白馬」，常常帶了它出去在小鎮上辦事。有時候也用白馬去接我的「假想王子」下班。

因為車開得很順利，也從來沒有人問起我駕駛執照的事情，我不知不覺就落入自欺心理的圈套裏去，固執的幻想著我已是個有了執照的人。

有好幾次，荷西的同事們在家裏談話，他們說：「這裏考執照，比登天還難，某某人的太太考了十四次還通不過筆試，另外一個撒哈拉威人考了兩年還在考路試。」

我靜聽著這種可怕的話題，一聲也不敢吭，也不敢抬頭。但是，我的車子還是每天悄悄的開來開去。

登天，我暫時還不想去交通大隊爬梯子。

有一天，父親來信給我，對我說：「駕駛執照趁著在沙漠裏有空閒，快去考出來，不要這麼拖下去。」

荷西看見家信，總是會問：「爸爸媽媽說什麼？」

我那天沒提防，一漏口就說：「爸爸說這個執照啊可不能再賴下去了。」

荷西聽了嘿嘿得意冷笑，對我說：「好了，這次是爸爸的命令，可不是我在逼妳，看妳如何逃得掉。」

我想了一下，欺騙自己，是心甘情願，不妨礙任何人。但是，如果一面無照開車同時再去騙父親，我就不願意。以前他從不問我開車，所以不算欺騙他。

考執照，在西班牙是一定要進「汽車學校」去學，由學校代報名才許考。所以就算已經會開了，還得去送學費。

我們雖然住在遠離西班牙本土的非洲，但是此地因為是它的屬地，還是沿用西班牙的法律。

我答應去進汽車學校的第二日，荷西就向同事們去借了好幾本不同學校的練習試卷，給我先看看交通規則。

我實在很不高興，對他說：「我不喜歡念書。」

荷西奇怪的說：「妳不是一天到晚像山羊一樣在啃紙頭，怎麼會不愛念書呢？」

他又用手一指書架說：「妳這些書裏面，天文、地理、妖魔鬼怪、偵探言情、動物、哲學、園藝、語文、食譜、漫畫、電影、剪裁，甚至於中藥秘方、變戲法、催眠術、染衣服……混雜得一塌糊塗，難道這一點點交通規則會難倒妳嗎？」

我嘆了口氣，將荷西手裏薄薄幾本小書接過來。

這是不同的，別人指定的東西，我就不愛去看它。

過了幾日，我帶了錢，開車去駕駛學校報名上課。

這個「撒哈拉汽車學校」的老闆，大概很欣賞自己的外表，他穿了不同的衣服，拍了十幾張個人的放大彩色照片，都給掛在辦公室裏，一時星光閃閃，好像置身在電影院裏一樣。

櫃檯上擠了一大群亂烘烘的撒哈拉威男人，生意興隆極了。學車這事，在沙漠是大大流行的風氣，多少沙漠千瘡百孔的帳篷外面，卻停了一輛大轎車。許多沙漠父親，賣了美麗的女兒，拿來換汽車。對撒哈拉威人來說，邁向文明唯一的象徵就是坐在自己駕駛的汽車裏。至於人臭不臭，是無關緊要的。

我好不容易在這些布堆裏擠到櫃檯邊，剛剛才說出我想報名，就看見原來我右邊隔著一個撒哈拉威人，竟然站著兩個西班牙交通警察。

我這一嚇，趕緊又擠出來，逃到老遠再去看校長的明星照片。

從玻璃鏡框的反光裏，我看見其中一個警察向我快步走過來。

我很鎮靜，動也不動，專心數校長襯衫上的扣子。
這個警察先生，站在我身邊把我看了又看，終於開口了。
他說：「小姐，我好像認識妳啊！」
我只好回過身來，對他說：「真對不起，我實在不認識你。」
他說：「我聽見妳說要報名學車，奇怪啊！我不止一次看見妳在鎮上開了車各處在跑，妳難道還沒有執照嗎？」
我一看情況對我很不利，馬上改口用英文對他說：「真抱歉，我不會西班牙文，你說什麼？」
他聽我不說他的話，傻住了。
「執照！執照！」他用西班牙文大叫。
「聽不懂。」我很窘的對他做了一個無可奈何的表情。
這個警察跑去叫來他的同事，指著我說：「我早上還親眼看見她把車開到郵局門口去，就是她，錯不了，她原來現在才來學車，你說我們怎麼罰她？」
另外一個說：「她現在又不在車上，你早先怎麼不捉她。」
「我一天到晚看見她在開車，總以為她早有了執照，怎麼會想到叫她停下來驗一下。」
他們講來講去把我忘掉了，我趕快轉身再擠進撒哈拉威人的布堆裏去。
我很快的弄好了手續，繳了學費，通知小姐給我同時就弄參加考試的證件，我下下星期就去考。

弄清了這些事情，手裏拿著學店給我的交通規則之類的幾本書，很放心的出了大門。

我打開車門，上車，發動了車子，正要起步時，一看後視鏡，那兩個警察居然躲在牆角等著抓我。

我這又給一嚇，連忙跳下車來，丟下了車就大步走開去。等荷西下班了，我才請他去救白馬回來。

我學車的時間被安排在中午十二點半，汽車學校的設備就是在鎮外荒僻的沙堆裏修了幾條硬路。

我的教練跟我，悶在小車子裏，像白老鼠似的一個圈一個圈的打著轉。正午的沙漠，氣溫高到五十度以上，我的汗瀅透了全身，流進了眼睛，沙子在臉上刮得像被人打耳光。上課才一刻鐘，狂渴和酷熱就像瘋狗一樣咬著我不放。教練受不了熱，也沒問我，就把上衣脫下來打赤膊坐在我旁邊。

學了三天車，我實在受不了那個瘋熱，請教練給我改時間，他說：「妳他媽的還算運氣好，另外一個太太排到夜間十一點上課，又冷又黑，什麼也學不會。妳他媽的還要改時間。」

說完這話，他將滾燙的車頂用力一打，車頂啪一下塌下去一塊。

這個教練實在不是個壞人，但是要我以後的十五堂課，坐在活動大烤箱裏，對著一個不穿上衣的人，我還是不喜歡，而且他開口就對我說三字經，我也不愛聽。

我沉吟了一下，對他說：「您看這樣好嗎？我把你該上的鐘點全給你簽好字，我不學了，考試我自己負責。」

他一聽，正合心意，說：「好啊！我他媽的給妳放假，我們就算了，考試再見面。」臨別他請我喝了一瓶冰汽水算慶祝學車結束。

荷西聽見我白送學費給老師，又不肯再去了，氣得很，逼了我去上夜課，他說去上交通規則課，我們的學費很貴，要去念回本錢來。

我去上了第一次的夜課。

隔壁撒哈拉威人的班，可真是怪現象，大家書聲朗朗，背誦交通規則，一條又一條，如醉如癡，我從來沒有看過這麼多認真的撒哈拉威人。

我們這西班牙文班，小貓三隻四隻，學生多得是，上課是不來聽的。

我的老師是很有文化氣息的瘦高小鬍子中年人，他也不說三字經，文教練跟武教練硬是不相同。

我坐定了位子，老師就上來很有禮的請教中國文化，我教了他一堂課，還把我們的象形文字畫了好多個出來給他講解。

第二日我一進教室，這個文教練馬上打開一本練習簿，上面寫滿了中國字——人人人天天天……

他很謙虛的問我：「妳看寫得還可以嗎？還像吧？」

我說：「寫得比我好。」

這個老師一高興，又把我拿來考問，問孔子，問老子，正巧問到我的本行，我給他答得頭頭是道，我又問他知不知道莊子，他又問我莊子不是一隻蝴蝶兒嗎。

一小時很快的過去了，我想聽聽老師講講紅綠燈，他卻奇怪的問我：「妳難道有色盲嗎？」

等這個文教練把我從五千年的「時光隧道」裏放出來時，天已經冰冷透黑了。

到了家趕快煮飯給等壞了的荷西吃。

「三毛，卡車後面那些不同的小燈都弄清楚了嗎？」

我說：「快認清了，老師教得很好。」

等荷西白天去上班了，我洗衣、燙衣、鋪床、掃地、擦灰、做飯、打毛線，忙來忙去，身邊那本交通規則可不敢放鬆，口裏念念有詞，像小時候上主日學校似的將這交通規則如《聖經》金句一般給它背下來，章章節節都牢牢記住。

那一陣，我的鄰居們都知道我要考試，我把門關得緊緊的，誰來也不開。

鄰居女人們恨死我了，天天在罵我：「妳什麼時候才考完嘛！妳不開門我們太不方便了。」

我硬是不理，這一次是認真的了。

考期眼看快到了，開車我是不怕，這個筆試可有點靠不住，這些交通規則是跟青菜、雞蛋、毛線、孔子、莊子混著念的，當然有點拖泥帶水。

星期五的晚上，荷西拿起交通規則的書來，說：「大後天妳得筆試，如果考不過，車試就別想了，現在我來問問妳。」

荷西一向當我同時是天才和白癡這兩種人物，他亂七八糟給我東問一句，西問一句，口氣迫人，聲色俱厲，我被他這麼一來，一句話也聽不進去。

「你慢一點嘛！根本不知道你講什麼。」

他又問了好多問題，我還是答不出來。

他書一丟，氣了，瞪了我一眼說：「去上那麼多堂課，妳還是不會，笨人！笨人！」

我也很氣，跑去廚房喝了一大口煮菜用的老酒，定一下神，清一清腦筋，把交通規則丟給荷西。

我慢慢的一個字一個字全背出來給荷西聽，小書也快有一百頁，居然都背完了。

荷西呆住了。

「怎麼樣？我這個死背書啊，是給小學老師專門整出來的。」我得意揚揚的對他說。

荷西還是不放心，他問我：「要是星期一，妳太緊張了，西班牙文又看不懂了，那不是冤枉嗎？」

我被他這一問，夜間翻來覆去，再也睡不著覺。

我的確有這個毛病，一慌就會交白卷，事後心裏又明白了，只是當時腦筋會卡住轉不過來。

這叫——此情可待成追憶，只是當時已惘然也。

失眠了一夜，熬到天亮，看見荷西還在沉睡，辛苦了一星期，不好吵醒他。

我穿好衣服，悄悄的開了門，發動了車子，往離鎮很遠的交通大隊開去。

無照駕車，居然敢開去交通大隊，實在是自投羅網。但是如果我走路去，弄得披頭散髮，給人印象想必不好，那麼我要去做的事很可能就達不到目的了。

我把車子一直開到辦公室門口，自然沒有人上來查我的執照。想想世界上也沒有這種膽大包天的傻瓜。

到了辦公室門口，才走進去，就有人說：「三毛！」

我一呆，問這位先生：「請問您怎麼認識我？」

他說：「妳的報名照片在這裏，妳看，星期一要考試囉！」

「我就是為了這件事情來的。」我趕緊說。

「我想見見筆試的主考官。」

「什麼事？主考是我們上校大隊長。」

「可不可以請您給我通報一下。」

他看我很神秘的表情，馬上就進去了，過了一會兒，他出來說：「請走這邊進去。」

辦公室內的大隊長，居然是一個有著高雅氣度的花白頭髮軍官。久住沙漠，乍一看到如此風采人物，令我突然想起我的父親，我意外的愣了一下。

他離開桌子過來與我握手，又拉椅子請我坐下，又請人端了咖啡進來。

「有什麼事嗎？您是——」

「我是葛羅太太——」

我開始請求他，這些令我一夜不能入睡的問題都得靠他來解決。

「好，所以妳想口試交通規則，由妳講給我聽，是不是這樣？」

「是的，就是這件事。」

「妳的想法是好，但是我們沒有先例，再說——我看妳西班牙文非常好，不該有問題的。」

「我不行，有問題。你們這個先例給我來開。」

他望著我，也不答話。

「聽說撒哈拉威人可以口試，為什麼我不可以口試？」

「妳如果只要一張在撒哈拉沙漠裏開車的執照，妳就去口試。」

「我要各處都通用的。」

「那就非筆試不可。考試是選擇題，妳只要做記號，不用寫字的。」

「選擇題的句子都是模稜兩可的，我一慌就會看錯，我是外國人。」

他又沉吟了一下，再說：「不行，我們卷子要存檔的，妳口試沒有卷子，我們不能交代。」

「怎麼會沒辦法？我可以錄音存檔案，上校先生，請你腦筋活動一點——沒辦法。」

我好爭辯的天性又發了。

他很慈祥的看看我，對我講：「我說，妳星期一放心來參加筆試，一定會通過的，不要再緊張了。」

我看他實在不肯，也不好強人所難，就謝了他，心平氣和的出來。

走到門口，上校又叫住我，他說：「請等一下，我叫兩個孩子送妳回家，此地太遠了。」

他居然稱他的下屬叫孩子們。

我再謝了上校，出了門，看見兩個「孩子」站得筆直的在車子邊等我，我們一見面，彼此都大吃一驚。

他們就恰巧是那天要捉我無照開車的警察先生們。

我很客氣的對他們說：「實在不敢麻煩你們，如果你們高抬貴手，放我一次，我就自己回去了。」

我有把握他們當時一定不會捉我。

我就這樣開車回家了。

回到家，荷西還在睡覺。

星期日我不斷背誦手冊。兩人就吃牛油夾麵包和白糖。

星期一清晨，荷西不肯去上班，他說已經請好假了，可以下星期六補上班，考試他要陪我去。我根本不要他陪。

到了考場，場外黑壓壓一大片人群，總有兩三百個，撒哈拉威人也有好多。

考場的筆試和車試都在同一個地方，恰好對面就是沙漠的監獄，這個地方關的都不是重犯，重犯在警察部隊裏給鎖著。

關在這個監獄裏的，大部分是為了搶酒女爭風吃醋傷了人，或是喝醉酒，跟撒哈拉威人打群架的迦納利群島來的工人。

真正的社會敗類，地痞流氓，在沙漠倒是沒有，大概此地太荒涼了，就算流氓來了，也混不出個名堂來。

我們在等著進考場，對面的犯人就站在天台上看。

每當有一個單身西班牙女人來應考，這些粗人就鼓掌大叫：「哇！小寶貝，美人兒，妳他媽的好好考試啊，不要怕，有老子們在這兒替妳撐腰，嘖嘖……真是個性感妞兒！」

我聽見這些粗胚痛快淋漓的在亂吼大叫，不由得笑了起來。

荷西說：「妳還說要一個人來，不是我，妳也給人叫小寶貝了。」

其實我倒很欣賞這些天台上的瘋子，起碼我還沒有看過這麼多興高采烈的犯人。真是今古奇觀又一章。

那天考的人有兩百多個，新考再考的都有。

等大隊長帶了另外一位先生開了考場的門，我的心開始加快的跳得很不規則，頭也暈了，想吐，手指涼得都不會彎曲了。

荷西緊緊的拉住我的手，好使我不臨陣脫逃掉。

被叫到名字的人，都像待宰的小羊一樣乖乖的走進那間可怕的大洞裏去。

等大隊長叫到我的名字，荷西把我輕輕一推，我只好站出去了。

「您早！」我哭兮兮的向大隊長打招呼。

他深深的注視著我，對我特別說：「請坐在第一排右邊第一個位子。」

我想，他對旁人都不指定座位，為什麼偏偏要把我釘十字架呢！一定是不信任我。

考場裏一片死寂，每個人的卷子都已分好放在椅子下面，每一份卷子都是不相同的，所以要偷看旁人的也沒有用。

「好，現在請開始做，十五分鐘交卷。」

我馬上拉出座位下面的卷子來，紙上一片外國螞蟻，一個也認它不出。我拚命叫自己安靜下來，鎮定下來，但是沒有什麼效果，螞蟻都說外國話。

我乾脆放下紙筆，雙手交握，靜坐一會兒再看。

荷西在窗外看見我居然坐起「禪」來，急得幾乎要衝進來用大棒子把我喝醒。

靜坐過了，再看卷，看懂了。

我為什麼特別被釘在這個架子上，終於有了答案。

這份考卷的題目如下：

你開車碰到紅燈，應該（一）衝過去，（二）停下來，（三）拚命按喇叭。

你看到斑馬線上有行人應該（一）揮手叫行人快走開，（二）壓過人群，（三）停下來。

問了兩大張紙，都是諸如此類的瘋狂笑話問題。

我看了考卷，格格悶笑得快嗆死了，閃電似的給它做好了。

最後一題，它問：

你開車正好碰到天主教抬了聖母出來遊街，你應該（一）鼓掌，（二）停下來，（三）跪下去。

我答「停下來」，不過我想考卷是天主教國家出的，如果我答──「跪下去」，他們一定更加高興。

這樣我就交卷了，才花了八分鐘。

交卷時，大隊長很意味深長的微微對我一笑，我輕輕的對他說：「謝謝！日安！」

穿過一大群埋頭苦幹、咬筆、擦紙、發抖、皺眉頭的被考人，我悄悄的開門出去。

輪到口試的撒哈拉威人進去時，荷西就一直在安慰我：「沒有關係，這又不是什麼大不了的事情，考壞了，下星期還可以考，妳要放得開。」

我一句話也不說，賣他一個「關子嶺」。

十點整，一位先生拿了名單出來，開始唱出通過人的名字，唱來唱去，沒有我。

荷西不知不覺的將手放到我肩上來。

我一點也不在意。

等到——「三毛」，這兩個字大聲報出來時，我才惡作劇的看了一眼荷西。

「關子」賣得並不大，但是荷西卻受到了水火同源的意外驚喜，將我一把抱起來，用力太猛，幾乎扭斷了我的肋骨。

天台上的犯人看見這一幕，又大聲給我們喝采。

我對他們做了一個V字形的手勢，表情一若當年在朝的尼克森，我那份考卷，「水門」得跟真的一樣。

接著馬上考「場內車試」。

汽車學校的大卡車、小汽車都來了，一字排開，熱鬧非凡，犯人們叫得比賭馬的人還要有勁。

兩百多個人筆試下來，只剩了八十多個，看熱鬧的人還是一大群。

我的武教練這次可沒有光身子，他穿得很整齊。

教練一再對我說：「前三輛車妳切切不要上，等別人引擎用熱了，妳再上，這樣不太會熄火。」

我點點頭，這是有把握的事，不必緊張。

等到第二個人考完，我就說：「我不等了，我現在考。」

考場綠燈一轉亮，我的車就如野馬般的跳起來衝出去。

換檔，再換回檔，停車，起步，轉彎，倒車如注音符號ㄟ字形，再倒車ㄥ字形，開斜道，把車再倒入兩輛停著的車內去把自己夾做三明治的心；過斜坡，煞車，起步，下坡，換檔……我分分寸寸，有條有理的做得一絲不差，眼看馬上可以出考場了。

我聽見觀眾都在給我鼓掌，連撒哈拉威人都在叫：「中國女孩棒，棒——」

我這麼高興，一時不知道發了什麼神經病，突然回身去看主考官坐著的塔台。這一回頭，車子一下滑出路面，衝到鄰鄰的沙浪裏去，我一慌，車子就熄火了，死在那兒。

鼓掌的聲音變成驚呼，接著變成大笑，笑得特別響的就是荷西的聲音。

我也忍不住笑起來，逃出車子，真恨不得就此把自己給活活笑死算了，也好跟希臘諸神的死法一樣。

那一個星期中，我痛定思痛，切切的反省自己，大意失荊州，下次一定要注意了。

第二個星期一，我一個人去應考，這一次不急了，捺著性子等到四五十個人都上去考了，我這才上陣。

應該四分鐘內做完的全部動作，我給它兩分三十五秒全做出來了，完全沒有出錯。唱名字的時候，只唱了十六個及格的，我是唯一女人裏通過的。

大隊長對我開玩笑，他說：「三毛的車開得好似砲彈一樣快，將來請妳來做交通警察倒是很得力的幫手。」

我正預備走路回家，看見荷西滿面春風的來接我，他上工在幾十里外，又趁中午跑回來了。

「恭喜！恭喜！」他上來就說。

「咦！你有千里眼嗎？」

「是剛剛天台上的犯人告訴我的。」

我認真的在想，關在牢裏面的人，不一定比放在外面的人壞。

這個世界上真正的壞胚子就如我們中國人講的「龍」一樣，可大可小，可隱可現，你是捉不住他們，也關不住他們的。

我趁著給荷西做午飯的時間，叫荷西獨自再去跑一趟，給監牢裏的人送兩大箱可樂和兩條菸去。起碼在我考試的時候，他們像鼓笛隊似的給我加了油。

我不低看他們，我自己不比犯人的操守高多少。

中午我開長途車送荷西去上工，再開回鎮上，將車子藏好，才走路去等最後一關「路考」。這個「天梯」越爬越有意思，我居然開始十分喜歡這種考試的過程。

五十度氣溫下的正午，只有烈日將一排排建築短短的影子照射在空寂的街道上，整個的小鎮好似死去了一般，時間在這裏也凝固起來了。

當時我看見的景象，完完全全是一幅超現實畫派作品的再版，感人至深。如果再給這時候來個滾鐵環的小女孩，那就更真切了。

「路考」就在這種沒有交通流量的地方開始了。

我雖然知道，在這種時候，鎮上一隻狗也壓不著，鎮外一棵樹也撞不倒，但是我還是不要太大意。

起步之前要打指示燈，要回頭看清楚，起步之後靠右走，黃線不要去壓過它，十字路口停車，斑馬線要慢下來，小鎮上沒有紅綠燈，這一步就省掉了。

十六個人很快的都考完了，大隊長請我們大家都去交通隊的福利社喝汽水。

我們是八個西班牙人，七個撒哈拉威人，還有我。

上校馬上發了臨時執照給通過全部考試的人，正式的執照要西班牙那邊再發過來。

上星期我一直對自己說，在摩洛哥國王哈珊來「西屬撒哈拉」喝茶以前，我得把這個天梯爬到頂，現在我爬到了。「魔王」還沒有來。

上校發了七張執照，我分到了一張。

有了執照之後，開車無論是心情和神色都跟以前大不相同，比較之下才見春秋。

有一天，我停放好了車，正要走開，突然半空中跳出以前那兩個警察先生，大喝一聲：「哈，這一次給我們捉到了。」

我從容不迫的拿出執照來，舉在他們面前。

他們看也不看，照開罰單。

「罰兩百五十塊。」

「怎麼？」我不相信自己的眼睛。

「停車在公共汽車站前，要罰！」

「這個鎮上沒有公共汽車，從來沒有。」我大叫。

「將來會有，牌子已經掛好了。」

「你們不能用這種方法來罰我，不行，我拒付。」

「有站牌就不能停車，管他有沒有公車。」

我一生氣，腦筋就特別有條理，交通規則在我腦海裏飛快的一頁一頁翻過。

我推開警察，跳上車，將車衝出站牌幾公尺，再停住，下車，將罰單塞回給他們。

「交通規則上說，在某地停車兩分鐘之內就開走，不算停車。我停了不到兩分鐘又開走了，所以不算違規。」

「官兵捉強盜」，這兩個人又輸了。罰單丟給山羊吃吧。

我哈哈大笑，提著菜籃往「沙漠軍團」的福利社走去，看看今天有沒有好運氣，買到一些新鮮的水果菜蔬。

日復一日，我這隻原本不是生長在沙漠的「黑羊」，是如何在努力有聲有色的打發著漫長而苦悶的悠悠歲月。

——天涼好個秋啊——

白手成家。

其實，當初堅持要去撒哈拉沙漠的人是我，而不是荷西。後來長期留了下來，又是為了荷西，不是為了我。

我的半生，漂流過很多國家。高度文明的社會，我住過，看透，也嘗夠了，我的感動不是沒有，我的生活方式，多多少少也受到它們的影響。但是我始終沒有在一個固定的地方，將我的心也留下來給我居住的城市。

不記得在哪一年以前，我無意間翻到了一本美國的《國家地理雜誌》，那期書裏，它正好在介紹撒哈拉沙漠。我只看了一遍，我不能解釋的，屬於前世回憶似的鄉愁，就莫名其妙，毫無保留的交給了那一片陌生的大地。

等我再回到西班牙來定居時，因為撒哈拉沙漠還有一片二十八萬平方公里的地方，是西國的屬地，我懷念渴想往它奔去的欲望就又一度在苦痛著我了。

這種情懷，在我認識的人裏面，幾乎被他們視為一個笑話。

我常常說，我要去沙漠走一趟，卻沒有人當我是在說真的。

也有比較瞭解我的朋友，他們又將我的嚮往沙漠，解釋成看破紅塵，自我放逐，一去不返也——

這些都不是很正確的看法。

好在，別人如何分析我，跟我本身是一點關係也沒有的。

等我給自己排好時間，預備去沙漠住一年時，除了我的父親鼓勵我之外，另外只有一個朋友，他不笑話我，也不阻止我，更不拖累我。他，默默的收拾了行李，先去沙漠的磷礦公司找到了事，安定下來，等我單獨去非洲時好照顧我。

他知道我是個一意孤行的倔強女子，我不會改變計畫的。

在這個人為了愛情去沙漠裏受苦時，我心裏已經決定要跟他天涯海角一輩子流浪下去了。

那個人，就是我現在的丈夫荷西。

這都是兩年以前的舊事了。

荷西去沙漠之後，我結束了一切的瑣事，誰也沒有告別。上機前，給同租房子的三個西班牙女友留下了信和房租。關上了門出來，也這樣關上了我一度熟悉的生活方式，向未知的大漠奔去。

飛機停在活動房子的阿雍機場時，我見到了分別三個月的荷西。

他那天穿著卡其布土色如軍裝式的襯衫，很髒的牛仔褲，擁抱我的手臂很有力，雙手卻粗糙不堪，頭髮鬍子上蓋滿了黃黃的塵土，風將他的臉吹得焦紅，嘴唇是乾裂的，眼光卻好似有受了創傷的隱痛。

我看見他在這麼短暫的時間裏，居然在外形和面部表情上有了如此劇烈的轉變，令我心裏震驚的抽痛了一下。

我這才聯想到，我馬上要面對的生活，在我，已成了一個重大考驗的事實，而不再是我理想中甚而含著浪漫情調的幼稚想法了。

從機場出來，我的心跳得很快，我很難控制自己內心的激動，半生的鄉愁，一旦回歸這片土地，感觸不能自已。

撒哈拉沙漠，在我內心的深處，多年來是我夢裏的情人啊！

我舉目望去，無際的黃沙上有寂寞的大風嗚咽的吹過，天，是高的，地是沉厚雄壯而安靜的。

正是黃昏，落日將沙漠染成鮮血的紅色，淒豔恐怖。近乎初冬的氣候，在原本期待著炎熱烈日的心情下，大地化轉為一片詩意的蒼涼。

荷西靜靜的等著我，我看了他一眼。

他說：「妳的沙漠，現在妳在它懷抱裏了。」

我點點頭，喉嚨被哽住了。

「異鄉人，走吧！」

荷西在多年前就叫我這個名字，那不是因為當時卡繆的小說正在流行，那是因為「異鄉人」對我來說，是一個很確切的稱呼。

因為我在這個世界上，向來不覺得是芸芸眾生裏的一分子，我常常要跑出一般人生活著的軌道，做出解釋不出原因的事情來。

機場空蕩蕩的，少數下機的人，早已走光了。

荷西掮起了我的大箱子，我背著背包，一手提了一個枕頭套，跟著他邁步走去。

從機場到荷西租下已經半個月的房子，有一段距離，一路上，因為我的箱子和背包都很重，我們走得很慢，沿途偶爾開過幾輛車，我們伸手要搭車，沒有人停下來。

走了快四十分鐘，我們轉進一個斜坡，到了一條硬路上，這才看見了炊煙和人家。

荷西在風裏對我說：「妳看，這就是阿雍城的外圍，我們的家就在下面。」

遠離我們走過的路旁，搭著幾十個千瘡百孔的大帳篷，也有鐵皮做的小屋，沙地裏有少數幾隻單峰駱駝和成群的山羊。

我第一次看見了這些總愛穿深藍色布料的民族，對於我而言，這是走進另外一個世界的幻境裏去了。

風裏帶過來小女孩們遊戲時發出的笑聲。

有了人的地方，就有了說不出的生氣和趣味。

生命，在這樣荒僻落後而貧苦的地方，一樣欣欣向榮的滋長著，它，並不是掙扎著在生存，對於沙漠的居民而言，他們在此地的生老病死都好似是如此自然的事。我看著那些上升的煙火，覺得他們安詳得近乎優雅起來。

自由自在的生活，在我的解釋裏，就是精神的文明。

終於，我們走進了一條長街，街旁有零落的空心磚的四方房子散落在夕陽下。

我特別看到連在一排的房子最後一幢很小的，有長圓形的拱門，直覺告訴我，那一定就是我的。

荷西果然向那間小屋走去，他汗流浹背的將大箱子丟在門口，說：「到了，這就是我們的家。」

這個家的正對面，是一大片垃圾場，再前方是一片波浪似的沙谷，再遠就是廣大的天空。家後面是一個高坡，沒有沙，有大塊的亂石頭和硬土。鄰居們的屋子裏看不到一個人，只有不斷的風劇烈的吹拂著我的頭髮和長裙。

荷西開門時，我將肩上沉重的背包脫下來。

黯淡的一條短短的走廊露在眼前。

荷西將我從背後拎起來，他說：「我們的第一個家，我抱妳進去，從今以後妳是我的太太了。」

這是一種很平淡深遠的結合，我從來沒有熱烈的愛過他，但是我一樣覺得十分幸福而舒適。

荷西走了四大步，走廊就走盡了，我抬眼便看見房子中間那一塊四方形的大洞，洞外是鴿灰色的天空。

我掙扎著下地來，丟下手裏的枕頭套，趕快去看房間。

這個房子其實不必走路，站在大洞洞下看看就一目了然了。

一間較大的面向著街，我去走了一下，是橫四大步，直五大步。

另外一間，小得放下一個大床之外，只有進門的地方，還有手臂那麼寬大的一條橫的空間。

廚房是四張報紙平鋪起來那麼大，有一個污黃色裂了的水槽，還有一個水泥砌起的平台。

浴室有抽水馬桶，沒有水箱，有洗臉池，還有一個令人看了大吃一驚的白浴缸，它完全是達達派的藝術產品——不實際去用它，它就是雕塑。

我這時才想上廚房浴室外的石階去，看看通到哪裏。

荷西說：「不用看了，上面是公用天台，明天再上去吧。我前幾天也買了一隻母羊，正跟房東的混在一起養，以後我們可以有鮮奶喝。」

聽見我們居然有一隻羊，我意外的驚喜了一大陣。

荷西急著問我對家的第一印象。

我聽見自己近似做作的聲音很緊張的在回答他：「很好，我喜歡，真的，我們慢慢來佈置。」

說這話時，我還在拚命打量這一切，地是水泥地，糊得高低不平，牆是空心磚原來的深灰色，上面沒有再塗石灰，磚塊接縫地方的乾水泥就赤裸裸的掛在那兒。

抬頭看看，光禿禿吊著的燈泡很小，電線上停滿了密密麻麻的蒼蠅。牆左角上面有個缺口，風不斷的灌進來。

打開水龍頭，流出來幾滴濃濃綠綠的液體，沒有一滴水。

我望著好似要垮下來的屋頂，問荷西：「這兒多少錢一個月的房租？」

「一萬（約七千台幣），水電不在內。」

「水貴嗎？」

「一汽油桶裝滿是九十塊，明天就要去申請市政府送水。」

我嗒然坐在大箱子上，默然不語。

「好，現在我們馬上去鎮上買個冰箱，買些菜，民生問題要快快解決。」

我連忙提了枕頭套跟他又出門去。

這一路上有人家，有沙地，有墳場，有汽油站，走到天快全暗下來了，鎮上的燈光才看到了。

「這是銀行，那是市政府，法院在右邊，郵局在法院樓下，商店有好幾家，我們公司的總辦公室是前面那一大排，有綠光的是酒店，外面漆黃土色的是電影院——」

「那排公寓這麼整齊，是誰住的？你看，那個大白房子裏有樹，有游泳池——我聽見音樂從白紗窗簾裏飄出來的那個大廈也是酒家嗎？」

「公寓是高級職員的宿舍，白房子是總督的家，當然有花園，妳聽見的音樂是軍官俱樂部——」

「啊呀，有一個回教皇宮城堡哪，荷西，你看——」

「那是國家旅館，四顆星的，給政府要人來住的，不是皇宮。」

「撒哈拉威人住哪裏？我看見好多。」

「他們住在鎮上、鎮外，都有，我們住的一帶叫墳場區，以後妳如果叫計程車，就這麼說。」

「有計程車？」

「有，還都是朋馳牌的，等一下買好了東西我們就找一輛坐回去。」

在同樣的雜貨店裏，我們買下了一個極小的冰箱，買了一隻冷凍雞、一個煤氣爐、一條毯子。

「這些事情不是我早先不弄，我怕先買了，妳不中意，現在給妳自己來挑。」荷西低聲下氣的在解釋。

我能挑什麼？小冰箱這家店只有一個，煤氣爐都是一樣的，再一想到剛剛租下的灰暗的家，我什麼興趣都沒有了。

付錢的時候，我打開枕頭套來，說：「我們還沒有結婚，我也來付一點。」

這是過去跟荷西做朋友時的舊習慣，搭伙用錢。

荷西不知道我手裏老是拎著的東西是什麼，他伸頭過來一看，嚇了天大的一跳，一把將枕頭套抱在胸口，又一面伸手掏口袋，付清了商店的錢。

等我們到了外面時，他才輕聲問我：「妳哪裏弄來的那麼多錢？怎麼放在枕頭套裏也不講一聲。」

「是爸爸給我的，我都帶來了。」

荷西繃著臉不響，我在風裏定定的望著他。

「我想——我想，妳不可能習慣長住沙漠的，妳旅行結束，我就辭工，一起走吧！」

「為什麼？我抱怨了什麼？你為什麼要辭工作？」

荷西拍拍枕頭套，對我很忍耐的笑了笑。

「妳來撒哈拉，是一件表面倔強而內心浪漫的事件，妳很快就會厭它。妳有那麼多錢，妳的日子不會肯跟別人一樣過。」

「錢不是我的，是父親的，我不用。」

「那好，明天早晨我們就存進銀行，妳——今後就用我賺的薪水過日子，好歹都要過下去。」

我聽見他的話，幾乎憤怒起來。這麼多年的相識，這麼多國家單獨的流浪，就為了這一點錢，到頭來我在他眼裏還是個沒有分量的虛榮女子。我想反擊他，但是沒有開口，我的潛力，將來的生活會為我證明出來的。現在多講都是白費口舌。

那第一個星期五的夜間，我果然坐了一輛朋馳大轎車回墳場區的家來。

沙漠的第一夜，我縮在睡袋裏，荷西包著薄薄的毯子，在近乎零度的氣溫下，我們只在水泥地上鋪了帳篷的一塊帆布，凍到天亮。

星期六的早晨，我們去鎮上法院申請結婚的事情，又買了一個價格貴得沒有道理的床墊，床架是不去夢想了。

荷西在市政府申請送水時，我又去買了五大張撒哈拉威人用的粗草蓆、一個鍋、四個盤子、叉匙各兩份，刀，我們兩個現成的合起來有十一把，都可當菜刀用，所以不再買。又買了水桶、掃把、刷子、衣夾、肥皂、油米糖醋……

東西貴得令人灰心，我拿著荷西給我薄薄的一疊錢，不敢再買下去。

父親的錢，進了中央銀行的定期存戶，要半年後才可動用，利息是零點四六。

中午回家來，方才去拜訪了房東一家，他是個很慷慨的撒哈拉威人，起碼第一次的印象彼此都很好。

我們借了他半桶水，荷西在天台上清洗大水桶內的髒東西，我先煮飯，米熟了，倒出來，再用同樣的鍋做了半隻雞。

坐在草蓆上吃飯時，荷西說：「白飯妳撒了鹽嗎？」

「沒有啊，用房東借的水做的。」

我們這才想起來，阿雍的水是深井裏抽出來的濃鹹水，不是淡水。

荷西平日在公司吃飯，自然不會想到這件事。

那個家，雖然買了一些東西，但是看得見的只是地上鋪滿的蓆子，我們整個週末都在洗掃工作，天窗的洞洞裏，開始有吱吱怪叫的撒哈拉威小孩子們在探頭探腦。

星期天晚上，荷西要離家去磷礦工地了，我問他明日下午來不來，他說要來的，他工作的地方，與我們租的房子有快一百公里來回的路程。

那個家，只有週末的時候才有男主人，平日荷西下班了趕回來，夜深了，再坐交通車回宿舍。我白天一個人去鎮上，午後不熱了也會有撒哈拉威鄰居來。

結婚的文件弄得很慢。我經過外籍軍團退休司令的介紹，常常跟了賣水的大卡車，去附近幾百里方圓的沙漠奔馳，夜間我自己搭帳篷睡在遊牧民族的附近，因為軍團司令的關照，沒有人敢動我。我總也會帶了白糖、尼龍魚線、藥、菸之類的東西送給一無所有的居民。

只有在深入大漠裏，看日出日落時一群群飛奔野羚羊的美景時，我的心才忘記了現實生活的枯燥和艱苦。

這樣過了兩個月獨自常常出鎮去旅行的日子。

結婚的事在我們馬德里原戶籍地區法院公告時，我知道我快真正安定下來了。家，也突然成了一個離不開的地方。

那隻我們的山羊，每次我去捉來擠奶，牠都要跳起來用角頂我，我每天要買很多的牧草和麥子給牠，房東還是不很高興我們借他的羊欄。

有的時候，我去晚了一點，羊奶早已被房東的太太擠光了。我很想愛護這隻羊，但是牠不肯認我，也不認荷西，結果我們就將牠送給房東了，不再去勉強牠。

結婚前那一陣，荷西為了多賺錢，夜班也代人上，他夜以繼日的工作，我們無法常常見面。家，沒有他來，我許多粗重的事也自己動手做了。

鄰近除了撒哈拉威人之外，也住了一家西班牙人，這個太太是個健悍的迦納利群島來的女人。

每次她去買淡水，總是約了我一起去。

走路去時水箱是空的，當然跟得上她的步子。

等到買好十公升的淡水，我總是叫她先走。

「妳那麼沒有用？這一生難道沒有提過水嗎？」她大聲嘲笑我。

「我——這個很重，妳先走——別等我。」

灼人的烈日下，我雙手提著水箱的柄，走四五步，就停下來，喘一口氣，再提十幾步，再停，再走，汗流如雨，脊椎痛得發抖，面紅耳赤，步子也軟了，而家，還是遠遠的一個小黑點，似乎永遠不會走到。

提水到家，我馬上平躺在蓆子上，這樣我的脊椎就可以少痛一些。

有時候煤氣用完了，我沒有氣力將空桶拖去鎮上換，計程車要先走路到鎮上去叫，我又懶得去。

於是，我常常借了鄰居的鐵皮炭爐子，蹲在門外搧火，煙嗆得眼淚流個不停。

在這種時候，我總慶幸我的母親沒有千里眼，不然，她美麗的面頰要為她最愛的女兒浸溼了——我的女兒是我們捧在手裏，掌上明珠也似的撫養大的啊！她一定會這樣軟弱的哭出來。

我並不氣餒，人，多幾種生活的經驗總是可貴的事。

結婚前，如果荷西在加班，我就坐在蓆子上，聽窗外吹過如泣如訴的風聲。

家裏沒有書報，沒有電視，沒有收音機。吃飯坐在地上，睡覺換一個房間再躺在地上的床墊。

牆在中午是燙手的，在夜間是冰涼的。電，運氣好時會來，大半是沒有電。黃昏來了，我就望著那個四方的大洞，看灰沙靜悄悄的像粉一樣撒下來。

夜來了，我點上白蠟燭，看它的眼淚淌成什麼形象。

這個家，沒有抽屜，沒有衣櫃，我們的衣服就放在箱子裏，鞋子和零碎東西裝大紙盒，寫字要找一塊板來放在膝蓋上寫。夜間灰黑色的冷牆更使人覺得陰寒。

有時候荷西趕夜間交通車回工地，我等他將門咔嗒一聲帶上時，就沒有理性的流下淚來，我衝上天台去看，還看見他的身影，我就又衝下來出去追他。

我跑得氣也喘不過來，趕到了他，一面喘氣一面低頭跟他走。

「你留下來行不行？求求你，今天又沒有電，我很寂寞。」我雙手插在口袋裏，頂著風向他哀求著。

荷西總是很難過，如果我在他走了又追出去，他眼圈就紅了。

「三毛，明天我代人的早班，六點就要在了，留下來，清早怎麼趕得上去那麼遠？而且我沒有早晨的乘車證。」

「不要多賺了，我們銀行有錢，不要拚命工作了。」

「銀行的錢，將來請父親借我們買幢小房子。生活費，我多賺給妳，忍耐一下，結婚後我就不再加班了。」

「你明天來不來？」

「下午一定來，妳早晨去五金建材店問問木材的價錢，我下工了回來可以趕做桌子給妳。」

他將我用力抱了一下，就將我往家的方向推。我一面慢慢跑步回去，一面又回頭去看，荷西也在遠遠的星空下向我揮手。

有時候，荷西有家眷在的同事，夜間也會開了車來叫我。

「三毛，來我們家吃晚飯，看電視，我們再送妳回來，不要一個人悶著。」

我知道他們的好意裏有憐憫我的成分，我就驕傲的拒絕掉。那一陣，我像個受傷的野獸一樣，一點小小的事情都會觸怒我，甚而軟弱得痛哭。

撒哈拉沙漠是這麼的美麗，而這兒的生活卻是要付出無比的毅力來使自己適應下去啊！

我沒有厭沙漠，我只是在習慣它的過程裏受到了小小的挫折。

第二日，我拿著荷西事先寫好的單子去鎮上很大的一家材料店問問價錢。

等了很久才輪到我，店裏的人左算右算，才告訴我，要兩萬五千塊以上，木料還缺貨。

我謝了他們走出來，想去郵局看信箱，預計做家具的錢是不夠買幾塊板的了。

走過這家店外的廣場，我突然看見這個店丟了一大堆裝貨來的長木箱，是極大的木條用鐵皮包釘的，好似沒有人要了。

我又跑回店去，問他們：「你們外面的空木箱是不是可以送給我？」

說這些話，我臉脹紅了，我一生沒有這樣為了幾塊木板求過人。

老闆很和氣的說：「可以，可以，妳愛拿幾個都拿去。」

我說：「我想要五個，會不會太多？」

老闆問我：「你們家幾個人？」

我回答了他，覺得他問得文不對題。

我得到了老闆的同意，馬上去撒哈拉威人聚集的廣場叫了兩輛驢車，將五個空木箱裝上車。

同時才想起來，我要添的工具，於是我又買了鋸子、榔頭、軟尺、兩斤大小不同的釘子，又買了滑輪、麻繩和粗的磨砂紙。

我一路上跟在驢車的後面，幾乎是吹著口哨走的。

我變了，我跟荷西以前一樣，經過三個月沙漠的生活，過去的我已不知不覺的消失了。我居然會為了幾個空木箱這麼的歡悅起來。

到了家，箱子擠不進門。我不放心放在門外，怕鄰居來拾了我的寶貝去。

那一整天，我每隔五分鐘就開門去看木箱還在不在。這樣緊張到黃昏，才看見荷西的身影在地平線上出現了。

我趕緊到天台上去揮手打我們的旗語，他看懂了，馬上跑起來。

跑到門口，他看見把窗子也擋住了的大木箱，張大了眼睛，趕快上去東摸西摸。

「哪裏來的好木頭？」

我騎在天台的矮牆上對他說：「我討來的，現在天還沒黑，我們快快做個滑車，把它們吊上來。」

那個晚上，我們吃了四個白水煮蛋，冒著刺骨的寒風將滑車做好，木箱拖上天台，拆開包著的鐵條，用力打散木箱，荷西的手被釘子弄得流出血來，我抱住大箱子，用腳抵住牆，幫忙他一塊一塊的將厚板分開來。

「我在想，為什麼我們一定要做家具？為什麼我們不能學撒哈拉威人一輩子坐在蓆子上？」

「因為我們不是他們。」

「我為什麼不能改，我問你？」我抱住三塊木條再思想這個問題。

「他們為什麼不吃豬肉？」荷西笑起來。

「那是宗教的問題，不是生活形態的問題。」

「妳為什麼不愛吃駱駝肉？基督教不可吃駱駝嗎？」

「我的宗教裏，駱駝是用來穿針眼的，不是當別的用。」

「所以我們還是要有家具才能活得不悲傷。」

這是很壞的解釋，但是我要家具是要定了，這件事實在使我羞愧。

第二日荷西不能來，那一陣我們用完了他賺的薪水，他拚命在加班，好使將來的日子安穩一點。

第三日荷西還是不能來，他的同事開車來通知我。

天台上堆滿了兩人高的厚木條，我一個早晨去鎮上，回來木堆已經變成一人半高了，其他的被鄰居取去壓羊欄了。

我不能一直坐在天台上守望，只好去對面垃圾場撿了好幾個空罐頭，打了洞，將它們掛在木堆四周，有人偷寶貝，就會響，我好上去捉。

我還是被風騙了十幾次，風吹過，罐子也會響。

那個下午，我整理海運寄到的書籍紙盒，無意間看到幾張自己的照片。

一張是穿了長禮服，披了毛皮的大衣，頭髮梳上去，掛了長的耳環，正從柏林歌劇院聽了《弄臣》出來。

另外一張是在馬德里的冬夜裏，跟一大群浪蕩子（女）在舊城區的小酒店唱歌跳舞喝紅酒，我在照片上非常美麗，長髮光滑的披在肩上，笑意盈盈——

我看著看著一張一張的過去，丟下大疊照片，廢然倒在地上，那種心情，好似一個死去的肉體，靈魂被領到望鄉台上去看他的親人一樣悵然無奈。

不能回首，天台上的空罐罐又在叫我了，我要去守我的木條，這時候，再沒有什麼事，比我的木箱還重要了。

生命的過程，無論是陽春白雪，青菜豆腐，我都得嘗嘗是什麼滋味，才不枉來這麼一遭啊！

（其實，青菜豆腐都嘗不到。）

沒有什麼了不起，這世上，能看到——「長河落日圓，大漠孤煙直」的幸運兒又有幾個如我？（沒有長河，煙也不是直的。）

再想——古道西風瘦馬，夕陽西下，斷腸人在天涯——

這個意境裏，是框得上我了。（也沒有瘦馬，有瘦駝。）

星期五是我最盼望的日子，因為荷西會回家來，住到星期天晚上再去。

荷西不是很羅曼蒂克的人，我在沙漠裏也風花雪月不起來了，我們想到的事，就是要改善環境，克服物質上精神上的大苦難。

我以前很笨，做飯做菜用一個僅有的鍋，分開兩次做，現在悟出道理來了，我將生米和菜肉乾脆混在一起煮，變成菜飯，這樣簡單多了。

星期五的晚上，荷西在燭光下細細的畫出了很多圖樣的家具式樣叫我挑，我挑了最簡單的。

星期六清晨，我們穿了厚厚的毛衣，開始動工。

「先把尺寸全部鋸出來，妳來坐在木板上，我好鋸。」

荷西不停的工作，我把鋸出來的木板寫上號碼。

一小時一小時的過去，太陽升到頭頂上了，我將一塊溼毛巾蓋在荷西的頭上，又在他打赤膊的背上塗油。荷西的手磨出水泡來，我不會做什麼事，但是我可以壓住木條，不時拿冰水上來給他喝，也將闖過來的羊群和小孩們喝走。

太陽像融化的鐵漿一樣灑下來，我被曬得看見天地都在慢慢的旋轉。

荷西不說一句話，像希臘神話裏的神祇一樣在推著他的巨石。

我很為有這樣的一個丈夫驕傲。

過去我只看過他整齊打出來的文件和情書，今天才又認識了一個新的他。

吃完菜飯，荷西躺在地上，我從廚房出來，他已經睡著了。

我不忍去叫醒他，輕輕上天台去，將桌子、書架、衣架和廚房小茶几的鋸好木塊，分類的一堆一堆區別開來。

荷西醒來已是黃昏了，他跳起來，發怒的責怪我：「妳為什麼不推醒我？」

我低頭不語，沉默是女人最大的美德。不必分辯他體力不濟，要給他休息之類的話，荷西腦袋是高級水泥做的。

弄到夜間十一點，我們居然有了一張桌子。

第二天是安息日，應該停工休息，但是荷西不做就不能在心靈上安息，所以他還是不停的在天台上敲打。

「給我多添一點飯，晚上可以不再吃了。衣架還得砌到牆裏去，這個很費事，要多點時間。」

吃飯時荷西突然抬起頭來，好似記起什麼事情來了似的對我笑起來。

「妳知道我們這些木箱原來是裝什麼東西來的？那天馬丁那個卡車司機告訴我。」

「那麼大，也許是包大冰櫃來的？」

荷西聽了笑個不住。

「講給妳聽好不好？」

「難道是裝機器來的？」

「是——棺——材。五金建材店從西班牙買了十五口棺材來。」

我恍然大悟，這時才想起，五金店的老闆很和氣的問我家裏有幾個人，原來是這個道理。

「你是說，我們這兩個活人，住在墳場區，用棺材外箱做家具——」

「你覺得怎麼樣？」我又問他。

「我覺得一樣。」荷西擦了一下嘴站起來，就又上天台去做工了。

我因為這個意外，很興奮了一下。我覺得不一樣，我更加喜歡我的新桌子。

不幾日，我們被法院通知，可以結婚了。

我們結好婚，趕快彎到荷西總公司去，請求荷西的早班乘車證、結婚補助、房租津貼、減稅、我的社會健康保險……

我們正式結婚的時候，這個家，有一個書架，有一張桌子，在臥室空間架好了長排的掛衣櫃，廚房有一個小茶几塞在炊事檯下放油糖瓶，還有新的沙漠麻布的彩色條紋的窗簾……

客人來了還是要坐在蓆子上，我們也沒有買鐵絲的床架，牆，還是空心磚的，沒有糊上石粉，當然不能粉刷。

結婚後，公司答應給兩萬塊的家具補助費，薪水加了七千多，稅減了，房租津貼給六千五一個月，還給了我們半個月的婚假。

我們因為在結婚證書上簽了字，居然在經濟上有了很大的改善，我因此不再反傳統了，結婚是有好處的。

我們的好友自動願代荷西的班，於是我們有一個整月完全是自己的時間。

「第一件事，就是帶妳去看磷礦。」

坐在公司的吉普車上，我們從爆礦的礦場一路跟著輸送帶，開了一百多里，直到磷礦出口裝船的海上長堤，那兒就是荷西工作的地方。

「天啊！這是詹姆士·龐德的電影啊！你是〇〇七，我是電影裏那個東方壞女子——」

「壯觀吧！」荷西在車上說。

「這個偉大工程是誰承建的？」

「德國克虜伯公司。」荷西有些氣短起來。

「我看西班牙人就造不出這麼了不起的東西來。」

「三毛，妳幫幫忙給我閉嘴好不好。」

結婚的蜜月，我們請了嚮導，租了吉普車，往西走，經過「馬克貝斯」進入「阿爾及利亞」，再轉回西屬撒哈拉，由「斯馬拉」斜進「茅利塔尼亞」直到新內加邊界，再由另外一條路上升到西屬沙漠下方的「維亞西納略」，這才回到阿雍來。

這一次直渡撒哈拉，我們雙雙墜入它的情網，再也離不開這片沒有花朵的荒原了。

回到了甜蜜的家，只有一星期的假日了，我們開始瘋狂的佈置這間陋室。

我們向房東要求糊牆，他不肯，我們去鎮上問問房租，都在三百美金以上，情形也並不理想。

荷西計算了一夜，第二天他去鎮上買了石灰、水泥，再去借了梯子、工具，自己動起手來。

我們日日夜夜的工作，吃白麵包、牛奶和多種維他命維持體力，但是長途艱苦的旅行回來，又接著不能休息，我們都突然瘦得眼睛又大又亮，腳步不穩。

「荷西，我將來是可以休息的，你下星期馬上要工作，不能休息一兩天再做嗎？」

荷西在梯子上望也不望我。

「我們何必那麼省，而且——我——銀行裏還有錢。」

「妳不知道此地泥水匠是用小時收工資的嗎？而且我做得不比他們差。」

「你這個混蛋，你要把錢存到老了，給將來的小孩子亂用嗎？」

「如果將來我們有孩子，他十二歲就得出去半工半讀，不會給他錢的。」

「你將來的錢要給誰用？」我在梯子下面又輕輕的問了一句。

「給父母養老，妳的父母等以後我們離開沙漠，安定下來了，都要接來。」

我聽見他提到我千山萬水外的雙親，眼睛開始溼了。

「父親母親都是很體諒我們而內心又很驕傲的人，父親尤其不肯住外國——」

「管他肯不肯，妳回去雙手挾來，他們再要逃回台灣，也是很久以後的事了。」

於是我為著這個乘龍快婿的空中樓閣，只好再努力調石灰水泥，梯子上不時有啪啪的溼塊落下來，打在我的頭頂和鼻尖上。

「荷西，你要快學中文。」

「學不會，這個我拒絕。」

荷西什麼都行，就是語言很沒有天分，法文搞了快十年，我看他還是不太會講，更別說中文了，這個我是不逼他的。

最後一天，這個家，裏裏外外粉刷成潔白的，在墳場區內可真是鶴立雞群，沒有編門牌也不必去市政府申請了。

七月份，我們多領了一個月的底薪，（我們是做十一個月的工，拿十四個月的錢。）結婚補助，房租津貼，統統發下來了。

荷西下班了，跑斜坡近路回來，一進門就將錢從每一個口袋裏掏出來，丟在地上，綠綠的一大堆。

在我看來，也許不驚人，但是對初出茅廬的荷西，卻是生平第一次賺那麼多錢。

「妳看，妳看，現在可以買海綿墊了，可以再買一床毯子，可以有床單，有枕頭，可以出去吃飯，可以再買一個存水桶，可以添新鍋，新帳篷——」

拜金的兩個人跪在地上對著鈔票膜拜。

把錢數清楚了，我笑吟吟的拿出八千塊來分在一旁。

「這做什麼？」

「給你添衣服，你的長褲都磨亮了，襯衫領子都破了，襪子都是洞洞，鞋，也該有一雙體面些的。」

「我不要，先給家，再來裝修我，沙漠裏用不著衣服。」

他仍穿鞋底有洞的皮鞋上班。

我用空心磚鋪在房間的右排，上面用棺材外板放上，再買了兩個厚海綿墊，一個豎放靠牆，一個貼著平放在板上，上面蓋上跟窗簾一樣的彩色條紋布，後面用線密密縫起來。它，成了一個貨真價實的長沙發，重重的色彩配上雪白的牆，分外的明朗美麗。

桌子，我用白布鋪上，上面放了母親寄來給我的細竹簾捲。愛我的母親，甚至寄了我要的中國棉紙糊的燈罩來。

陶土的茶具，我也收到了一份。愛友林復南寄來了大捲現代版畫，平先生航空送了我大箱的皇冠叢書，父親下班看到怪裏怪氣的海報，他也會買下來給我。姐姐向我進貢衣服，弟弟們最有意思，他們搞了一件和服似的浴衣來給荷西，穿上了像三船敏郎——我最欣賞的幾個男演員之一。

等母親的棉紙燈罩低低的掛著，林懷民那張黑底白字的「雲門舞集」四個龍飛鳳舞的中國書法貼在牆上時，我們這個家，開始有了說不出的氣氛和情調。

這樣的家，才有了精益求精的心情。

荷西上班時，我將書架油了一層深木色，不是油漆，是用一種褐色的東西刷上去，中文不知叫什麼。書架的感覺又厚重多了。

我常常分析自己，人，生下來被分到的階級是很難再擺脫的。我的家，對撒哈拉威人來說，沒有一樣東西是必要的，而我，卻脫不開這個枷鎖，要使四周的環境複雜得跟從前一樣。慢慢的，我又步回過去的我了，也就是說，我又在風花雪月起來。

荷西上班去了，我就到家對面的垃圾場去拾破爛。

用舊的汽車外胎，我拾回來洗清潔，平放在蓆子上，裏面填上一個紅布坐墊，像一個鳥巢，誰來了也搶著坐。

深綠色的大水瓶，我抱回家來，上面插上一叢怒放的野地荊棘，那感覺有一種強烈痛苦的詩意。

不同的汽水瓶，我買下小罐的油漆給它們厚厚的塗上印地安人似的圖案和色彩。

駱駝的頭骨早已放在書架上。我又逼著荷西用鐵皮和玻璃做了一盞風燈。

快腐爛的羊皮，拾回來學撒哈拉威人先用鹽，再塗「色伯」（明礬）硝出來，又是一張坐墊。

耶誕節到了，我們離開沙漠回馬德里去看公婆。

再回來，荷西童年的書到大學的，都搬來了，沙漠的小屋，從此有了書香。

我看沙漠真嫵媚，沙漠看我卻不是這回事。

可憐的文明人啊！跳不出這些無用的東西。

「這個家裏還差植物，沒有綠意。」

有一個晚上我對荷西說。

「差的東西很多，永遠不會滿足的。」

「不會，所以要去各處撿。」

那個晚上，我們爬進了總督家的矮牆，用四隻手拚命挖他的花。

「快，塞在塑膠袋裏，快，還要那一棵大的爬藤的。」

「天啊，這個鬼根怎麼長得那麼深啊！」

「泥土也要，快丟進來。」

「夠了吧！有三棵了。」荷西輕聲問。

「再要一棵，再一棵我就好了。」我還在拔。

突然，我看到站在總督前門的那個衛兵慢慢踱過來了，我嚇得魂飛膽裂，將大包塑膠袋一下塞在荷西胸前，急叫他。

「抱住我，抱緊，用力親我，狼來了，快！」

荷西一把抱住我，可憐的花被我們夾在中間。

衛兵果然快步走上來，槍彈咔噠上了膛。

「做什麼？你們在這裏鬼鬼祟祟？」

這件事我後來告訴外籍軍團的老司令，他大笑了好久好久。

我們就慢步互抱著跑掉了，我還向衛兵鞠了一個十五度的躬。

「噓，走大門出去，快！」衛兵又大喝。

我們彼此用手抱緊，往短牆走去，天啊，爬牆時花不要掉出來才好。

「快出去，這裏不是給你們談情說愛的地方。」

「我——我們——」

這個家，我還是不滿足，沒有音樂的地方，總像一幅山水畫缺了溪水瀑布一樣。

為了省出錄音機的錢，我步行到很遠的「外籍兵團」的福利社去買菜。

第一次去時，我很不自在，我也不會像其他的婦女們一樣亂擠亂搶，我規規矩矩的排隊，等了四小時才買到一籃子菜，價格比一般的雜貨店要便宜三分之一。

後來我常常去，那些軍人看出我的確是有教養，就來路見不平了。

他們甚而有點偏心，我一到櫃檯，還沒有擠進去，他們就會公然隔著胖大粗魯的女人群，高聲問我：「今天要什麼？」

我把單子遞過去，過了一會兒，他們從後門整盒的裝好，我付了錢，跑去叫計程車，遠遠車還沒停好，就有軍裝大漢扛了盒子來替我裝進車內，我不出半小時又回家了。

這裏駐著的兵種很多，我獨愛外籍兵團。（也就是我以前說的沙漠兵團。）

他們有男子氣，能吃苦，尊重應該受敬重的某些婦女。他們會打仗，也會風雅，每星期天的黃昏，外籍兵團的交響樂團就在市政府廣場上演奏，音樂從〈魔笛〉、〈荒山之夜〉、〈玻麗路〉種種古典的一直吹到〈風流寡婦〉才收場。

錄音機、錄音帶就在軍營的福利社裏省出來了。

電視、洗衣機卻一直不能吸引我。

我們又開始存錢，下一個計畫是一匹白馬，現代的馬都可以分期付款，但是荷西不要做現代人，他一定要一次付清。所以只好再走路，等三五個月再說了。

我去鎮上唯一快捷的路徑就是穿過兩個撒哈拉威人的大墳場，他們埋葬人的方式是用布包起來放在沙洞裏，上面再蓋上零亂的石塊。

我有一日照例在一堆堆石塊裏繞著走，免得踏在永遠睡過去的人身上打擾了他們的安寧。這時，我看見一個極老的撒哈拉威男人，坐在墳邊，我好奇的上去看他在做什麼，走近了才發覺他在刻石頭。

天啊！他的腳下堆了快二十個石刻的形象，有立體凸出的人臉，有鳥，有小孩的站姿，有婦女裸體的臥姿正張開著雙腳，私處居然又連刻著半個在出生嬰兒的身形，還刻了許許多多不同的動物，羚羊、駱駝……

我震驚得要昏了過去，蹲下來問他：「偉大的藝術家啊，你這些東西賣不賣？」

我伸手去拿起一個人臉來，不相信自己的眼睛，那麼粗糙感人而自然的創作，我一定要搶過來。

這個老人茫然的抬頭望我，他的表情好似瘋了一樣。

我拿了他三個雕像，塞給他一千塊錢，進鎮的事也忘了，就往家裏逃去。

他這才啞聲嚷起來，蹣跚的上來追我。

我抱緊了這些石塊，不肯放手。

他捉著我拉我回去，我又拚命問他：「是不是不夠？我現在手邊沒有錢了，我再加你，再加——」

他不會講話，又彎下腰去拾起了兩隻鳥的石像塞在我懷裏，這才放我走了。

我那一日，飯也沒有吃，躺在地上把玩著這偉大無名氏的藝術品，我內心的感動不能用字跡來形容。

撒哈拉威鄰居看見我買下的東西是花了一千塊弄來的，笑得幾乎快死去，他們想，我是一個白癡。我想，這只是文化層次的不同，而產生的不能相通。

對我，這是無價之寶啊！

第二日，荷西又給了我兩千塊錢，我去上墳，那個老人沒有再出現。烈日照著空曠的墳場，除了黃沙石堆之外，一無人跡。我那五個石像，好似鬼魂送給我的紀念品，我感激得不得了。

屋頂大方洞，不久也被荷西蓋上了。

我們的家，又添了羊皮鼓、羊皮水袋、皮風箱、水煙壺、沙漠人手織的彩色大床罩、奇形怪狀的風沙聚合的石頭——此地人叫它沙漠的玫瑰。

我們訂的雜誌也陸續的寄來了，除了西班牙文及中文的之外，當然少不了一份美國的《國家地理雜誌》。

我們的家，在一年以後，已成了一個真正藝術的宮殿。

荷西就這樣交到了幾個對我們死心塌地的愛友。

沒有家的人來了，我總想盡辦法給他們吃到一些新鮮的水果和菜蔬，也做糖醋排骨。

單身的同事們放假了，總也不厭的老遠跑來坐上一整天。

朋友們不是吃了就算了的，他們母親千里外由西班牙寄來的火腿香腸，總也不會忘了叫荷西下班帶來分給我，都是有良心的人。

有一個週末，荷西突然捧了一大把最名貴的叫「天堂鳥」的花回來，我慢慢的伸手接過來，怕這一大把花重拿了，紅豔的鳥要飛回天堂去。

「馬諾林給妳的。」

我收到了比黃金還要可貴的禮物。

以後每一個週末都是天堂鳥在牆角怒放著燃燒著它們自己。這花都是轉給荷西帶回來的。

荷西，他的書籍大致都是平原大野、深海、星空的介紹，他不喜歡探討人內心的問題，他也看，但總是說人生的面相不應那麼去分析的。

所以，他對天堂鳥很愛護的換淡水，加阿斯匹靈片，切掉漸漸腐爛的莖梗，對馬諾林的心理，他就沒有去當心他。

馬諾林自從燃燒的火鳥進了我們家之後，再也不肯來了。

有一天荷西上工去了，我跑去公司打內線電話，找馬諾林，我說我要單獨見他一面。

他來了，我給他一杯冰汽水，嚴肅的望著他。

「說出來吧！心裏會舒暢很多。」

「我——我——妳還不明白嗎？」他用手抱著頭，苦悶極了的姿勢。

「我以前有點覺得，現在才明白了。馬諾林，好朋友，你抬起頭來啊！」

「我沒有任何企圖，我沒有抱一點點希望，妳不用責怪我。」

「不要再送花了好嗎？我受不起。」

「好，我走了，請妳諒解我，我對不起妳，還有荷西，我——」

「畢葛（我叫他的姓），你沒有侵犯我，你給了一個女人很大的讚美和鼓勵，你沒有要請求我原諒你的必要——」

「我不會再麻煩妳了，再見！」他的聲音低得好似在無聲的哭泣。

荷西不知道馬諾林單獨來過。

過了一星期，他下班回來，提了一大紙盒的書，他說：「馬諾林那個怪人，突然辭職走了，公司留他到月底他都不肯，這些書他都送給我們了。」

我隨手拿起一本書來看，居然是一本——《在亞洲的星空下》。

我的心裏無端的掠過一絲悵然。

以後單身朋友們來，我總特別留意自己的言行。在廚房裏的主婦，代替了以前擠在他們中間辯論天南地北話題的主要分子。

家佈置得如此的舒適清潔而美麗，我一度開辦的免費女子學校放長假了。

我教了鄰近婦女們快一年的功課，但是她們不關心數目字，也不關心衛生課，她們也不在乎認不認識錢。她們每天來，就是跑進來要借穿我的衣服、鞋子，要口紅、眉筆、塗手的油，再不然集體躺在我床上，因為我已買了床架子，對於睡地蓆的她們來說，是多麼新鮮的事。

她們來了，整齊的家就大亂起來。書不會念，賈桂琳・甘迺迪、歐納西斯等等名人卻比我還認識，也認識李小龍，西班牙的性感男女明星她們更是如數家珍；看到喜歡的圖片，就從雜誌上撕走；衣服穿在包布下不告而取，過幾天又會送回來已經髒了扣子又被剪掉的。

這個家，如果她們來了，不必編劇，她們就會自導自演的給妳觀賞驚心動魄的「災難電影」。

等荷西買下了電視時，她們再用力敲門罵我，我都不開了。

電視是電來時我們唯一最直接對外面大千世界的接觸，但是我仍不很愛看它。

在我用手洗了不知多少床單之後，一架小小的洗衣機被荷西搬回家來了。

我仍不滿足，我要一匹白馬，要像彩色廣告上的那匹一樣。

那時候，我在鎮上認識了許多歐洲婦女。

我從來沒有串門子的習慣，但是，有一位荷西上司的太太是個十分投合的中年婦人，她主動要教我裁衣服，我勉為其難，就偶爾去公司高級職員宿舍裏看她。

有一天，我拿了一件接不上袖口的洋裝去請教她，恰好她家裏坐了一大群太太們。

起初她們對我非常應酬，因為我的學歷比她們高。（真是俗人，學歷可以衡量人的什麼？學歷有什麼用？）

後來不知哪一個笨蛋，問起我：「妳住在哪一幢宿舍？我們下次來看妳。」

我很自然的回答她們：「荷西是一級職員，不是主管，我們沒有分配宿舍。」

「那也可以去找妳啊！妳可以教我們英文，妳住鎮上什麼街啊？」

我說：「我住在鎮外，墳場區。」

室內突然一陣難堪的寂靜。

好心的上司太太馬上保護我似的對她們說：「她的家佈置得真有格調，我從沒有想過，撒哈拉威人出租的房子可以被她變成畫報裏似的美麗。」

「那個地方我從來沒有去過，哈哈，怕得傳染病。」另外一個太太又說。

我不是一個自卑的人，她們的話還是觸痛了我。

「我想，來了沙漠，不經過生活物質上的困難，是對每一個人在經驗上多多少少的損失。」我慢慢的說。

「什麼沙漠，算了，我們住在這種宿舍裏，根本覺都不覺得沙漠。妳啊！可惜了，怎麼不搬來鎮上住，跟撒哈拉威人混在一起——嘖嘖——」

我告別出來的時候，上司太太又追出來，輕輕的說：「妳再來哦！要來的哦！」

我笑笑點點頭，下了樓飛奔我甜甜的小白屋去。

我下定決心，不搬去鎮上住了。

沙漠為了摩洛哥和茅利塔尼亞要瓜分西屬撒哈拉時，此地成了風雲地帶，各國的記者都帶了大批攝影裝備來了。

他們都住在國家旅館裏，那個地方我自然不會常常去。

那時我們買下了一輛車（我的白馬），更不會假日留在鎮上。

恰好有一天，我們開車回鎮，在鎮外五十多里路的地方，看見有人在揮手，我們馬上停車，看看那人發生了什麼事情。

原來是他的車完全陷到軟沙裏去了，要人幫忙。

我們是有經驗的，馬上拿出一條舊毯子來，先幫這個外國人用手把輪胎下挖出四條溝來，再鋪上毯子在前輪，叫他發動車，我們後面再推。

再軟的沙地，鋪上大毯子，輪胎都不會陷下去。

弄了也快一小時，才完全把他的車救到硬路上來。

這個人是個通訊社派來的記者，他一定要請我們去國家旅館吃飯。

我們當時也太累太累了，推託掉他，就回家來了。

這事我們第二天就忘了。

過了沒有半個月，我一個人在家，聽見有人在窗外說：「不會錯，就是這一家，我們試試看。」

我打開門來，眼前站的就是那個我們替他推車的人。

他手裏抱了一束玻璃紙包著的大把——「天堂鳥」。

另外跟著一個朋友，他介紹是他同事。

「我們可以進來嗎？」很有禮貌的問。

「請進來。」

我把他的花先放到廚房去，又倒了冰汽水出來。

我因為手裏托著托盤，所以慢步的在走。

這時我聽見這個外國人用英文對另外一個輕輕說：「天呀！我們是在撒哈拉嗎？天呀！天呀！」

我走進小房間時，他們又從沙發裏馬上站起來接托盤。

「不要麻煩，請坐。」

他們東張西望，又忍不住去摸了我墳場上買來的石像。也不看我，嘖嘖讚嘆。

一個用手輕輕推了一下我由牆角掛下來的一個小腳踏車的鏽鐵絲內環，這個環盪了一個弧形。

「沙漠生活，我只好弄一點普普藝術。」我捉住鐵環向他笑笑。
「天啊！這是我所見最美麗的沙漠家庭。」
「廢物利用。」我再次驕傲的笑了。
他們又坐回沙發。
「當心！你們坐的是棺材板。」
他們唬一下跳起來，輕輕翻開布套看看裏面。
「裏面沒有木乃伊，不要怕。」
最後他們磨了好久，想買我一個石像。
我沉吟了一下，拿了一隻石做的鳥給他們，鳥身有一抹自然石塊的淡紅色。
「多少錢？」
「不要錢。對懂得欣賞它的人，它是無價的，對不懂得的人，它一文不值。」
「我們——意思一下付給妳。」
「你們不是送了我天堂鳥嗎？我算交換好了。」
他們千恩萬謝的離去。

又過了幾個星期，我們在鎮上等看電影，突然有另一個外地人走過來，先伸出了手，我們只有莫名其妙的跟他握了一握。
「我聽另外一個通訊社的記者說，你們有一個全沙漠最美麗的家，我想我不會認錯人吧！」

「不會認錯，在這兒，我是唯一的中國人。」

「我希望——如果——如果不太冒昧的話，我想看看你們的家，給我參考一些事情。」

「請問您是——」荷西問他。

「我是荷蘭人，我受西班牙政府的託，來此地承造一批給撒哈拉威人住的房子，是要造一個宿舍區，不知可不可以——」

「可以，歡迎你隨時來。」荷西說。

「可以拍照嗎？」

「可以，不要掛心這些小事。」

「您的太太我也可以拍進去嗎？」

「我們是普通人，不要麻煩了。」我馬上說。

第二日，那個人來了，他拍了很多照片，又問了我當初租到這個房子時是什麼景象。

我給他看了第一個月搬來時的一捲照片。

他走時對我說：「請轉告妳的先生，你們把美麗的羅馬造成了。」

我回答他：「羅馬不是一天造成的。」

人，真是奇怪，沒有外人來證明你，就往往看不出自己的價值。

我，那一陣，很陶醉在這個沙地的城堡裏。

又有一天，房東來了，他一向很少進門內來坐下的。他走進來，坐下了，又大搖大擺的起身各處看了一看。

接著他說：「我早就對你們說，你們租下的是全撒哈拉最好的一幢房子，我想妳現在總清楚了吧！」

「請問有什麼事情？」我直接的問他。

「這種水準的房子，現在用以前的價格是租不到的，我想——漲房租。」

我想告訴他——「你是隻豬。」

但是我沒有說一句話，我拿出合約書來，冷淡的丟在他面前，對他說：「你漲房租，我明天就去告你。」

「妳——妳——你們西班牙人要欺負我們撒哈拉威人。」他居然比我還發怒。

「你不是好回教徒，就算你天天禱告，你的神也不會照顧你，現在你給我滾出去。」

「漲一點錢，被妳污辱我的宗教——」他大叫。

「是你自己污辱你的宗教，你請出去。」

「我——我——妳他媽的——」

我將我的城堡關上，吊橋收起來，不聽他在門外罵街。我放上一捲錄音帶，德弗乍克的〈新世界交響曲〉充滿了房間。

我，走到輪胎做的圓椅墊裏，慢慢的坐下去，好似一個君王。

親愛的婆婆大人。

我先生荷西與我結婚的事件，雖然沒有羅曼蒂克到私奔的地步，但是我們的婚禮是兩個人走路去法院登記了一下，就算大功告成，雙方家長都沒有出席。

在我家庭這方面，因為我的父母對子女向來開明體諒，我對他們可以無話不談，所以我的婚事是事先得到家庭認可，事後突然電報通知日期。這種作風雖然不孝失禮，但是父母愛女心切，眼見這個天涯浪女選得乘龍快婿，豈不悲喜交織，他們熱烈的接納了荷西。

我的父親甚而對我一再叮嚀，如基督教天父對世人所說一般——這是我的愛子（半子），妳今後要聽從他——

在荷西家庭方面，不知我的公婆運氣為什麼那麼不好，四女一子的結婚，竟沒有一次是先跟他們商量的。（還有兩子一女未婚，也許還有希望。）

這些寶貝孩子裏，有結婚前一日才宣佈的（如荷西），有結過了婚才寫信的（如在美國的大姐），更有，人在馬德里父母面前好好坐著，同時正在南美哥倫比亞教堂悄悄授權越洋缺席成婚的（如二姐）。

這些兄弟姐妹，明明尋得如花美眷，圓滿婚姻，偏偏事先都要對父母來這一手不很會心的幽默。在家毫無動靜，在外姐妹八人守望相助，同心協力，十六手蔽天，瞞得老父老母昏頭轉向，要發威風，生米已成熟飯——遲也。

這也許是家教過分嚴格、保守、專制下才弄出來的悲喜鬧劇。（看官不要以為只有中國傳統文化才講家教，西方世界怪現象也是一大堆的啊！）

好，自我結婚之後，身分證冠上夫家姓，所以我對自己娘家，就根本不去理會他們了。（假的。）

在我公婆這方面，我明知天高皇帝遠，本來可以不去理會，但是為了代盡子責，每週一信，信中晨昏定省，生活起居飲食細細報告。但願負荊請罪，得到公婆歡心，也算遲來的幸福。

大凡世上男人，在外表上看去，也許嚴肅兇狠，其實他們內心最是善良，胸襟寬大，意志薄弱。對待這種人，只需小施手腕，便可騙來真心誠意。

有其子必有其父也，我的公公很快的與我通起信來。愛我之情，一如愛荷西。

因為筆者本是女人，婆婆也是同性，我不但知己知彼，尚且知道舉一而反三。看看自己如此小人，想想對方也不會高明到哪兒去，除非我算八卦算錯了，也許出乎意料之外，算出一個觀世音婆婆來（她是不是女的還不知道），或者又算出一個聖母馬利亞婆婆來（這個是真的而且是處女）。那麼，我一定是會得到恩惠慈愛的。

可惜，我的婆婆都不是以上這兩種女人。

結婚半年過去了，我耐心寫信，婆婆隻字不回。我決不氣餒，一心一意要盜婆婆的心，這還得一步一步慢慢來。（本人自承是江洋大盜，不是什麼很好的東西。）

各位媳婦讀者，妳的婚姻，如果是夏娃自作主張給亞當吃了禁果，諸如此類建立起來的，那麼，妳跟我的情形差不多，我勸告妳對待妳的婆婆，絕對不可大意。

如果，妳還是夏娃，但是是由婆婆將妳用肋骨做出來送給丈夫，那麼妳下文就不必再看下去，以免浪費寶貴的時間。

（但是，為了小心起見，《孔雀東南飛》的故事妳還沒有忘記，還是請妳也耐性看看我的下文，也可做不飛的參考。）

話說，吃了禁果的兩個人，自知理虧，將自己早早流放到世界的盡頭去牧羊，過起夫婦生活來。

這種生活，忽而打架吵鬧，忽而相親相愛，平淡的日子，倒也打發掉了。

我在寫回給娘家的信中，寄去披頭散髮照片，背書——亂髮如芳草，更行更遠更生——照片居所看似蒼涼淒慘如下地獄，實在內心幸福無邊如上天堂。

離遠天皇老婆婆，任我在家胡作非為，呼風喚雨，得意放縱已忘形矣——

好，這時候，妳不要忘了，古時候有位白先生講過幾句話——離離原上草，一歲一枯榮，野火燒不盡，春風吹又生——

冬天來了，妳這一片碧綠芳草地的地主荷西老闆突然說：「耶誕節到了，我們要回家去看母親。」

我一聽此語，興奮淚出，捉住發言人，急問：「是哪一個母親？你的還是我的？」答：「我們的。」（外交詞令也，不高明。）

那時，妳便知道，妳的原上草「榮」已過了，現在要「枯」下去啦！（哭下去啦！）

妳不必在十二月初發盲腸炎、疝氣痛、胃出血、支氣管炎，或閃了腰、斷了腿這種苦肉計，本人都一一試過，等到十二月二十日，妳照樣會提了小箱子，被大丈夫背後抵住小刀子上飛機，壯士成仁去也——

我因生長在一個法律世家，自小耳濡目染，看盡社會一切犯罪行為。

加上親生父母又是真正一流正人君子，常常告誡——在外做人處事，先要自重自省，要設身處地，為別人的環境心情著想，這樣才能做好世界公民——（法律和解程序第一步總是這麼說的。）

於是，我在婚後，常常反省自己，再檢討自己，細數個人做了葛家媳婦的種種罪狀。

這一算，不得了，無論是民事、刑事，我全犯了不只是「告訴乃論」的滔天大罪。

舉例來說，對婆婆而言，我犯了姦淫、搶劫、詐欺、侵占、拐逃、虐待、傷害、妨礙家庭等等等等不可饒恕的罪行。

這一自覺，先就英雄氣短起來。

我告訴妳，不要怕，壞事既然做透了，臉皮乾脆就厚一點，心虛是妳自己的秘密，可別給婆婆看出來。

好，妳越想越明白，妳突然發覺，妳的婆婆一定恨妳恨到心坎裏去了。妳不要懷疑自己可靠的想像力，不會錯，她恨妳，她是妳的第一號「假想敵」，妳在這一路坐飛機飛去她家時，這個敵人的初步形象已經應該在腦海裏創造出來了。

「假想敵」產生了，妳不要太天真，此人可能是CIA中央情報局，而妳把自己分到FBI聯邦調查局，妳可不能掉以輕心，以為好歹總是自己人，雖然都是個局，說不定也可能是場「騙局」或「賭局」哦。

到了馬德里，下了飛機，雖然事先通知，自然不會有人來獻花迎接罪犯。（那些穿了便衣，帶了手銬的人不在等著妳，已是大幸了，應該趕快去買一張獎券。）

在機場，我定說口渴，要先去咖啡館坐坐，蘑菇了三杯汽水，還是不情不願的上了計程車。（這汽水裏怎麼沒有大腸菌，好給我來個急性腸炎去住醫院不見客啊！）

終於，我雙腳輕微發抖，站在婆婆美麗的公寓門外。放下箱子，我緊張的對荷西說：「按鈴！按鈴！說我來了。」

那做兒子的當然不會理妳這一些瘋話。他，拿出身上鑰匙，自己開門進去。（浪子回頭金不換啊！）

妳的先生，大步走到長得沒有盡頭的走廊裏去，口中叫著：「爸爸，媽媽，我們回來了。」

這時候，我膽子再大，也不敢跨越雷池一步，面帶僵硬微笑，站立門外，倒數一分一秒，七——六——五——四——三——二——一……

突然，我見到走廊盡頭，奔殺出大批人馬來，公公一馬當先，婆婆第二，小姑尖叫推擠，大哥二哥遠遠張開手臂。（都是大鬍子。）

我知時辰已到，命也，運也，這才一橫心，也快快飛奔而入，本想先投入公公懷裏比較保險，不想被婆婆先捉來緊緊抱住，對我左看右看，眉開眼笑。

「假想敵」果然厲害，手段高明，要防，要防。

我們葛家新媳婦就此被拖進門。

「父親，母親，我做了很對不起你們的事，請原諒。」（注意，妳要說——「我」，不可說「我們」，兒子是被拐逃，無罪也。）

如是中國婆婆，妳要更厲害一點，進門就跪下雙膝，叩頭如搗蒜，不必擔心，這不是程門立雪三百天叫妳凍死，妳婆婆如果是個道行很高的人，自會拉妳起來的。

要稱呼妳的「假想敵」——「母親」，對妳一定是掙扎過來，才叫得出的，不要不甘心，妳還有「媽媽」，那才是真的愛稱。外交詞令，不可疏忽。難道妳要叫她——葛太太嗎？（那妳第一回合就敗了，笨人也！）

我進入公婆家之後，東張西望，但見這個家，整整齊齊，明窗淨几，浴室潔白，陽台花木扶疏，各間臥室床鋪四稜八角，廚房刀叉雪亮，退休公公衣著清潔高雅，大哥二哥褲管筆挺，小姑親切有禮。這些成績，我都細細看在眼裏，悄悄算在婆婆帳上，「假想敵」的武林道行又升一級。深深呼吸，預備以羽量級之身，打重量級之戰。（婆婆是妳的敵人，要臥薪嘗膽，不可忘，不可忘！）

好，在妳自己家，或妳「媽媽」家，妳可以睡到十三點不起床，妳可以煮白水拌醬油餵先生，妳可以一星期不洗一次衣服，妳也可以抓先生的頭髮，踢他的小腿，亂開他的支票簿，等等等等壞事放心去做，不會有報應。

現在，妳是不巧被迫住進敵人的家裏。（她與妳有仇，她不告訴妳，妳也要堅定自己的假設，再小心去求證。）

害人是自己先害的，防人當然可不要太大意，處處都是陷阱機關哪。

妳的「假想敵」如果是個笨蛋，妳才進門，她就丟妳一個大花瓶，將妳打得頭破血流，那是正中下懷，妳馬上可以奪門逃走——君子報仇三年不晚——但是原罪在妳，妳有良心，就不必去驗傷告她——那妳的見識可也低得不夠看啦！

反過來說，我的「假想敵」就是不同，她高來高去，不罵妳也不打妳，這就更可怕。我看看，她過的橋，也比我走過的路還多出一大半。我要細細回想——《孫子兵法》、《三國演義》、《水滸傳》、《紅樓夢》、《西遊記》……這等好書都可替妳出主意，《孝女經》、《朱子家訓》也有反效果，必要時也要翻翻。對待婆婆之道，書裏比比都是先例。

我在婆婆家住了幾日，從來不肯忘掉，我面對的是一個恨死妳的人，妳的想像力不能鬆弛下來，要牢牢記住。（本人是有心機的，嘿嘿！）

在婆婆家做客，妳不要做一個不設防的城市，妳雖是客人，卻也不要忘了，妳也是媳婦。

早晨妳聽見婆婆起床上浴室了，妳馬上也得爬起來，穿衣、打扮、漱洗之後，不等敵人搶到抹布、掃把，妳就先下手為強，搶奪過來。家中清潔工作，妳要做得盡善盡美。（不可給敵人捉到小辮子！）

好，在婆家，對公婆姐妹我自知友愛，但是對荷西，往往原形畢露。我獨自在浴室時，常常輕輕告誡自己——妳不要罵荷西，他現在是她的，妳罵他，她會打妳——這是小孩子也明白的道理，不是秘密。

好，也許妳聽我說，不要在婆婆面前罵先生，許會挨打。妳聽得太真切，就會想，好，那麼我甜甜蜜蜜的對待她兒子，我原來也是愛他的啊！這樣假想敵也許可以和解了。

妳是這個時代的產物，妳所謂的甜蜜，我請問妳要用什麼方式表現出來？妳有沒有想過，妳很自然的賴在先生身邊看電視，對妳婆婆看來，可能已經傷了風化。

再問，妳看過妳婆婆坐在公公膝蓋上吃蛋糕嗎？一定沒有吧？

所以，我在婆婆面前，絕對也不去坐在荷西膝蓋上，也不去靠他當椅墊，更絕對不可以親他，這是死罪。

妳甚至電視也不要看，下午電視長片來了，妳正好在廚房裏面對著大批油膩碗盤鍋筷、刀叉茶杯，這是最好不過。

萬一妳在廚房裏磨了半天出來，公公睡午覺，小姑子、哥哥們都出去了，婆婆正跟她愛子在電視室裏說著話。妳訕訕的走進去，輕輕的坐下來，婆婆沒有望妳一眼，妳再悄悄的坐到先生一旁去，想加入談話，但是先生好似突然有點厭妳，很輕微的躲閃了一下，如果妳敏感，妳才會知道，原來妳得了痲瘋病啦！

這時候，妳的腦筋就不要亂動氣，讓妳心愛的先生做夾心餅乾是很令他受苦的。妳應該走開去，心再壞，有時也要公平講理。（偶爾為之，不會太傷元氣的。）

妳既然沒人說話，妳就要注意，也許妳清晨七點起床，追蹤敵人，打掃，鋪床，買菜，廚房洗切，開飯，上菜，再洗了大批鍋盤，也許妳做慣了娘家的二小姐，妳也會累，會想學公公去睡個午覺，但是敵人張著眼，妳閉著眼，豈不太危險？我勸妳不要貪小失大，妳還是去後陽台，收下乾了的衣服，找出燙衣台來，在廚房把美麗小姑子的牛仔褲給她熨熨平，她念書之外尚交男朋友，不要再加重她的工作。

「假想敵」是妳最危險的敵人，她對妳婚姻的結局是悲是喜，有著重大的掌握權。（天下有不愛母親的兒子嗎？）

她，有「戀子情結」，妳丈夫（我丈夫也一樣），有「戀母情結」，這是天地間自然運行的道理之一。如果妳硬是不肯明白，要「人定勝天」，那麼請妳去問問心理學家佛洛依德大師，後果如何的不堪設想。我雖然也練過一點催眠小術，但是治這個病，可還沒有段數。

也許燙完了衣服，已是萬家燈火的傍晚了，妳久住沙漠，或許也喜歡投入車水馬龍的紅男綠女中湊湊熱鬧，看看閃亮的霓虹燈，再嘗嘗做文明人的苦樂。

妳可以試試看，問一句——「可以跟荷西出去走走嗎？」

如果婆婆說——「上午不是已經出去過了，怎麼又要跑？」

請妳就不必板下臉來頂嘴——「上午是跟妳去買菜，不算。」

妳更不能發神經病，不得允許就穿了大衣逃出去夜遊不歸。

尊重敵人，盡量減少衝突，是自己不跌倒的第一要素。畢竟妳還是個羽量級的稻草人哪。

耶誕節終於來了，前三天，婆婆會算一算聚餐人數有多少，公、婆、五女三子、四婿、一媳、兩阿姨、叔叔、嬸嬸、堂兄堂妹、大哥外國女友、小妹法文老師、十四個尖叫踢打翻滾全來的外孫兒女……

一共是三十七個全家福。

——耶誕大菜今年輪到新人做，我們要吃糖醋肉，要炒雜碎，要醬爆雞——家庭大會全體興高采烈舉手通過。我心撲通撲通快跳出口腔來，看了一眼荷西，他埋頭在偵探小說裏好似耳朵塞住，眼睛也瞎了。

這時候，妳方才知道，在雞叫之前，妳親愛的丈夫，要像耶穌的門徒彼得一樣，三次不認主。

二十三日，妳清早起床，提了三個大菜籃和一個小拖車要去採買一營人吃的東西。妳伸頭去看婆婆，她正跪在地上清理大批待用餐具。妳轉身去找小姑子，她一向是早晨會男朋友下午上學的，自然一根頭髮也看她不到。

妳輕輕去房間內，假裝換長靴，抬頭看了一眼妳親愛的丈夫。（還在床上蜷著。）

——你來幫忙提菜籃好嗎？

恰好婆婆走進來，妳的丈夫此時又換名「彼得」了，他大聲回答——妳自己去，男人不進菜場——（彼得第二次不認主。）

妳不要恨他，在他母親面前，他如何能替妳做奴隸？

妳獨自大步走往菜場的路上去，雙手無法照習慣插在口袋裏，走路又被這些空籃子撞來撞去不方便。但是，我對妳說，妳就算這麼狼狽，妳的頭還是要抬得高高的，胸挺得直直的，這樣，一種熱熱鹹鹹的液體才會倒流進肚子裏去，不會弄壞了妳塗得漂亮的大眼睛。

所以，事實上看來，也許妳是輸了，但是這盤賭局還沒完，不到結果，是看不出誰是贏家的，妳不要先洩了氣。至要，至要！

二十四日耶誕夜來了，清早起床，婆婆已去做頭髮，公公照例散步，妹妹會男友，大哥去滑雪，二哥不知何處去，荷西去找老同學，家中空空蕩蕩。

另外大批英雄好漢，要夜間才拖兒帶女回來全家同福。

妳想，咦，大好機會，此時不溜更待何時，我去百貨公司給自己買件新衣服虛榮風光一番。

不要跑，妳忘了，妳是今夜的中流砥柱，三十七人的耶誕大菜，要妳用兩個大平底鍋弄出來。妳樂得哈哈大笑，天下哪有如此好的機會，對妳的假想敵顯顯威風，妳不是弱者，妳不比她能力低，這正好借機，殺婆婆銳氣，增自己威風，此時不進攻，更待何時？

妳不要想，自己臂力不夠，切不了這小山也似的肉；妳也不要撐不住四個月前才斷掉過又接起來的腳踝。妳要這樣用大智慧告訴自己——肉體的軟弱是一時的，精神的勝利是永久的——再打個比方妳聽，妳的體力也許已是——無邊落木蕭蕭下，但是妳的意志卻是——不盡長江滾滾來啊。

妳如果還是要反覆煩人的問自己——我為什麼，我這是為了什麼——那麼，妳這稻草人可真就是空心草包了。

為什麼？為了妳自己。（我不要吃那麼多肉。）我再告訴妳，妳做這些，吃是一個人吃不了的，但是好處在後頭。

人不為己，天誅地滅。妳的耶誕節不過一年一次，回到沙漠自己家，妳又可得回一個完全不同，更加敬重愛護妳的好丈夫，妳這個生意，是穩賺不賠的啊！（妳回想《紅樓夢》，到頭來是誰嫁了賈寶玉？妳可不要再學林小姐，她可愛至情，到頭來是死路一條啊！）

平安夜，聖善夜。大菜終於上桌了，一道又一道，三十六個人，吃得團團圓圓幸福無邊。妳這新鮮人，當然被忘掉了。那還不好麼，假想敵頭一次不緊迫釘人，妳也不必步步追蹤，正好鬆下心情來，醬油白糖大蒜亂撒一番，豈不回復到一點「自己家中」胡作非為的好時光。

等到前廳開香檳了，妳才擠進人群裏，擦擦油垢的手，就著荷西杯子大喝一口，他自然也不會察覺妳在身邊。（不要急，《聖經》上說，「彼得」三次不認主，雞叫之後，他良心發現，出去掩面痛哭，當時耶穌只慈愛的看了他一眼，沒有破口大罵他。所以，妳也不要罵，荷西也自會出去痛哭。不是不報，時辰未到也。）

好公公，東張西望，捉來牆角新媳婦，擁抱親吻，當眾高呼——廚娘萬歲，萬歲，萬萬歲——

妳不要得意忘形，也跟著萬起歲來。婆婆辛苦一生，公公沒有讚過她一句，今日讚妳，是有人性，也是手腕。妳最好急流勇退，收下大批盤碗，再去廚房將自己消失。不要也跟著去瘋了在客廳跳舞，婆婆也在清理桌子椅子，也累了，妳更要有始有終，功勞苦勞不能此時給她搶去。（妳不要忘了，妳這等白羊星座下出生的女子，就是掠奪成性的。）

對付重量級的假想敵，妳的方法只能以柔克剛，不要用雞蛋去碰石頭。

平安夜啊！給我平安的睡一覺啊！稻草人的乾草已經累得一紮一紮的散開啦！

妳閉著眼睛，在冰冷的洗碗水裏數著一隻一隻綿羊。

可愛可懷念的沙漠啊！我多麼的想快快回去。

曲終人快散了，我再擦擦手，出來與成了家的幾個姐姐們告別。

「你們一定要來看看我們的新游泳池，荷西說明天可以一起跟爸爸媽媽來。」三姐夫開口了。（冬天看你游泳池？）

「明天？我——我跟幾個朋友約了見一面，她們過去是跟我同租房子住的，我要去看看她們。」我急著反對。

「不行，不行，妳難道自己姐姐家一次都不肯去？妳那些什麼約會打電話去回掉。」二姐也來插嘴了。

「好了，不要再嚕囌了，我們來排，四個姐姐、兩個阿姨、叔叔嬸嬸每家都各分一天，我們要學做中國菜。」

「我——荷西，我們不是二十六號就要回沙漠？」

「哈！這個，妳老哥已經早替你們做好圈套了，荷西重感冒，醫生證明在此，嘿嘿，你們可以逍遙到明年一月六號。」

妳知道叔嫂授受不親，妳落水，他是不會救妳的。妳急回頭找荷西，「眼睛」尖叫——救命——

可怕的雙重人格，「彼得」又不肯望妳了。（雞已快叫了，你已不認主三次了，你怎麼還不出去痛哭，彼得啊！彼得啊！）

假想敵笑咪咪的望著妳，妳不要代彼得出去痛哭，妳也笑容滿面的回報她。

談談打打，打累了，打不過了，妳馬上來個「和談」，不要再用頭去撞牆。

這個大家庭的馬廄裏，一共分別養了十一匹各色現代好馬，但是以後的「家庭訪問」妳還是跟了荷西，在地下車、地上車裏像都市之鼠似的鑽出鑽進，更每天搶同胞餐館的生意，今天二姐家外燴，明日嬸嬸家自助餐，《媛珊食譜》都快翻爛了。

妳也許在冰天雪地的夜間，回到假想敵的家來，看看自己突然粗糙起來的雙手，會恨不得用它來掐死妳的先生，妳撲過去預備行兇（那時臥室的門妳可別忘記了要鎖好），但是妳的荷西行動比妳更快，沉喝——妳做什麼？妳瘋了？

「我是瘋了，我自從進了你的家，我失去了自己，我也失去了你。我有的只是一大群假想出來的敵人，我打來打去，我累也要累瘋了——」

「他們那麼愛妳，愛得我出乎意料之外，妳還要不滿意。妳看，他們天天吃妳做的漿糊，一句都不抱怨，妳現在還來恩將仇報，妳這個沒有良心的女人。」

好，妳不必再做瘋女十八年狀，妳熄燈，吃一粒「煩寧」，開好鬧鐘，蓋好妳這幾根枯草，睡覺吧，夢裏自有流淚谷讓妳飄浮的一路回沙漠。

（彼得，彼得，不要忘了，你日後是倒釘十字架慘死的。）

假想敵，在耶誕節後不久，才上街去買了一份禮物給妳。妳不會輸她的，她的大床上早已鋪好了妳帶去給她的彩色沙漠大床罩。（嘿嘿，妳還是先下手為強的。）

這份聖物，是一本厚厚的《西班牙春夏秋冬各季時菜大全》。

妳的外國禮節不可忘，當面打開之後，馬上讚賞驚嘆嘖嘖感動稱謝，妳的敵人會笑咪咪的說：「上來親吻母親道謝。」

妳不要猶豫，上去重重的親她面頰。（好在妳是不塗口紅，不會留下血印。）

「西方菜也要學著做，荷西瘦得很，要給他按時吃自己本國風土的菜。」（本國風土對我們而言，是駱駝肉。）

新年過去了，將來的美麗的星期天正是六號。妳不要太天真，還沒有完全出籠之前，不要亂拍翅膀出聲音，假想敵不老也不聾。

眼看假想敵一日一日悲傷起來，我恨不得化做隱身人，不要讓她看到我，免得這拐逃案又得再翻出來算帳。

她的么兒本來是可以不必那麼早就飛出老巢的，是我這隻海鷗喬納森將他拐逃到另外一個一百世紀時光之外的地方去，傷盡了老鳥的心。

原罪在我，我怎麼能怪她要恨我呢？

夜深人靜，我悄悄的起床，打開皮包來，數數私房錢，還有一萬多塊。

第二日清晨起床，妳看見婆婆正將牛肉從冰箱裏拿出來解凍，預備中午吃。

我上去從背後抱住婆婆的腰，對她說：「母親，我們回家來，妳辛苦了太久，為什麼今天不讓妳兒子帶妳出去吃海鮮，父親、哥哥們、妹妹，我們全家都出去吃，妳喜歡嗎？」

妳說這些話，絕不能虛情假意，假想敵是何等精細人物，妳的聲調表情騙得過她嗎？

所以，我來教妳一個方法，妳根本不必裝模作樣來體諒她，妳不是有豐富的想像力嗎？妳此時不用妳的天才，更待何時？妳將眼睛一閉，心一横，「想像」婆婆就是妳久別的「媽媽」，妳集中精神去幻想，由外而內；妳會發覺，妳的心，馬上會軟，會愛她，會說真心話。

至於一直占據妳心房的「真媽媽」，妳要暫時將她關在另外一個心房裏，不許她跑出來。

假想敵，妳用這種小魔術，就可將她罩住了。

婆婆公公家境不算太富，但是南部安塔露西亞還是也種了幾棵橄欖樹。他們不是窮人，可是生性持儉，很少外出吃飯，偶爾能被兒子請出上館子，亦是滿心歡喜的答應下來了。

這一家，小姑、小弟、二哥自去餐廳相聚，我們兩對夫婦，荷西挽母親，媳婦挽公公，倒也是一幅天倫親子美滿圖。

婆婆風度高貴，公公紳士派頭，荷西英俊迫人，只有媳婦，大聚餐三十六人吃罷之後，面色一直死灰，久久不能回復玫瑰花般美麗的面頰。

龍蝦、大蟹、明蝦、蛤蜊、鮭魚，隨大家亂吃，這裏不是華西街，這裏是馬德里熱鬧大街上最著名的海鮮店啊！

妳的劣根性又發，虛榮心又起，細細默想，妳在沙漠夢寐以求的一些新衣服，現在都已經放在桌上了，這些人正在吃妳的衣服，一個扣子，一條拉鍊，一塊紅布，一隻袖子，現在又在吃皮帶了——

妳不要心痛，不要著急，妳是天下第一人，難道算術還不及小學生嗎？

妳來算算，妳的好丈夫，婆婆懷胎九月，給他血肉生命，二十多年來，無論念書、識字、上少年法庭、生病、穿衣、吃飯、上街、理髮，辛辛苦苦撫養長大，她花了多少私房錢？公公賣了多少擔橄欖？

妳再看一眼荷西，如此好青年，妳付這一桌海鮮錢，就可得來，這個生意做的是賠還是賺？

妳再將心一橫，又回想自己親生父母如何將妳捧在手中，掌上明珠也似的養出來，妳一想再想，別人父母豈不是一樣心血對待他們的心肝寶貝？

這一來，妳熱淚幾幾乎奪眶而出，不能反哺自己親生父母，那麼明蝦夾幾個給荷西父母盤子，豈不一樣回報？（不公平也，不能再想下去，再想又不夾了。）

但願荷西明白妻心，如果這樣開導他，我們以身各殉雙方父母，都是不夠而又不夠啊！（天下只有男的殉女的，女的殉男的。殉父母的孝子，還得打了燈籠去四處亂找。別找了，找不到的。）

要走了，整理行李。小姑在旁依依不捨，妳以手足之情，幻想她是親生妹妹，漂亮衣服分不分給她？分。

小女孩，情竇初開，公婆家規極嚴，沒有幾件體面衣服，她只好常常換男朋友來代替換衣服。

這不只是手足情深，這是為將來留下後步。說不定有那麼一天，三毛星殞西天，留下未來小姪兒女，還得向這漂亮妹妹託孤，好給荷西再尋幸福。這一步，要事先安排好的，不可臨時抱佛腳。

離別的時刻終於到了，妳心跳又到一百五十下。公公豁達，照常風雨無阻的去散步，不再送別。

婆婆面部表情冰凍如大雪山。我，這罪犯，以待罪之心進葛家門，再以待罪之心出葛家門，矛盾、心虛、悔恨，不敢抬頭，蹲下穿靴子，姿勢如同對假想敵下跪。

小姑冒雨下樓叫車。（有車的都上班去了，無人送也。）

等小姑奔上樓來大叫——快，車來了——

我緊張得真想衝出門外，以免敵人感情激動，突然兇性爆發來對付我。

這婆婆，一聽車來了，再也忍不住，果然拚了老命箭也似的撞過來，我立定不動，預備迎接狂風暴雨似的耳光打上來。（我是左臉給妳打，右臉再給妳打，我打定主意決不回手，回手還算英雄嗎？）

我閉上眼睛，咬住牙齒，等待敵人進攻。哪知這敵人將我一把緊緊抱在懷裏，嗚咽淚出，發抖的說：「兒啊！妳可得快快回來啊！沙漠太苦了，這兒有妳的家。媽媽以前誤會妳，現在是愛妳的了。」（看官仔細，這敵人這才用了「媽媽」自稱，沒有用「母親」。）

假想敵被我弄哭了，我自始至終只有防她，沒有攻她，她為什麼要哭呢？

小姑及荷西上來扳開婆婆的手臂，叫著：「媽媽不要搗蛋，下面車子等不及了，快快放手。」

我這才從婆婆懷裏掙扎出來。

這一次，我頭也仰得高高的，腰也撐得直直的，奇怪的是，沒有什麼東西倒流入肚。秋天的氣候之外，居然有一片溫暖的杏花春雨，漫漫的浸溼了我的面頰。

我們再回過來看看上文那位白先生說的話（他還沒說完哪）。三毛回過婆婆家，他又替婆婆講了——

——遠芳侵古道，晴翠接荒城；又送王孫去，萋萋滿別情——

我終於殺死了我的假想敵。

我親愛的維納斯婆婆，在號角聲裏漸漸的誕生了。

收魂記。

我有一架不能算太差的照相機，當然我所謂的不太差，是拿自己的那架跟一般人用的如玩具似的小照相盒子來相比。

因為那架相機背起來很引人注視，所以我過去住在馬德里時，很少用到它。

在沙漠裏，我本來並不是一個引人注視的人，更何況，在這片人口最稀少的土地上，要想看看另外一個人，可能也是站在沙地上，拿手擋著陽光，如果望得到地平線上小得如黑點的人影，就十分滿意了。

我初來沙漠時，最大的雄心之一，就是想用我的攝影機，拍下在極荒僻地區遊牧民族的生活形態。

分析起來，這種對於異族文化的熱愛，就是因為我跟他們之間有著極大的差異，以至於在心靈上產生了一種美麗和感動。

我常常深入大漠的一段時間，還是要算在婚前，那時初抵一塊這樣神秘遼闊的大地，我盡力用一切可能的交通工具要去認識它的各種面目，更可貴的是，我要看看在這片寸草不生的沙漠裏，人們為什麼同樣能有生命的喜悅和愛憎。

拍照，在我的沙漠生活中是十分必要的，我當時的經濟能力，除了在風沙裏帶了食物和水旅行之外，連租車的錢都花不起，也沒有餘力在攝影這件比較奢侈的事情上花費太多的金錢，雖然在這件事上的投資，是多麼重要而值得啊！

我的照相器材，除了相機、三角架、一個望遠鏡頭、一個廣角鏡頭，和幾個濾光鏡之外，可以說再數不出什麼東西，我買了幾捲感光度很高的軟片，另外就是黑白和彩色的最普通片子，閃光燈因為我不善用，所以根本沒有去備它。

在來沙漠之前，我偶爾會在幾百張的照片裏，拍出一兩張好東西，我在馬德里時也曾買了一些教人拍照的書籍來臨時念了幾遍，我在紙上所學到的一些常識，就被我算做沒有成績的心得，這樣坦坦蕩蕩的去了北非。

第一次坐車進入真正的大沙漠時，手裏捧著照相機，驚嘆得每一幅畫面都想拍。

如夢如幻又如鬼魅似的海市蜃樓，連綿平滑溫柔得如同女人胴體的沙丘，迎面如雨似的狂風沙，焦烈的大地，向天空伸長著手臂呼喚嘶叫的仙人掌，千萬年前枯乾了的河床，黑色的山巒，深藍到凍住了的長空，滿布亂石的荒野……這一切的景象使我意亂神迷，目不暇給。

我常常在這片土地給我這樣強烈的震撼下，在這顛簸不堪的旅途裏，完全忘記了自己的辛勞。

當時我多麼痛恨自己的貧乏，如果早先我虛心的學些攝影的技術，能夠把這一切我所看見的異象，透過我內心的感動，融合它們，再將它創造記錄下來，也可能成為我生活歷程中一件可貴的紀念啊！

雖說我沒有太多的錢拍照，且沙漠割膚而過的風沙也極可能損壞我的相機，但是我在能力所及的情形下，還是拍下了一些只能算是記錄的習作。

對於這片大漠裏的居民，我對他們無論是走路的姿勢、吃飯的樣子、衣服的色彩和式樣、手勢、語言、男女的婚嫁、宗教的信仰，都有著說不出的關愛，進一步，我更喜歡細細的去觀察接近他們，來充實我自己這一方面無止境的好奇心。

要用相機來處理這一片世界上最大的沙漠，憑我一個人的力量，是不可能達到我所期望的水準的，我去旅行了很多次之後，我想通了，我只能著重於幾個點上去著手，而不能在一個全面浩大的計畫下去做一個自不量力的工作者。

「我們還是來拍人吧！我喜歡人。」我對荷西說。

在我跟了送水車去旅行時，荷西是不去的，只有我，經過介紹，跟了一個可信賴的撒哈拉威人巴新和他的助手就上路了。這旅行的方圓，大半是由大西洋邊開始，到了阿爾及利亞附近，又往下面繞回來，去一次總得二千多里路。

每一個遊牧民族帳篷相聚的地方，總有巴新的水車按時裝了幾十個汽油桶的水去賣給他們。

在這種沒有車頂又沒有擋風玻璃的破車子裏曬上幾千里路，在體力上來說，的確是一種很大的挑戰和苦難，但是荷西讓我去，我就要回報他給我這樣的信心和看重，所以我的旅行很少有差錯，去了幾日，一定平安的回到鎮上來。

第一次去大漠，除了一個背包和帳篷之外，我雙手空空，沒有法子拿出遊牧民族期待著的東西，相對的，我也得不到什麼友情。

第二次去時，我知道了做巫醫的重要，我添了一個小藥箱。

我也明白，即使在這世界的盡頭，也有愛美的女人和愛吃的小孩子，於是我也買了很多串美麗的玻璃珠串，廉價的戒指，我甚而買了一大堆發光的鑰匙、耐用的魚線、白糖、奶粉和糖果。

帶著這些東西進沙漠，的確使我一度產生過用物質來換取友誼的羞恥心理，但是我自問，我所要求他們的，不過是使他們更親近我，讓我瞭解他們。我所要交換的，不過是他們的善意和友情，也喜歡因為我的禮物，使他們看見我對他們的愛心，進一步的請他們接納我這個如同外星人似的異族的女子。

遊牧民族的帳篷，雖說是群居，但是他們還是分散得很廣，只有少數的駱駝和山羊混在一起，成群的在啃一些小枯樹上少得可憐的葉子維持著生命。

當水車在一個帳篷前面停下來時，我馬上跳下車往帳篷走去。

這些可愛而又極容易受驚嚇的內陸居民，看見我這麼一個陌生人去了，總是嚇得一哄而散。

每當這些人見了我做出必然的大逃亡時，巴新馬上會大喝著，把他們像羊似的趕到我面前來立正。男人們也許會過來，但是女人和小孩就很難讓我接近。

我從來不許巴新強迫他們過來親近我，那樣在我心裏多少總覺得不忍。

「不要怕，我不會傷害你們的。過來，不要怕我。」

我明知這些人可能完全聽不懂西班牙文，但是我更知道，我的語調可以安撫他們，即使是聽不懂，只要我安詳的說話，他們就不再慌張了。

「來，來拿珠子，給妳！」

我把一串美麗的珠子掛在小女孩的脖子上，再拉她過來摸摸她的頭。

東西送得差不多了，就開始看病。

皮膚病的給塗塗消炎膏，有頭痛的分阿斯匹靈，眼睛爛了的給塗眼藥，太瘦的分高單位維他命，更重要的是給他們大量的維他命C片。

我從不敢一到一個地方，完全不跟這批居民親近，就拿出照相機來猛拍，我認為這是很不尊重他們的舉動。

有一次我給一位自稱頭痛的老太太服下了兩片阿斯匹靈片，又送了她一個鑰匙掛在布包著的頭巾下當首飾。她吞下去我給的藥片還不到五秒鐘，就點點頭表示頭不再疼了，拉住我的手往她的帳篷走去。

為了表示她對我的感激，她啞聲叫進來了好幾個完全把臉蒙上的女子，想來是她的媳婦和女兒們吧。

這些女人，有著極重的體味，一色的黑布包裹著她們的身子，我對她們打了手勢，請她們把臉上的布解下來，其中的兩個很羞澀的露出了她們淡棕色的面頰。

這兩個美麗的臉，襯著大大的眼睛，茫然的表情，卻張著無知而性感的嘴唇。她們的模樣是如此的迷惑了我，我忍不住舉起我的相機來。

我想這批女子，不但沒有見過相機，更沒有見過中國人，所以這兩種奇怪的東西，也把她們給迷惑住了，動也不動的望著我，任由我拍照。

直到這一家的男人進來了，看見我正在做的動作，才突然長嘯了一聲衝了過來。

他大叫大跳著，幾乎踢翻了那個老婦人，又大罵著擠成一堆的女子，那批年輕女人，聽了他憤怒的話，嚇得快哭出來似的縮成一團。

「妳，妳收了她們的靈魂，她們快死了。」他說著不流利的西班牙文。

「我什麼？」我聽了大吃一驚，這實在是冤枉我。

「妳，妳這個女人，會醫病，也會捉魂，在這裏，統統捉進去了。」他又厲聲指著我的照相機，要過來打。

我看情形不很對勁，抱著照相機就往外面逃，我跑到車子上大叫我的保護人巴新。

巴新正在送水，看見了這種情形，馬上把追我的人擋住了，但是人群還是激動的圍了上來。

我知道，在那種情形之下，我們可以用不送水，用沙漠軍團，或是再深的迷信來嚇阻他們，放我跟我的相機平安的上路。但是，反過來想，這一群以為她們已是「失去了靈魂的人」，難道沒有權利向我索回她們被攝去的靈魂嗎？

如果我偷拍了幾張照片，就此開車走了，我留給這幾個女人心理上的傷害是多麼的重大，她們以為自己馬上要死去了似的低泣著。

「巴新，不要再爭了，請告訴她們，魂，的確是在這個盒子裏，現在我可以拿出來還給她們，請她們不要怕。」

「小姐，她們胡鬧嘛！太無知了，不要理會。」

巴新在態度上十分傲慢，令我看了反感。

「去，滾開！」巴新又揮了一下袖子，人們不情不願的散了一點。那幾個被我收了魂的女子，看見我們車發動要走了，馬上面無人色的蹲了下去。我拍拍巴新的肩，叫他不要開車，再對這些人說：「我現在放靈魂了，你們不要擔心。」

我當眾打開相機，把軟片像變魔術似的拉出來，再跳下車，迎著光給他們看個清楚，底片上一片白的，沒有人影，他們看了鬆了一口氣，我們的車還沒開，那些人都滿意的笑了。

在路途上，巴新和我笑著再裝上了一捲軟片，嘆了口氣，回望著坐在我身邊的兩個搭車的老撒哈拉威人。

「從前，有一種東西，對著人照，人會清清楚楚的被攝去魂，比妳的盒子還要厲害！」一個老人說。

「巴新，他們說什麼？」我在風裏顛著趴在巴新身後問他。

等巴新解釋明白了，我一聲不響，拿出背包裏的一面小鏡子，輕輕的舉在那個老人的面前，他們看了一眼鏡子，大叫得幾乎翻下車去，拚命打巴新的背，叫他停車，車煞住了，他們幾乎是快得跌下去似的跳下車，我被他們的舉動也嚇住了，再抬頭看看巴新的水車上，果然沒有後視鏡之類的東西。

物質的文明對人類並不能說是必要，但是在我們同樣生活著的地球上居然還有連鏡子都沒有看過的人，的確令我驚愕交加，繼而對他們無由的產生了一絲憐憫，這樣的無知只是地理環境的限制，還是人為的因素？我久久找不到答案。

再去沙漠，我隨身帶了一面中型的鏡子，我一下車，就把這閃光的東西去用石塊疊起來，每一個人都特別害怕的去注意那面鏡子，而他們對我的相機反而不再去關心，因為真正厲害的收魂機變成了那面鏡子。

這樣為了拍照而想出的愚民之計，並不是太高尚的行為，所以我也常常自動蹲在鏡子面前梳梳頭髮，擦擦臉，照照自己，然後再沒事似的走開去。我表現得一點也不怕鏡子，慢慢的他們的小孩群也肯過來，很快的在鏡子面前一晃，發覺沒發生什麼事，就再晃一次，再晃一次，最後鏡子邊圍滿了吱吱怪叫的撒哈拉威人，收魂的事，就這樣消失了。

我結婚之後，不但我成了荷西的財產，我的相機，當然也落在這個人的手裏去。

蜜月旅行去直渡沙漠時，我的主人一次也不肯給我摸摸我的寶貝，他，成了沙漠裏的收魂人，而他收的魂，往往都是美麗的鄰居女人。

有一天我們坐著租來的吉普車開到了大西洋沿海的沙漠邊，那已是在我們居住的小鎮一千多里外了。

沙漠，有黑色的，有白色的，有土黃色的，也有紅色的。我偏愛黑色的沙漠，因為它雄壯，荷西喜歡白色的沙漠，他說那是烈日下細緻的雪景。

那個中午，我們慢慢的開著車，經過一片近乎純白色的大漠，沙漠的那一邊，是深藍色的海洋。這時候，不知什麼地方飛來了一片淡紅色的雲彩，它慢慢的落在海灘上，海邊馬上鋪展開了一幅落日的霞光。

我奇怪極了，細細的注視著這一個天象上的怪現象，中午怎麼突然降了黃昏的景色來呢！再細看，天哪！天哪！那是一大片紅鶴，成千上萬的紅鶴擠在一起，正低頭吃著海灘上不知什麼東西。

我將手輕輕的按在荷西的相機上，口裏悄悄的對他說：「給我！給我拍，不要出聲，不要動。」

荷西比我快，早就把相機舉到眼前去了。

「快拍！」

「拍不全，太遠了，我下去。」

「不要下，安靜！」我低喝著荷西。

荷西不等我再說，脫下了鞋子朝海灣小心的跑去，樣子好似要去偷襲一群天堂來的客人，沒等他跑近，那片紅雲一下子升空而去，再也不見蹤跡。

沒有拍到紅鶴自是可惜，但是那一剎那的美麗，在我的心底，一生也不會淡忘掉了。

有一次我們又跟了一個撒哈拉威朋友，去帳篷裏做客，那一天主人很鄭重的殺了一隻羊來請我們吃。

這種吃羊的方法十分簡單，一隻羊分割成幾十塊，血淋淋的就放到火上去烤，烤成半熟就放在一個如洗澡盆一樣大的泥缸裏，撒上鹽，大家就圍上來同吃。

所有的人都拿起一大塊肉來啃，啃了幾下，就丟下了肉，去外面喝喝茶，用小石子下下棋，等一個小時之後，又叫齊了大家，再去圍住那幾十塊已經被啃過的肉，拿起任何人以前的一塊都可以，重新努力進食，這樣吃吃丟丟要弄很多次，一隻羊才被分啃成了骨頭。

我也請荷西替我拍了一張啃骨頭的照片，但是相片是不連續的動作，我不知道怎麼才能拍出這句話來——「我啃的這塊肉上可能已經有過三四個人以上的口水。」

又有一次我跟荷西去看生小駱駝，因為聽說駱駝出生時是摔下地的，十分有趣，我們當然帶了相機。

沒想到，那隻小駱駝遲遲不肯出世，我等得無聊了，就去各處沙地上走走。

這時候我看見那個管駱駝的老撒哈拉威人，突然在遠遠的地上跪了下去（不是拜了下去，只是跪著），然後他又站起來了。

因為他的動作，使我突然聯想到一件有趣的事情，在沙漠裏沒有衛生紙，那麼他們大便完了怎麼辦？

這個問題雖然沒有建設性，但是我還是細細的思索了一下。

「荷西，他們怎麼弄的？」我跑去輕輕的問荷西。

「妳看見他跪下去又起來了是在小便，不是大便。」

「什麼，世界上有跪著小便的人？」

「就是跪跟蹲兩種方式，妳難道以前不知道？」

「我要你去拍！」我堅持這一大發現要記錄下來。

「跪下去有袍子罩著，照片拍出來也只是一個人跪著，沒什麼意思！」

「我覺得有意思，這世界上哪有第二種人這樣奇怪的小便法。」我真當作是一個有趣的事情。

「有藝術價值嗎？三毛。」

我答不出話來。

最最有趣的一次拍照，也是發生在大漠裏。

我們在阿雍鎮不遠的地方露營，有人看見我們紮好了帳篷，就過來攀談。這是一個十分年輕的撒哈拉威人，也十分的友善，會說西班牙話，同時告訴我們，他以前替一個修女的流動診療車幫過忙，他一再的說他是「有文明」的人。

這個人很喜歡我們收他的魂，客氣的請荷西把衣服交換給他拍照，又很當心的把荷西的手錶借來戴在手上，他把頭髮攏了又攏，擺出一副完全不屬於自己風味的姿勢，好似一個土裏土氣的假冒歐洲人。

「請問你們這架是彩色照相機嗎？」他很有禮的問。

「什麼？」我唬了一大跳。

「請問妳這架是彩色照相機嗎？」他又重複了一句。

「你是說底片吧？相機哪有彩不彩色的？」

「是，以前那個修女就只有一架黑白的，我比較喜歡一架彩色的。」

「你是說軟片？還是機器？」我被他說得自己也懷疑起來了。

「是機器，妳不懂，去問妳先生，他手裏那架，我看是可以拍彩色的。」他藐視了我這個一再追問的女人一眼。

「是啦！不要動，我手裏拿的是世界上最好的天然十彩照相機。」荷西一本正經的舉起了手拍下了那個青年優美的自以為文明人的衣服和樣子。

我在一旁看見荷西將錯就錯的騙人，笑得我把臉埋在沙裏像一隻鴕鳥一樣。

抬起頭來，發覺荷西正對著我拍過來，我蒙住臉大叫著：「彩色相機來攝潔白無瑕的靈魂啦！請饒了這一次吧！」

沙巴軍曹。

一個夏天的夜晚，荷西與我正從家裏出來，預備到涼爽的戶外去散步，經過炎熱不堪的一天之後，此時的沙漠是如此的清爽而宜人。

在這個時候，鄰近的撒哈拉威人都帶著孩子和食物在外面晚餐，而夜，其實已經很深了。

等我們走到快近小鎮外的墳場時，就看見不遠處的月光下有一群年輕的撒哈拉威人圍著什麼東西在看熱鬧，我們經過人堆時，才發覺地上趴著一個動也不動的西班牙軍人，樣子像死去了一般，臉色卻十分紅潤，留著大鬍子，穿著馬靴，看他的軍裝，知道是沙漠軍團的，身上沒有識別階級的符號。

他趴在那兒可能已經很久了，那一群圍著他的人高聲的說著阿拉伯話，惡作劇的上去朝他吐口水，拉他的靴子，踩他的手，同時其中的一個撒哈拉威人還戴了他的軍帽好似小丑一般的表演著喝醉了的人的樣子。

對於一個沒有抵抗力的軍人，撒哈拉威人是放肆而大膽的。

「荷西，快回去把車開來。」我對荷西輕輕的說，又緊張的向四周張望著，在這時候我多麼希望有另外一個軍人或者西班牙的老百姓經過這裏，但是附近沒有一個人走過。

荷西跑回家去開車時，我一直盯著那個軍人腰間掛著的手槍，如果有人解他的槍，我就預備尖叫，下一步要怎麼辦就想不出來了。

那一陣西屬撒哈拉沙漠的年輕人，已經組成了「波里沙里奧人民解放陣線」，總部在阿爾及利亞，可是鎮上每一個年輕人的心幾乎都是向著他們的，西班牙人跟撒哈拉威人的關係已經十分緊張了，沙漠軍團跟本地更是死仇一般。

等荷西飛也似的將車子開來時，我們排開眾人，要把這個醉漢拖到車子裏去。這傢伙是一個高大健壯的漢子，要抬他到車裏去真不是件容易的事，等到我們全身都汗溼了，才將他在後座放好，關上門，口裏說著對不起，慢慢的開出人群，車頂上仍然被人砰砰的打了好幾下。

在快開到沙漠軍團的大門時，荷西仍然開得飛快，營地四周一片死寂。

「荷西，閃一閃燈光，按喇叭，我們不知道口令，要被誤會的，停遠一點。」

荷西的車子在距離衛兵很遠的地方停下來了，我們趕快開了車門出去，用西班牙文大叫：

「是送喝醉了的人回來，你們過來看！」

兩個衛兵跑過來，槍子咔答上了膛，指著我們，我們指指車裏面，動也不動。

這兩個衛兵朝車裏一看，當然是認識的，馬上進車去將這軍人抬了出來，口裏說著：「又是他！」

這時，高牆上的探照燈刷一下照著我們，我被這種架式嚇得很厲害，趕快進車裏去。

荷西開車走時，兩個衛兵向我們敬了一個軍禮，說：「謝啦！老鄉！」

我在回來的路上，還是心有餘悸，被人用槍這麼近的指著，倒是生平第一次，雖然那是自己人的部隊，還是十分緊張的。

有好幾天我都在想著那座夜間警備森嚴的營區和那個爛醉如泥的軍人。

過了沒多久，荷西的同事們來家裏玩，我為了表示待客的誠意，將冰牛奶倒了一大壺出來。

這幾個人看見冰牛奶，像牛喝水似的呼一下就全部喝完了，我趕緊又去開了兩盒。

「三毛，我們喝了你們怎麼辦？」這兩個人可憐兮兮的望著牛奶，又不好意思再喝下去。

「放心喝吧！你們平日喝不到的。」

食物是沙漠裏的每一個人都關心的話題，被招待的人不會滿意，跟著一定會問好吃的東西是哪裏來的。

等荷西的同事在那一個下午喝完了我所有盒裝的鮮奶，見我仍然面不改色，果然就問我這是哪兒買來的了。

「嘿！我有地方買。」我得意的賣著關子。

「請告訴我們在哪裏！」

「啊！你們不能去買的，要喝上家裏來吧！」

「我們要很多，三毛，拜託妳講出來啊！」

「我在沙漠軍團的福利社買的。」

「軍營？妳一個女人去軍營買菜？」他們叫了起來，一副老百姓的呆相。

「軍眷們不是也在買？我當然跑去了。」

「可是妳是不合規定的老百姓啊！」

「在沙漠裏的老百姓跟城裏的不同，軍民不分家。」我笑嘻嘻的說。

「軍人，對妳還有禮貌嗎？」

「太客氣了，比鎮上的普通人好得多了。」

「請妳代買牛奶總不會有問題吧？」

「沒有問題的，要幾盒明天開單子來吧！」

第二天荷西下班回來，交給我一張牛奶單，那張單子上列了八個單身漢的名字，每個人每星期希望我供應十盒牛奶，一共是八十盒。

我拿著單子咬了咬嘴唇，大話已經說出去了，這八十盒牛奶要我去軍營買，卻實在是令人說不出口。

在這種情形下，我情願丟一次臉，將這八十盒羞愧的數量一次買清，就不再出現，總比一天去買十盒的好。

隔了一天，我到福利社裏去買了一大箱十盒裝的鮮乳，請人搬來放在牆角，打一個轉，再跑進去，再買一箱，再放在牆角，過了一會兒，再進去買，這樣來來去去弄了四次，那個站櫃檯的小兵已經暈頭轉向了。

「三毛，妳還要進進出出幾次？」

「還有四次，請忍耐一點。」

「為什麼不一次買？都是買牛奶嗎？」

「一次買不合規定，太多了。」我怪不好意思的回答著。

「沒關係，我現在就拿給妳，請問妳一次要那麼多牛奶幹麼？」

「別人派我來買的，不全是我的。」

等我把八大箱牛奶都堆在牆角，預備去喊計程車時，我的身邊刷一下停下了一輛吉普車，抬頭一看，嚇了一跳，車上坐著的那個軍人，不就是那天被我們抬回營區去的醉漢嗎？

這個人是高大的，精神的，制服穿得很合身，大鬍子下的臉孔看不出幾歲，眼光看人時帶著幾分霸氣又嫌過分的專注，胸膛前的上衣扣一直開到第三個扣子，留著平頭，綠色的船形軍帽上別著他的階級——軍曹。

我因為那天晚上沒有看清楚他，所以刻意的打量了他一下。

他不等我說話，跳下車來就將小山也似的箱子一個一個搬上了車，我看牛奶已經上車了，也不再猶豫，跨上了前座。

「我住在墳場區。」我很客氣的對他說。

「我知道妳住在那裏。」他粗聲粗氣的回答我，就將車子開動了。

我們一路都沒有說話，他的車子開得很平穩，雙手緊緊的握住方向盤，等車子經過墳場時，我轉過頭去看風景，生怕他想起來那個晚上酒醉失態被我們撿到的可憐樣子會受窘。

到了我的住處，他慢慢的煞車，還沒等他下車，我就很快的跳下來了，因為不好再麻煩這個軍曹搬牛奶，我下了車，就大聲叫起我鄰近開小雜貨店的朋友沙侖來。

沙侖聽見我叫他，馬上從店裏趿著拖鞋跑出來了，臉上露著謙卑的笑容。等他跑到吉普車面前，發現有一個軍人站在我旁邊，突然頓了一下，接著馬上低下了頭趕快把箱子搬下來，那個神情好似看見了凶神一般。

這時，送我回來的軍曹，看見沙侖在替我做事，又抬眼望了一下沙侖開的小店，突然轉過眼光來鄙夷的盯了我一眼，我非常敏感的知道，他一定是誤會我了，我脹紅了臉，很笨拙的辯護著：「這些牛奶不是轉賣的，真的！請相信我，我不過是——」

他大步跨上了車子，手放在駕駛盤上拍了一下，要說什麼又沒說，就發動起車子來。我這才想起來跑了過去，對他說：「謝謝你，軍曹！請問貴姓？」

他盯住我，好似已經十分忍耐了似的對我輕輕的說：「對撒哈拉威人的朋友，我沒有名字。」

說完就把油門一踏，車子飛也似的衝了出去。

我呆呆的望著塵埃，心裏有說不出的委屈，被人冤枉了，不給我解釋的餘地，問他的名字，居然被他無禮的拒絕了。

「沙侖，你認識這個人？」我轉身去問沙侖。

「是。」他低聲說。

「幹什麼那麼怕沙漠軍團，你又不是游擊隊？」

「不是，這個軍曹，他恨我們所有的撒哈拉威人。」

「你怎麼知道他恨你？」

「大家都知道，只有妳不知道。」

我刻意的看了老實的沙侖一眼，沙侖從來不說人是非，他這麼講一定有他的道理。

從那次買牛奶被人誤會了之後，我羞愧得很久不敢去軍營買菜。

隔了很久，我在街上遇見了福利社的小兵，他對我說他們隊上以為我走了，又問我為什麼不再去買菜，我一聽他們並沒有誤會我的意思，這才又高興的繼續去了。

運氣就有那麼不好，我又回軍營裏買菜的第一天，那個軍曹就跨著馬靴大步的走進來了，我咬著嘴唇緊張的望著他，他對我點點頭，說一聲：「日安！」就到櫃檯上去了。

對於一個如此不喜歡撒哈拉威人的人，我將他解釋成「種族歧視」，也懶得再去理他了，站在他旁邊，我專心向小兵說我要買的菜，不再去望他。

等我付錢時，我發覺旁邊這個軍曹翻起袖子的手臂上，居然刻了一大排紋身刺花，深藍色的俗氣情人雞心下面，又刺了一排中號的字——「奧地利的唐璜」。

我奇怪得很，因為我本來以為刺花的雞心下面一定是一個女人的名字，想不到卻是個男人的。

「喂！『奧地利的唐璜』是誰？是什麼意思？」

等那個軍曹走了，我就問櫃檯上沙漠軍團的小兵。

「啊！那是沙漠軍團從前一個營區的名字。」

「不是人嗎？」

「是歷史上加洛斯一世時的一個人名，那時候奧地利跟西班牙還是不分的，後來軍團用這名字做了一個營區的稱呼，那是很久以前的事了。」

「可是，剛剛那個軍曹，他把這些字都刻在手臂上哪！」

我搖了搖頭，拿著找回來的錢，走出福利社的大門去。

在福利社的門口，想不到那個軍曹在等我，他看見了我，頭一低，跟著我大步走了幾步，才說：「那天晚上謝謝妳和妳先生。」

「什麼事？」我不解的問他。

「你們送我回去，我——喝醉了。」

「啊！那是很久以前的事了！」這個人真奇怪，突然來謝我一件我已忘記了的事情，上次他送我回去時怎麼不謝呢？

「請問你，為什麼撒哈拉威人謠傳你恨他們？」我十分魯莽的問他。

「我是恨。」他盯住我看著，而他如此直接的回答使我仍然吃了一驚。

「這世界上有好人也有壞人，並不是哪一個民族特別的壞。」我天真的在講一句每一個人都會講的話。

軍曹的眼光掠向那一大群在沙地上蹲著的撒哈拉威人，臉色又一度專注得那麼嚇人起來，好似他無由的仇恨在燃燒著他似的可怖。我停住了自己無聊的話，呆呆的看著他。

他過了幾秒鐘才醒過來，對我重重的點了一下頭，就大步的走開去。

這個刺花的軍曹，還是沒有告訴我他的名字。他的手臂，卻刻著一整個營區的名稱，而這為什麼又是好久以前的一個營區呢？

有一天，我們的撒哈拉威朋友阿里請我們到離鎮一百多里遠的地方去，阿里的父親住在那兒的一個大帳篷裏，阿里在鎮上開計程車，也只有週末可以回家去看看父母。

阿里父母住的地方叫「魅賽也」，可能在千萬年前是一條寬闊的河，後來枯乾了，兩岸成了大峽谷似的斷崖，中間河床的部分有幾棵椰子樹，有一汪泉水不斷的流著，是一個極小的沙漠綠洲。這樣遼闊的地方，又有這麼好的淡水，卻只住了幾個帳篷的居民，令我十分不解。

在黃昏的涼風下，我們與阿里的父親坐在帳篷外，老人悠閒的吸著長菸斗，紅色的斷崖在晚霞裏分外雄壯，天邊第一顆星孤零零的升起了。

阿里的母親捧著一大盤「古斯古」和濃濃的甜茶上來給我們吃。

我用手捏著「古斯古」，把它們做成一個灰灰的麵粉糰放到口裏去，在這樣的景色下，坐在地上吃沙漠人的食物才相稱。

「這麼好的地方，又有泉水，為什麼幾乎沒有人住呢？」我奇怪的問著老人。

「以前是熱鬧過的，所以這片地方才有名字，叫做『魅賽也』，後來那件慘案發生，舊住著的人都走了，新的當然不肯再搬來，只餘下我們這幾家在這裏硬撐著。」

「什麼慘案？我怎麼不知道？是駱駝瘟死了嗎？」我追問著老人。

老人望了我一眼，吸著菸，心神好似突然不在了似的望著遠方。

「殺！殺人！血流得當時這泉水都不再有人敢喝。」

「誰殺誰？什麼事？」我禁不住向荷西靠過去，老人的聲音十分神秘恐怖，夜，突然降臨了。

「撒哈拉威人殺沙漠軍團的人。」老人低低的說，望著荷西和我。

「十六年前，『魅賽也』是一片美麗的綠洲，在這裏，小麥都長得出來，椰棗落了一地，要喝的水應有盡有，撒哈拉威人幾乎全把駱駝和山羊趕到這裏來放牧，紮營的帳篷成千上萬——」

老人在訴說著過去的繁華時，我望著殘留下來的幾棵椰子樹，幾乎不相信這片枯乾的土地也有過它的青春。

「後來西班牙的沙漠軍團也開來了，他們在這裏紮營，住著不走——」老人繼續說。

「可是，那時候的撒哈拉沙漠是不屬於任何人的，誰來都不犯法。」我插嘴打斷他。

「是，是，請聽我說下去——」老人比了一個手勢。

「沙漠軍團來了，撒哈拉威人不許他們用水，兩方面為了爭水，常常起衝突，後來——」

我看老人不再講下去，就急著問他：「後來怎麼了？」

「後來，一大群撒哈拉威人偷襲了營房，把沙漠軍團全營的人，一夜之間在睡夢裏殺光了。統統用刀殺光了。」

我張大了眼睛，隔著火光定定的望著老人，輕輕的問他：「你是說，他們統統被殺死了？一營的人被撒哈拉威人用刀殺了？」

「只留了一個軍曹，他那夜喝醉了酒，跌在營外，醒來他的夥伴全死了，一個不留。」

「你當時住在這裏？」我差點沒問他：「你當時參加了殺人沒有？」

「沙漠軍團是最機警的兵團，怎麼可能？」荷西說。

「他們沒有料到，白天奔馳得太厲害，衛兵站崗又分配得不多，他們再沒有料到撒哈拉威人拿刀殺進來。」

「軍營當時紮營在哪裏？」我問著老人。

「就在那邊！」

老人用手指著泉水的上方，那兒除了沙地之外，沒有一絲人住過的痕跡。

「從那時候起，誰都不喜歡住在這裏，那些殺人的當然逃了，一塊好好的綠洲荒廢成這個樣子。」

老人低頭吸菸，天已經暗下來了，風突然厲冽的吹拂過來，夾著嗚嗚的哭聲，椰子樹搖擺著，帳篷的支柱也吱吱的叫起來。

我抬頭望著黑暗中遠方十六年前沙漠軍團紮營的地方，好似看見一群群穿軍裝的西班牙兵在跟包著頭舉著大刀的撒哈拉威人肉搏，他們一個一個如銀幕上慢動作的姿勢在刀下倒下去，成堆的人流著血在沙地上爬著，成千無助的手臂伸向天空，一陣陣無聲的吶喊在一張張帶血的臉上嘶叫著，黑色的夜風裏，只有死亡空洞的笑聲響徹在寂寞的大地上——

我吃了一驚，用力眨一下眼睛，什麼都不見了，四周安詳如昔，火光前，坐著我們，大家都不說話。

我突然覺得寒冷，心裏悶悶不樂，這不只是老人所說的慘案，這是一場血淋淋的大屠殺啊！

「那個唯一活著的軍曹——就是那個手上刺著花，老是像狼一樣盯著撒哈拉威人的那一個？」我又輕輕的問。

「他們過去是一個團結友愛的營，我還記得那個軍曹酒醒了在他死去的兄弟屍體上像瘋子一樣撲跌發抖的樣子。」

我突然想到那個人手上刺著營名的紋身。

「你知道他叫什麼名字嗎？」我問著。

「那件事情之後，他編在鎮上的營區去，從那時候他就不肯講名字，他說全營的弟兄都死了，他還配有名字嗎？大家都只叫他軍曹。」

過去那麼多年的舊事了，想起來依然使我毛骨悚然，遠處的沙地好似在扭動一般。

「我們去睡吧！天黑了。」荷西大聲大氣的說，然後一聲不響的轉進帳篷裏去。

這件已成了歷史的悲劇，在鎮上幾乎從來沒有被人提起過，我每次看見那個軍曹，心裏總要一跳，這樣慘痛的記憶，到何年何月才能在他心裏淡去？

去年這個時候，這一片被世界遺忘的沙漠突然的複雜起來。北邊摩洛哥和南邊茅利塔尼亞要瓜分西屬撒哈拉，而沙漠自己的部落又組成了游擊隊流亡在阿爾及利亞，他們要獨立，西班牙政府舉棋不定，態度曖昧，對這一片已經花了許多心血的屬地不知要棄還是要守。

那時候，西班牙士兵單獨外出就被殺，深水井裏被放毒藥，小學校車裏找出定時炸彈，磷礦公司的輸送帶被縱火，守夜工人被倒吊死在電線上，鎮外的公路上地雷炸毀經過的車輛——這樣的不停的騷亂，使得鎮上風聲鶴唳，政府馬上關閉學校，疏散兒童回西班牙，夜間全面戒嚴，鎮上坦克一輛一輛的開進來，鐵絲網一圈一圈的圍滿了軍事機關。

可怕的是，在邊界上西班牙三面受敵，在小鎮上，竟弄不清這些騷亂是哪一方面弄出來的。

在那種情形下，婦女和兒童幾乎馬上就回西班牙了。荷西與我因沒有牽掛，所以按兵不動，他照常上班，我則留在家裏，平日除了寄信買菜之外，公共場所為了怕爆炸，已經很少去了。

一向平靜的小鎮開始有人在賤賣家具，航空公司門口每天排長龍搶票，電影院、商店一律關門，留駐的西國公務員都發了手槍，空氣裏無端的緊張，使得還沒有發生任何正面戰爭衝突的小鎮，已經惶亂不安了。

有一個下午，我去鎮上買當日的西班牙報紙，想知道政府到底要把這塊土地怎麼辦，報紙上沒有說什麼，每天都說一樣的話。我悶悶的慢步走回家，一路上看見很多棺木放在軍用卡車裏往墳場開去，我吃了一驚，以為邊界跟摩洛哥人已經打了起來。

順著回家的路走，是必然經過墳場的。撒哈拉威人有兩大片自己的墳場，沙漠軍團的公墓卻是圍著雪白的牆，用一扇鏤花的黑色鐵門關著，牆內豎著成排的十字架，架下面是一片片平平的石板鋪成的墓。

我走過去時，公墓的鐵門已經開了，第一排的石板墳都已挖出來，很多沙漠軍團的士兵正把一個個死去的兄弟搬出來，再放到新的棺木裏去。

我看見那個情形，就一下明白了，西班牙政府久久不肯宣佈的決定，沙漠軍團是活著活在沙漠，死著埋在沙漠的一個兵種，現在他們將他們的死人都挖了起來要一同帶走，那麼西班牙終究是要放棄這片土地了啊！

可怖的是，一具一具的屍體，死了那麼多年，在乾燥的沙地裏再挖出來時，卻不是一堆白骨，而是一個一個如木乃伊般乾癟的屍身。

軍團的人將他們小心的抬出來，在烈日下，輕輕的放入新的棺木，敲好釘子，貼上紙條，這才搬上了車。

因為有棺材要搬出來，觀看的人群讓了一條路，我被擠到公墓的裏面去，這時，我才發覺那個沒有名字的軍曹坐在牆的陰影下。

看見死人並沒有使我不自在，只是釘棺木的聲音十分的刺耳，突然在這時看見軍曹，使我想起，那個夜晚碰到他酒醉在地上的情形，那夜也是在這墳場附近，這麼多年的一件慘事，難道至今沒有使他的傷痛冷淡下來過？

等到第三排公墓裏的石板被打開時，這個軍曹好似等待了很久似的站了起來，他大步的走過去，跳下洞裏，親手把那具沒有爛掉的屍體像情人一般的抱出來，輕輕的托在手臂裏，靜靜的注視著那已經風乾了的臉，他的表情沒有仇恨和憤怒，我看得見的只是一片近乎溫柔的悲愴。

大家等著軍曹把屍身放進棺木裏去，他，卻站在烈日下，好似忘了這個世界似的。

「是他的弟弟，那次一起被殺掉的。」一個士兵輕輕的對另外一個拿著十字鎬的說。好似有一世紀那麼長，這個軍曹才邁著步子走向棺木，把這死去了十六年的親人，像對待嬰兒似的輕輕放入他永遠要睡的床裏去。

這個軍曹從門口經過時，我轉開了視線，不願他覺得我只是一個冷眼旁觀的好事者。他經過圍觀著的撒哈拉威人時，突然停了一下，撒哈拉威人拉著小孩子們一逃而散。

一排排的棺木被運到機場去，地裏的兄弟們先被運走了，只留下整整齊齊的十字架在陽光下發著耀眼的白色。

那一個清晨，荷西上早班，得五點半鐘就出門去，我為著局勢已經十分不好了，所以當天需要車子裝些包裹寄出沙漠去，那天我們說好荷西坐交通車去上班，把車子留下來給我，但是我還是清早就開車把荷西送到搭交通車的地方去。

回程的公路上，為了怕地雷，我一點都不敢抄捷徑，只順著柏油路走。在轉入鎮上的斜坡口，我看到汽油的指示針是零了，就想順道去加油站，再一看錶，還只是六點差十分，我知道加油站不會開著，就轉了車身預備回家去。就在那時距我不遠處的街道上，突然發出轟的一聲極沉悶的爆炸的巨響，接著一柱黑煙冒向天空，我當時離得很近，雖然坐在車裏，還是被嚇得心跳得不得了，我很快的把車子往家裏開去，同時我聽見鎮上的救護車正嗚叫著飛也似的奔去。

下午荷西回家來問我：「妳聽見了爆炸聲嗎？」

我點點頭，問著：「傷了人嗎？」

荷西突然說：「那個軍曹死了。」

「沙漠軍團的那個？」我當然知道不會有別人了，「怎麼死的？」

「他早晨開車經過爆炸的地方，一群撒哈拉威小孩正在玩一個盒子，盒子上還插了一面游擊隊的小布旗子，大概軍曹覺得那個盒子不太對，他下了車往那群小孩跑去，想趕開他們，結果，其中的一個小孩拔出了旗子，盒子突然炸了——」

「死了幾個撒哈拉威小孩？」

「軍曹的身體搶先撲在盒子上，他炸成了碎片，小孩子們只傷了兩個。」

我茫然的開始做飯給荷西吃，心裏卻不斷的想到早晨的事情，一個被仇恨啃齧了十六年的人，卻在最危急的時候，用自己的生命撲向死亡，去換取了這幾個他一向視做仇人的撒哈拉威孩子的性命。為什麼？再也沒有想到他會是這樣的死去。

第二天，這個軍曹的屍體，被放入棺木中，靜靜的葬在已經挖空了的公墓裏，他的兄弟們早已離開了，在別的土地上安睡了，而他，沒有趕得上他們，卻靜靜的被埋葬在撒哈拉的土地上，這一片他又愛而又恨的土地做了他永久的故鄉。

他的墓碑很簡單，我過了很久才走進去看了一眼，上面刻著——「沙巴·桑卻士·多雷，一九三二——一九七五。」

我走回家的路上，正有撒哈拉威的小孩們在廣場上用手拍著垃圾桶，唱著有板有眼的歌，在夕陽下，是那麼的和平，好似不知道戰爭就要來臨了一樣。

搭車客。

常常聽到一首歌，名字叫什麼我不清楚，歌詞和曲調我也哼不全，但是它開始的那兩句，什麼——「想起了沙漠就想起了水，想起了愛情就想起了妳……」給我的印象卻是鮮明的。

這種直接的聯想是很自然的，水和愛情都是沙漠生活中十分重要的東西，只是不曉得這首歌後段還唱了些什麼事情。

我的女友麥鈴在給我寫信時，也說——我常常幻想著，妳披了阿拉伯人彩色條紋的大毯子，腳上紮著一串小鈴鐺，頭上頂著一個大水瓶去井邊汲水，那真是一幅美麗的畫面——

我的女友是一個極可愛的人，她替我畫出來的「女奴汲水圖」真是風情萬種，浪漫極了。事實上走路去提水是十分辛苦的事，是絕對不舒服的，而且我不會把大水箱壓在我的頭頂上。

我的父親和母親每週來信，也一再的叮嚀我——既然水的價格跟「可樂」是一樣的，想來妳一定不甘心喝清水，每日在喝「可樂」，但是水對人體是必需的。妳長年累月的喝可樂，就可能「不可樂」了，要切切記住，要喝水，再貴也要喝——

每一個不在沙漠居住的人，都跟我提到水的問題，卻很少有人問我——在那麼浩瀚無際的沙海裏，沒有一條小船，如何乘風破浪的航出鎮外的世界去。

長久被封閉在這只有一條街的小鎮上，就好似一個斷了腿的人又偏偏住在一條沒有出口的巷子裏一樣的寂寞，千篇一律的日子，沒有過分的歡樂，也談不上什麼哀愁。沒有變化的生活，就像織布機上的經緯，一匹一匹的歲月都織出來了，而花色卻是一個樣子的單調。

那一天，荷西把船運來的小車開到家門口來時，我幾乎是衝出去跟它見面的。它雖然不是那麼實用昂貴的「藍得羅伯牌」的大型吉普車，也不適合在沙漠裏奔馳，但是，在我們，已經非常滿足了。

我輕輕的摸著它的裏裏外外，好似得了寶貝似的不知所措的歡喜著，腦子裏突然浮出一片大漠落霞的景色，背後的配樂居然是〈Born Free〉（《獅子與我》片中那首叫做〈生而自由〉的好聽的主題曲）。奇怪的是，好似有一陣陣的大風向車子裏颳著，把我的頭髮都吹得跳起舞來。

我一心一意的愛著這個新來的「沙漠之舟」。每天荷西下班了，我就拿一塊乾淨的絨布，細心的去擦亮它，不讓它沾上一絲塵土，連輪胎裏嵌進的小石子，我都用鋏子把它們挑出來，只怕自己沒有盡心服侍著這個帶給我們極大歡樂的夥伴。

「荷西，今天上班去，它跑得還好嗎？」我擦著車子的大眼睛，問著荷西。

「好極了，叫它東它就不去西，餵它吃草，它也很客氣，只吃一點點。」

「現在自己有車了，你還記得以前我們在公路上搭便車，眼巴巴的吹風淋雨，希望有人停下來載我們的慘樣子嗎？」我問著荷西。

「那是在歐洲，在美國妳就不敢。」荷西笑著說。

「美國治安不同，而且當時你也不在我身邊。」

我再擦著新車溫柔的右眼，跟荷西有一搭沒一搭的扯著。

「荷西，什麼時候讓我開車子？」滿懷希望的問他。

「妳不是試過了？」他奇怪的反問。

「那不算，你坐在我旁邊，總是讓我開得不好，弄得我慌慌張張，越罵開得越糟，你不懂心理學。」我說起這事就開始想發作了。

「我再開一星期，以後上班還是坐交通車去，下午妳開車來接，怎麼樣？」

「好！」我高興得跳了起來，恨不得把車子抱個滿懷。

荷西的工地，離家快有來回兩小時的車程，但是那條荒涼的公路是筆直的，可以盡情的跑，也可以說完全沒有交通流量。

第一次去接荷西，就遲到了快四十分鐘，他等得已經不耐煩了。

「對不起，來晚了。」我跳下車滿身大汗的用袖子擦著臉。

「叫妳不要怕，那麼直的路，油門踩到底，不會跟別人撞上的。」

「公路上好多地方被沙埋掉了，我下車去挖出兩條溝來，才沒有陷下去，自然耽擱了，而且那個人又偏偏住得好遠——」我挪到旁邊的位子去，把車交給荷西開回家。

「什麼那個人？」他偏過頭來望了我一眼。

「一個走路的撒哈拉威。」我攤了一下手。

「三毛，我父親上封信還講，就算一個死了埋了四十年的撒哈拉威，都不能相信他，妳單身穿過大沙漠，居然——」荷西很不婉轉的語氣真令人不快。

「是個好老的，怎麼，你？」我頂回去。

「老的也不可以！」

「你可別責備我，過去幾年，多少輛車，停下來載我們兩個長得像強盜一樣的年輕人，那些不認識的人，要不是對人類還有那麼一點點信心，就是瞎了眼，神經病發了。」

「那是在歐洲，現在我們在非洲，撒哈拉沙漠，妳該分清楚。」

「我分得很清楚，所以才載人。」

這是不同的，在文明的社會裏，因為太複雜了，我不會覺得其他的人和事跟我有什麼關係，但是在這片狂風終年吹拂著的貧瘠的土地上，不要說是人，能看見一根草，一滴晨曦下的露水，它們都會觸動我的心靈，怎麼可能在這樣寂寞的天空下見到蹣跚獨行的老人而視若無睹呢！

荷西其實是明白這個道理的，只是他不肯去思想。

有了車子，週末出鎮去荒野裏東奔西跑自是舒暢多了，那真是全然不同的經歷。但是平日荷西上班去，不守諾言，霸占住一天的車，我去鎮上還是得冒著烈日走長路，兩人常常為了搶車子嘔氣。有時候清晨聽見他偷開車子走了，我穿了睡衣跑出去追，已經來不及了。

鄰近的孩子們，本來是我的朋友，但是自從他們看見荷西老是在車裏神氣活現的出出進進，倒車，打轉，好似馬戲班裏的小丑似的逗著觀眾時，他們就一窩蜂的去崇拜這個莫名其妙的人了。

我一向最不喜歡看馬戲班裏的小丑，因為看了就要難過，這一次也不例外。

有一天黃昏，明明聽見荷西下班回來煞車的聲音，以為他會進來，沒想到，一會兒，車子又開走了。

弄到晚上十點多，才髒兮兮的進門了。

「去了哪裏？菜都涼了。」我沒好氣的瞪著他。

「散步！嘿嘿！散個步去了。」接著沒事的吹著口哨去洗澡了。

我跑出門去看車，裏裏外外都還是一整塊，打開車門往裏看，一股特別的氣味馬上衝出來，前座的靠墊上顯然滴的是一攤鼻涕，後座上有一塊尿溼了的印子，玻璃窗上滿是小手印，車內到處都是餅乾屑，真是一場浩劫。

「荷西，你開兒童樂園了？」我厲聲的在浴室外喊他。

「啊！福爾摩斯。」沖水的聲音愉快的傳來。

「什麼摩斯，你去看看車子。」我大吼。

荷西把水開得大大的，假裝聽不見我說話。

「帶了幾個髒小孩去兜風？說！」

「十一個，嘻嘻！連小小的哈力法也塞進去了。」

「我現在去洗車，你吃飯，以後我們一人輪一星期的車用，你要公平。」我捉住了荷西的小辮子，乘機再提出用車的事。

「好吧！算妳贏了！」

「是永久的，一言為定哦！」我不放心的再證實一下。

他伸出溼溼的頭來，對我做了一個兇狠的鬼臉。

其實硬搶了車子，也不過是早晨在郵局附近打打轉，然後回家來，洗燙，打掃，做平常的家務事，等到下午三點多鐘，我換上出門的衣服，拿著一塊溼抹布包住滾燙的駕駛盤，再在坐墊上放兩本厚書，這才在熱得令人昏眩的陽光下，開始了我等候了一天的節目。

這種娛樂生活的方式，對一個住在城裏的人，也許毫無意義，但是，與其將漫長的午後消磨在死寂的小房子裏，我還是情願坐在車裏開過荒野去跑一個來回，這幾乎是沒有選擇的一件事。

沿著將近一百公里長的狹狹的柏油路，總是錯錯落落的散搭著帳篷，住在那兒的人，如果要去鎮上辦事情，除了跋涉一天的路之外，可以說毫無其他的辦法。在這兒，無窮無盡波浪起伏的沙粒，才是大地真正的主人，而人，生存在這兒，只不過是拌在沙裏面的小石子罷了。

在下午安靜得近乎恐怖的大荒原裏開車，心裏難免有些寂寥的感覺，但是，知道這難以想像的廣大土地裏，只有自己孤零零的一個人，也是十分自由的事。

偶爾看到在天邊的盡頭有一個小黑點在緩緩的移動著，總也不自覺的把飛駛的車子慢了下來，蒼穹下的背影顯得那麼的渺小而單薄，總也忍不下心來，把頭揚得高高的，將車子揚起滿天的塵埃，從一個在艱難舉步的人身邊刷一下開過。

為了不驚嚇走路的人，我總是先開過他，才停下車來，再搖下車窗向他招手。

「上來吧！我載你一程。」

往往是遲疑羞澀的望著我，也總是很老的撒哈拉威人，身上扛了半袋麵粉或雜糧。

「不要怕，太熱了，上來啊。」

順便帶上車的人，在下車時，總好似拜著我似的道謝著，直到我的車開走了老遠，還看見那個謙卑的人遠遠的在廣闊的天空下向我揮手，我常常被他們下車時的神色感動著，多麼純樸的人啊！

有一次，我開出鎮外三十多公里了，看見前面一個老人，用布條拉著一隻大山羊，掙扎的在路邊移動著，他的長袍被大風吹得好似一片鼓滿了風的帆一樣使他進退不得。

我停了車，向他喊著：「沙黑畢（朋友），上來吧！」

「我的羊？」他緊緊的捉住他的羊，很難堪的低低的說了一句。

「羊也上來吧！」

山羊推塞進後座，老先生坐在我旁邊，羊頭正好擱在我的頸子邊，這一路，我的脖子被羊緊張的喘氣吹得癢得要命，我加足馬力，快快的把這一對送到他們築在路旁貧苦的帳篷邊去，下車時，老人用力的握住我的手，沒有牙齒的口裏，咿咿呀呀的說著感激我的話，總也不肯放下。

我笑了起來，對他說：「不要再謝啦，快把羊拖下去吧！牠一直把我的頭髮當乾草在啃哪！」

「現在羊糞也弄進車裏來了，上次還罵我開兒童樂園，妳掃，我不管。」回到家裏，荷西先跑進去了，我捂著嘴笑著跟在他身後，拿了小掃把，把羊糞收拾了倒進花盆裏做肥料，誰說停車載人是沒有好處的。

有時候荷西上工的時間改了，輪到中午兩點上班，晚上十點下班，那種情形下，如果我硬要跟著跑這來回一百公里，只有在十二點半左右跟著他出門，到了公司，他下車，我再獨自開回來。

狂風沙的季候下，火熱的正午，滿天的黃塵，嗆得肺裏好似填滿了沙土似的痛，能見度低到零，車子像在狂風暴雨的海裏亂衝著，四周震耳欲聾的飛沙走石像雨似的兇暴的打在車身上。

在這樣的一個正午，我送荷西上班回家時，卻在濛濛的黃沙裏，看見了一個騎腳踏車的身影，我吃驚的煞住了車，那個騎車的人馬上丟了車子往我跑來。

「什麼事？」我打開了窗子，摀著眼睛問他。

「太太，請問有沒有水？」

我張開了蒙著眼睛的手指，居然看見一個十多歲的男孩子，迫切的眼睛渴望的盯著我。

「水？沒有。」

我說這話時，那個孩子失望得幾乎要哭出來，把頭扭了開去。

「快上來吧！」我把車窗很快的搖上。

「我的腳踏車——」他不肯放棄他的車子。

「這種氣候，你永遠也騎不到鎮上的。」我順手戴上了防風鏡，開了門跑出去拉他的車子。

那是一輛舊式的腳踏車，無論如何不能把它裝進我的小車裏去。

「這是不可能的，你怎麼不帶水，騎了多久了？」我在風裏大聲的對他喊著，口腔裏馬上吹進了沙粒。

「從今天早上騎到現在。」小孩幾乎是嗚咽著說的。

「你上車來，先把腳踏車丟在這裏，回去時，再搭鎮上別人的車，到這裏來撿回你的車，怎麼樣？」

「不能，過一會兒沙會把它蓋起來，找不到了，我不能丟車子。」他固執的保護著他心愛的破車。

「好吧！我先走了，這個給你。」我把防風眼鏡順手脫下來交給他，無可奈何的上了車。回到了家裏，我試著做些家事，可是那個小男孩的身影，卻像鬼也似的迷住了我的心。聽著窗外淒厲的風聲，坐了幾分鐘，我發覺沒有心思做任何事情。

我氣憤的打開冰箱，拿了一瓶水、一個麵包，又順手拿了一頂荷西的鴨舌帽，開門跳進車裏，再回頭到那條路上去找那個令人念念不忘的小傢伙。

檢查站的哨兵看見我，跑了過來，彎著身子對我說：「三毛，在這種氣候裏，妳又去散步嗎？」

「散步的不是我，是那個莫名其妙找麻煩的小鬼。」我一加油門，車子彈進風沙迷霧裏去。

「荷西，車子你去開吧！我不用了。」我同一天第三次在這條路上跑時，已是寒冷的夜晚了。

「受不了熱吧！嘿嘿！」他得意的笑了。

「受不了路上的人，那麼討厭，事情好多。」

「人，在哪裏？」荷西好笑的問。

「每幾天就會碰到，你看不見？」

「妳不理不就得了？」

「我不理誰理？眼看那個小鬼渴死嗎？」

「所以妳就不去了？」

「唉，算了！」我半靠在車座上望著窗外。

我說話算話，有好幾個星期，靜靜的坐在家裏縫縫補補。

等到我拼完了那快近一百塊小碎花布的彩色百衲被之後，又不知怎的浮躁起來。

「荷西，今天天氣那麼好，沒有風沙，我送你去上班吧！」我穿著睡袍在清晨的沙地裏看著車子。

「今天是公共假日，妳不如去鎮上玩。」荷西說。

「啊！真的，那你為什麼上班？」

「礦砂是不能停的，當然要去。」

「假日的鎮上，怕不擠了好幾百個人，看了眼花，我不去。」

「那麼上車吧！」

「我去換衣服。」我飛快的進屋去穿上了襯衫和牛仔褲，順手抓了一個塑膠袋。

「拿口袋做什麼？」

「天氣那麼好，你上班，我去撿子彈殼跟羊骨頭，過一陣再回來。」

「那些東西有什麼用？」荷西發動了車子。

「彈殼放在天台上凍一夜，清早摸黑去拿下來，貼在眼睛上可以治針眼，你上次不是給我治好的嗎？」

「那是巧合，是妳自己亂想出來的法子。」

我聳聳肩不置可否，其實撿東西是假，在空氣清新的原野裏遊蕩才是真正有趣的事，可惜的是好天氣總不多。

看見荷西下車了，走上長長的浮台去，我這才嘆了口氣把車子開出工地。

早晨的沙漠，像被水洗過了似的乾淨，天空是碧藍的，沒有一絲雲彩，溫柔的沙丘不斷的鋪展到視線所能及的極限。在這種時候的沙地，總使我聯想起一個巨大的沉睡女人的胴體，好似還帶著輕微的呼吸在起伏著，那麼安詳沉靜而深厚的美麗真是令人近乎疼痛的感動著。

我先把車子開出公路，沿著前人車輪的印子開到靶場去，拾了一些彈殼，再躺一會兒，看看半圓形把我們像碗一樣反扣著的天空，再走長長的沙路，去找枯骨頭。

骨頭沒有撿到什麼完整的，卻意外的得了一個好大貝殼的化石，像一把美麗的小摺扇一樣打開著。

我吐了一點口水，用褲子邊把它擦擦乾淨，這才上車開回家，太陽不知什麼時候已經在頭頂上了。

開著車窗，吹著和風，天氣好得連收音機的新聞都捨不得聽，免得破壞了這一天一地的寂靜。路，像一條發光的小河，筆直的流在蒼穹下。

天的盡頭，有一個小黑點子，清楚的貼在那兒，動也不動。

車子滑過這人，他突然舉起了手要搭車。

「早！」我慢慢的停車。

一個全副打扮得好似要去參加誓旗典禮那麼整齊的西班牙小兵，孤零零的站在路旁。

「您早！太太！」他站得筆直的，看見車內的我，顯然有點吃驚。

草綠的軍服，寬皮帶，馬靴，船形帽，穿在再土的男孩子身上，都帶三分英氣，有趣的是，無論如何，這身打扮卻掩不住這人滿臉的稚氣。

「去哪裏？」我仰著臉問他。

「嗯！鎮上。」

「上來吧！」這是我第一次停車載年輕人，但是看見他的一瞬間，我就沒有猶豫過。

他上車，小心的坐在我旁邊，兩手規規矩矩的放在膝上，這時，我才吃驚的看見，他居然戴了大典禮時才用的雪白手套。

「這麼早去鎮上？」我搭訕的說。

「是，想去看一場電影。」老老實實的回答。

「電影是下午五點才開場啊！」我盡力使說話的聲音像平常一樣，但是心裏在想，這孩子八成是不正常。

「所以我早晨就出發了。」他很害羞的挪了一下身子。

「你，預備走一天的路，就為著去看一場電影？」這真是不可思議的事。

「我們今天放假。」

「軍車不送你？」

「報名晚了，車子坐不下。」

「所以你走路去？」我望著沒有盡頭的長路，心裏不知如何的掠過一絲波瀾。

靜默了好一會兒，兩人沒有什麼話說。

「來服兵役的？」

「是！」

「還愉快嗎？」

「很好，遊騎兵種，常年住帳篷，總在換營地，就是水少了些。」

我特意再看了他保持得那麼整潔的外出服，不是太重要的事情，對他，一定捨不得把這套衣服拿出來穿的吧！

到了鎮上，他滿臉溢不住的歡樂顯然的流露出來，到底是年輕的孩子。

下了車，嚴肅而稚氣的對我啪一下行了一個軍禮，我點點頭，快快的把車開走了。

總也忘不掉他那雙白手套，這個大孩子，終年在不見人煙的蕭條的大漠裏過著日子，對於他，到這個破落得一無所有的小鎮上來看場電影，竟是他目前一段生命裏無法再盛大的事件了。

開車回去時，我的心無由的抽痛了一下，這個人，他觸到了我心裏一塊不常去觸碰的地方，他的年紀，跟我遠方的弟弟大概差不多吧！弟弟也在服兵役。我幾乎沉湎在一個真空的時光裏，呆了一霎，這才甩了一下頭髮，用力踩油門，讓車子衝回家去。

荷西雖然常常說我多管閒事，其實他只是嘴硬，他獨自開車上下班時，一樣也會把路上的人撿上車去。

我想，在偏僻的地區行車，看見路旁跋涉艱難的人如蝸牛似的在烈日下步行著，不予理會是辦不到的事。

「今天好倒楣，這些老頭子真是兇猛。」荷西一路嚷著進屋來。

「路上撿了三個老撒哈拉威，一路忍著他們的體臭幾乎快悶昏了，到了他們要下車的地方，他們講了一句阿拉伯話，我根本不知道是在對我講，還是一直開，妳知道他們把我怎麼了？坐在我後面的那個老頭子，急得脫下了硬邦邦的沙漠鞋，拚命敲我的頭，快沒被他打死。」

「哈，載了人還給人打，哈！」我笑得不得了。

「妳摸摸看，起了個大包。」荷西咬牙切齒的摸著頭。

最高興的事，還是在沙漠裏碰到外來的人，我們雖然生活在一片廣闊的土地上，可是精神上仍是十分封閉的，如果來了外方的人，跟我們談談遠離我們的花花世界，在我，仍是興奮而感觸的。

「今天載了一個外國人去公司。」

「哪裏來的？」我精神一振。

「美國來的。」

「他說了些什麼？」

「他沒說什麼。」

「你們那麼長的路都不講話？」

「一來講不通，二來，這個神經病上了車，就用手裏的一根小棍子，不斷的有節奏的敲打著前座那塊板，我給他弄得煩死了，只想拚命快開，早點讓這個人下車，沒想到他跟去了工地。」

「哪裏上車的？」

「這個人背了一個大背包，上面縫了一面美國旗子，就在鎮上公路出口的地方上來的。」

「你們那個兇巴巴的警衛放他進工地去？他又沒有通行證。」

「本來是不肯的啊！那個人說一定要去看出礦砂。」

「這不是隨便可以看的。」我霸氣的說。

「擋了他一會兒，後來這個人把他的背包一舉，說——我是美國人——」

「他就進去啦？」我張大了眼睛望著荷西。

「就進去了。」

「嘖！嘖！」我赫然的看著荷西。

荷西接著就去洗澡了，在沖水的聲音下，突然聽見荷西怪聲怪氣的唱起英文歌來——「我要——做一個——美——國——人，我要——做一個——美國人——」我衝進去拉開他的簾子，就用鍋鏟啪啪的亂打他，他唱得更起勁，歌詞改了——我要——嫁一個——美——國——人啊——我要——嫁——

以後我開進工地那道關口時，看見那個警衛，就把貼在車窗上的通行證用手一擋，不給他看，一面伸出頭去用怪腔怪調的英文對他大喊著——「我是美國人。」然後加足油門一衝而入。我不怪這個人討厭我，因為是我先討厭他的。

只要在月初，磷礦公司出納處的窗口，總是排了長長的隊伍，每一個輪到的人，擠出人群來時，總是手裏抓了一大把鈔票，臉上的笑容像草莓冰淇淋一樣在陽光下融化著。

我們起初也是去領現錢，因為摸著真真實實的鈔票，跟摸著銀行的通知單，那份快慰是絕對不相同的，後來我們排隊排厭了，才請公司把薪水付進銀行裏去。

但是，所有的工人們，一定是要現錢，不會跟銀行去打交道。

鄰近迦納利群島來的班機，只要在月頭上，一定會載來許多花枝招展的女人，大張旗鼓，做起生意來，這時候的小鎮，正是銅錢響得叮叮噹噹如《酒店》影片裏那首——「錢，錢，錢，錢……」的歌一樣的好聽的季節啊！

那天晚上我去接荷西下夜班，車子到時，正看見荷西從公司的餐廳出來。

「三毛，臨時加班，明天清早才能回家，妳回去吧！」

「怎麼早上不先講，我已經來了。」我包緊了身上的厚毛衣，順手把給荷西帶去的外套交給他。

「一條船卡住了，非弄它出來不可，要連夜工作，明天又有三條來裝礦砂。」

「好，那我走了！」我倒轉車，把長距燈一開，就往回路走。沙漠那麼大，每天跑個一百公里，真像散個小步一樣簡單。

那是一個清朗的夜，月光照著像大海似的一座一座沙丘，它總使我聯想起「超現實畫派」那一幅幅如夢魅似神秘的畫面，這種景象，在沙漠的夜晚裏，真真是存在的啊！

車燈照著寂靜的路，偶爾對方會有一兩輛來車，也有別人的車超過我的，我把油門加足了，放下車窗，往夜色裏飛馳進去。

到了距離鎮上二十多里的地方，車燈突然照到一個在揮手的人，我本能的煞了車，跟這人還有一點距離就停住了，用車燈對著他照。

突然在這個夜裏，這麼不相稱的地方，看見路邊站的竟是一個衣著鮮明豔麗的紅髮女人，真比看見了鬼還要震驚，我動也不動的坐著，細細的望著她，靜默的釘在位子上。

這個女人用手擋著強烈的車燈，穿著高跟鞋噼噼啪啪的往車子跑來，到了車邊，一看見我，突然猶豫了，居然不要上車的樣子。

「什麼事？」我偏著頭問她。

「沒什麼，嗯！您走吧！」

「不是招手要搭車嗎？」我再問。

「不是，不是，我弄錯了，謝謝！您走吧！謝謝啊！」

我嚇得馬上丟下她走了，這個女鬼在挑人做替身哪，趁她後悔以前，我快跑吧！

這一路逃下去，我才看見，沙地邊，每隔一會兒，就有一個類似的鬈髮綠眼紅嘴的女人要搭車，我哪裏敢停，拚命在夜色裏奔逃著。

衝了一陣，居然又出現一個紫衣黃鞋的女人，笑咪咪的就擋在窄路中間，就算她不是人，我也不能把她壓過去，只有老遠慢慢的停了，用車燈照著她，按著喇叭請她讓路。

神秘的一群女人啊！

她一樣噼噼啪啪拖著鞋子，笑著往車子跑過來。

「啊！」看見我，她輕呼了一聲。

「不是妳要的，我是女人。」我笑望著她已經中年了的粉臉，這時，我自然明白了，這夜的公路上在搞什麼，我們是在月初呢！

「啊！對不起！」她很有禮的也笑起來了。

我做了一個請她讓開的手勢，就把車緩緩的開動了。

她向四周看了一下，突然又追著拍了一下我的車，我伸頭去看她。

「好吧！今天也差不多了，收工吧！妳載我回鎮上去好嗎？」

「上來吧！」我無可奈何的說。

「其實我是認識妳的，妳那天穿了撒哈拉威男人式樣的白袍子在郵局寄信。」她爽朗的說。

「對了，是我。」

「我們每個月都坐飛機來這裏，妳知道嗎？」

「知道，只是以前不曉得妳們在郊外做生意。」

「沒辦法啦！鎮上誰肯租房間給我們，『娣娣酒店』那幾間是不夠用的啦！」

「生意那麼好？」我搖搖頭笑了起來。

「也只有月初，一過十號，錢不來了，我們也走啦！」倒是個坦白明朗的聲音，裏面沒有遺憾。

「妳收多少錢一個人？」

「四千，如果租『娣娣』的房間過夜，八千。」

八千塊該是一百二十美元了，真是想不到那些辛苦的工人怎麼捨得這樣把血汗錢丟出去，我沒料到她們那麼貴。

「男人都是傻瓜！」她靠在座位上大聲嘲笑著，好似個志得意滿的大大成功的女人。

我不接嘴，加緊往鎮上已經看得見的燈火駛去。

「我的相好，也在磷礦公司做事！」
「哦！」我漫應著。
「妳一定認識，他是電器部值夜班的工人。」
「我不認識。」
「就是他叫我來的，他說這裏生意好，我以前只在迦納利群島，那時候收入差多啦！」
「妳的相好叫妳來這裏，因為生意好？」我不相信自己的耳朵，重複了一遍。
「我已經賺了三幢房子了！」她得意的張著手，欣賞著漆著紫色螢光的指甲。
我被這個人無知的談話，弄得一直想大笑，她說男人都是傻瓜，她自己賺進了三幢房子，還可憐巴巴的在沙地上接客，居然自以為好聰明。
娼妓，在我眼前的這個女人身上，大概不是生計，也不是道德的問題，而是習慣麻木了吧！
「其實，這裏打掃宿舍的女工，也有兩萬塊一個月可賺。」我不以為然的說了一句。
「兩萬塊？掃地、鋪床、洗衣服，辛苦得半死，才兩萬塊，誰要幹！」她輕視的說。
「我覺得妳才真辛苦。」我慢慢的說。
「哈！哈！」她開心的笑了起來。
遇到這樣的寶貝，總比看見一個流淚的妓女舒服些。
在鎮上，她誠懇的向我道謝，扭著身軀下車去，沒走幾步，就看見一個工人順手在她屁股上用力拍了一巴掌，口裏怪叫著，她嘴裏不清不楚的笑罵著追上去回打那人。沉靜的夜，居然突然像潑了濃濃的色彩一般俗豔的活潑起來。

我一直到家了，看著書，還在想那個興高采烈的妓女。

這條荒野裏唯一的柏油路，照樣被我日復一日的來回駛著，它乍看上去，好似死寂一片，沒有生命，沒有哀樂。其實它跟這世界上任何地方的一條街，一條窄弄，一彎溪流一樣，載著它的過客和故事，來來往往的度著緩慢流動的年年月月。

我在這條路上遇到的人和事，就跟每一個在街上走著的人舉目所見的一樣普通，說起來沒有什麼特別的意義，也不值得記載下來，但是，佛說——「修百世才能同舟，修千世才能共枕」——那一隻隻與我握過的手，那一朵朵與我交換過的粲然微笑，那一句句平淡的對話，我如何能夠像風吹拂過衣裙似的，把這些人淡淡的吹散，漠然的忘記？

每一粒沙地裏的石子，我尚且知道珍愛它，每一次日出和日落，我都捨不得忘懷，更何況，這一張張活生生的臉孔，我又如何能在回憶裏抹去他們。

其實，這樣的解釋都是多餘的了。

哭泣的駱駝。

這不知是一天裏的第幾次了，我從昏昏沉沉的睡夢中醒來，張開眼睛，屋內已經一片漆黑，街道上沒有人聲也沒有車聲，只聽見桌上的鬧鐘，像每一次醒來時一樣，清晰而漠然的走動著。

那麼，我是醒了，昨天發生的事情，終究不只是一場噩夢。每一次的清醒，記憶就逼著我，像在奔流錯亂的鏡頭面前一般，再一次又一次的去重新經歷那場令我當時狂叫出來的慘劇。

我閉上了眼睛，巴西里、奧菲魯阿、沙伊達他們的臉孔，蕩漾著似笑非笑的表情，一波又一波的在我面前飄過。我跳了起來，開了燈，看看鏡子裏的自己，才一天的工夫，已經舌燥唇乾，雙眼發腫，憔悴不堪了。

打開臨街的木板窗，窗外的沙漠，竟像冰天雪地裏無人世界般的寒冷孤寂，突然看見這沒有預期的淒涼景致，我吃了一驚，癡癡的凝望著這渺渺茫茫的無情天地，忘了身在何處。

是的，總是死了，真是死了，無論是短短的幾日，長長的一生，哭、笑、愛、憎，夢裏夢外，顛顛倒倒，竟都有它消失的一日。潔白如雪的沙地上，看不見死去的人影，就連夜晚的風，都沒有送來他們的嘆息。

回身向著這空寂如死的房間，黯淡的燈火下，好似又見巴西里盤膝坐著，慢慢將他蒙頭蒙臉的黑布一層一層的解開，在我驚訝得不知所措的注視下，曬成棕黑色的臉孔，襯著兩顆寒星般的眼睛，突然閃出一絲近乎誘人的笑容。

我眨了一下眼睛，又突然看見沙伊達側著臉靜坐在書架下面，長長的睫毛像一片雲，投影在她優美而削瘦的面頰上，我呆望著她，她一般的不知不覺，就好似不在這個世界上似的漠然。

門外什麼時候停了車子，什麼人在剝剝的敲著門，我都沒有感覺，直到有人輕輕的喊我：「三毛！」我才被驚嚇得幾乎跳了起來。

「我在這裏。」我抓著窗櫺對門邊的人說著。

「三毛，機票沒有，可是明天早晨我還是來帶妳去機場，候補的位子我講好了兩個，也許能擠上去，妳先預備好，荷西知道了，叫妳走的時候鎖上門。另外一個位子給誰？」

荷西公司的總務主任站在窗外低低的對我說。

「我走，另外一個位子不要了，謝謝你！」

「怎麼了？千託萬託的，現在又不要了？」

「死了，不走了。」我乾澀的回答著。

總務主任愣了一下，看了我一眼，又緊張的看了一下四周。

「聽說本地人出了事，妳要不要去鎮上我家裏住一晚？這裏沒有西班牙人，不安全。」

我沉默了一下，搖搖頭：「還要理東西，不會有事的，謝謝你！」

這人又呆站了一會兒，然後丟掉了手上的菸蒂，對我點點頭，說：「那麼門窗都關好，明天早晨九點鐘我來接妳去機場。」

我關上木窗，將雙重鉸鍊扣住，吉普車聲慢慢的遠去，終於聽不見了。重沉沉的寂靜，把小小的一間屋子弄得空空洞洞，怎麼也不像從前的氣氛了。

好似昨日才過去的時光，我一樣站在這窗前，身上只穿了一件長長的睡袍，窗外大群的撒哈拉威女孩們嘻嘻哈哈的在同我說著話：「三毛，快開門吧！我們等了半天了，怎麼還睡著呢？」

「今天不上課，放假。」我撐著懶腰深呼吸了幾口，將目光悠然的投入遠方明淨清麗的沙丘上去。

「又不上課。」女孩子們惋惜的喧嚷起來。

「半夜三更，那幾個炸彈震得我們快從床上跌了下來，開門跑出來看，又看不到什麼，這麼一來，弄到天亮才睡了一會，所以，嘿，不上課，妳們不用來吵了。」

「不上也讓我們進來嘛！反正是玩的。」女孩子們又啪啪的亂打著門，我只好開了。

「妳們睡死了，難道那麼響的聲音都沒聽見？」

我喝著茶笑問著她們。

「怎麼沒有，一共三次爆炸，一個炸在軍營門口，一個炸在磷礦公司的小學校，一個在阿吉比爸爸的店門口——」她們七嘴八舌興奮的告訴我。

「消息倒快，妳們不出這條街，什麼都打聽來了。」

「又是游擊隊，越鬧越凶了。」說著的人像在看好戲，完全沒有懼怕，嘰嘰喳喳比手劃腳活潑非凡，小屋裏一時笑語喧譁。

「其實，西班牙政府一再保證要讓民族自決了，鬧什麼呢！」我嘆了口氣，拿起一把梳子開始梳頭。

「我來替妳編辮子。」一個女孩蹲在我身後把口水塗在自己手上，細心的替我絞起麻花粗辮子來。

「這次全是那個沙伊達弄出來的，男人、女人愛來愛去，結果炸了阿吉比的店。」我背後的女孩大聲說著，說到愛字，一地的人都推來推去的笑。

「醫院做事的沙伊達？」我問著。

「還有誰？不要臉的女人，阿吉比愛她，她不愛他，還跟他講話，阿吉比拚命去找她，她又變心了，跟奧菲魯阿突然好起來，阿吉比找了一群人去整她，她居然告訴奧菲魯阿，前幾天打了一場，昨天晚上，阿吉比爸爸的店門口就吃了炸彈。」

「又亂講了，奧菲魯阿不是那樣的人。」我最不喜歡這群女孩子的，就是她們動不動就要用自己的想像力去判斷一些完全不是她們智力所能判斷的事情。

「咦！奧菲魯阿不是，沙伊達可是的啊！那個婊子，認識游擊隊……」

我刷一下把編好的辮子抽回來，正色向這些女孩子說：「婊子這個字，只可以用在無情無義、沒有廉恥的女人身上，沙伊達是妳們撒哈拉威女子裏，數一數二的助產士，怎麼可以叫她婊子呢！這個字太難聽了，以後再也不要這麼說她了。」

「她跟每一個男人說話。」坐在我前面姑卡的大妹妹法蒂瑪啃著烏黑的指甲，披著一頭塗滿了紅泥巴的硬頭髮，無知邋遢得像個鬼似的說著。

「跟男人說話有什麼不對？我不是天天在跟男人說話，我也是婊子？」我兇著她們，恨不得有一天把她們這麼封閉的死腦筋敲敲開來。

「不止這個，沙伊達，她……她……」一個較老實的女孩羞紅了臉，說不下去。

「她還跟不同的男人睡覺。」法蒂瑪翻著大白眼，慢吞吞的說著，同時冷笑了兩聲。

「她跟人睡覺，妳們親眼看見的嗎？」我嘆了口氣，不知是好氣還是好笑的望著這群女孩子們。

「嘖！當然有的嘛！大家都那麼說，鎮上誰肯跟她來往，除了男人們，男人也不肯娶她的啊，不過是整她罷了……」

「好啦！不要再講了，小小年紀，怎麼像長舌婦一樣。」我反身去廚房把茶倒掉，心裏無端的厭煩起來，大清早，說的就是這些無聊的事。

女孩子們橫七豎八的坐了一地，有烏黑的赤著腿的，有渾身臭味的，有披頭散髮的，每一張嘴都在忙著說話。哈薩尼亞語我聽不懂，但是沙伊達的名字，常常從她們的句子裏跳出來，每一個人的表情都滿是憤恨和不屑，那副臉難看極了，說不出的妒和恨。

我靠在門邊望著她們，沙伊達那潔白高雅、麗如春花似的影子忽而在我眼前晃過，那個受過高度文明教養的可愛沙漠女子，卻在她自己風俗下被人如此的鄙視著，實是令人難以解釋。

在這個鎮上，我們有很多撒哈拉威人的朋友，郵局賣郵票的，法院看門的，公司的司機，商店的店員，裝瞎子討錢的，拉驢子送水的，有勢的部族首長，沒錢的奴隸，鄰居男女老幼，警察，小偷，三教九流都是我們的「沙黑畢」（朋友）。

奧菲魯阿是我們的愛友，做警察的年輕人，他一直受到高中教育，做了警察，不再念書，孩兒氣的臉，一口白牙齒，對人敦敦厚厚的，和氣開朗得叫人見了面就喜歡。

鎮上爆了炸彈是常事，市面一樣繁榮，每個人都有意無意的說著時局，卻沒有人認真感到這些紛擾的危機，好似它還遠著似的淡然。

那日我步行去買了菜回來，恰好看見奧菲魯阿坐在警察車裏開過，我向他招招手，他刷一下的跳下車來。

「魯阿，怎麼好久不上家裏來了？」我問他。

他嘻嘻的笑著，也不說話，伴著我走路。

「這星期荷西上早班，下午三點以後都在家，你來，我們談談。」

「好，這幾天一定來。」他仍然笑著，幫我把菜籃放在叫到的計程車上就走了。

沒過了幾日，奧菲魯阿果然在一個晚上來了，不巧我們家裏坐滿了荷西的同事，正在烤肉串吃。

他在窗外張望了一下，馬上說：「啊！有客人，下次再來吧！」

我馬上迎了出去，硬拉他進來：「烤的是牛肉，你也來吃，都是熟人，不妨事的。」

奧菲魯阿笑著指指身後，我這才看見他的車上，正慢慢的下來了一個穿著淡藍色沙漠衣服的女子，蒙著臉，一雙秋水似的眼睛向我微笑著。

「沙伊達？」我輕笑著問他。

「妳怎麼知道？」他驚奇的望著我，不及回答他，我快步的出去迎接這個求也求不到的稀客。

如果不是沙伊達，屋裏都是男人，我亦不會強拉她了。沙伊達是個開通大方的女子，她略一遲疑，也就跨進來了。

荷西的同事們，從來沒有這麼近的面對一個撒哈拉威女子，他們全都禮貌的站了起來。

「請坐，不要客氣。」沙伊達大方的點點頭，我拉了她坐在蓆子上，馬上轉身去倒汽水給奧菲魯阿和她，再看她時，她的頭紗已經自然的拿了下來。

燈光下，沙伊達的臉孔不知怎的散發著那麼嚇人的吸引力，她近乎象牙色的雙頰上，襯著兩個漆黑得深不見底的大眼睛，挺直的鼻子下面，是淡水色的一抹嘴唇，削瘦的線條，像一件無懈可擊的塑像那麼的優美，目光無意識的轉了一個角度，沉靜的微笑，像一輪初升的明月，突然籠罩了一室的光華，眾人不知不覺的失了神態，連我，也在那一瞬間，被她的光芒震得呆住了。

穿著本地服裝的沙伊達，跟醫院裏明麗的她，又是一番不同的風韻，坐在那兒的她，也不說話，卻一下子將我們帶入了一個古老的夢境裏去。

大家勉強的恢復了談話，為著沙伊達在，竟都有些心不在焉，奧菲魯阿坐了一會兒，就帶著沙伊達告辭了。

沙伊達走了很久，室內還是一片沉寂，一種永恆的美，留給人的感動，大概是這樣的吧！

「這麼美，這麼美的女人，世上真會有的，不是神話。」我感喟著說。

「是奧菲魯阿的女友？」有人輕輕的問。

「不知道。」我搖搖頭。

「哪裏來的？」

「聽說是孤女，父母都死了，她跟著醫院的嬤嬤們幾年，學了助產士。」

「挑了奧菲魯阿總算有眼光，這個人正派。」

「奧菲魯阿還是配不上她，總差了那麼一點，說不出是什麼東西，差了一點。」我搖著頭。

「三毛，妳這是以貌取人嗎？」荷西說。

「不是外貌，我有自覺的，她不會是他的。」

「奧菲魯阿亦是個世家子，他父親在南部有成千上萬的山羊和駱駝——」

「我雖然認識沙伊達不深，可是她不會是計較財富的人，這片沙漠，竟似沒有認真配得上她的人呢！」

「阿吉比不是也找她，前一陣子還為了她跟奧菲魯阿打了一架！」荷西又說。

「那個商人的孩子，整天無所事事，在鎮上仗著父親，作威作福，這種惡人怎麼跟沙伊達扯在一起。」我鄙夷的說。

沙伊達第一次來家裏的那個晚上，驚鴻一瞥，留給大家地震似的感動，話題竟捨不得從她的身上轉開去，連我也從來沒有那麼的為一個絕色的女子如癡如醉過。

「那個婊子，妳怎麼讓她進來，這樣下去鄰居都要不理妳了。」姑卡第二日忐忑不安的來勸我，我只笑著不理。

「她跟男人下車的時候，我們都在門口看，她居然笑著跟我媽媽打招呼，我媽媽把我們都拉進去，把門砰一關，奧菲魯阿臉都紅了。」

「你們也太過分了。」我怔住了，想不到昨天進我們家之前還有這一幕。

「聽說她不信回教，信天主教，這種人，死了要下地獄的。」

我默默的看著姑卡，不知如何開導她才好，跟了她走出門，罕地剛巧下了班回來，西班牙軍官制服襯著他灰白頭髮的棕色臉，竟也有幾分神氣。

「三毛，不是我講妳，我的女孩子們天天在你們家，總也希望妳教教她們學好，現在你們夫婦交上了鎮上一些不三不四的撒哈拉威人，我怎麼放心讓她們跟妳做朋友。」

他這麼重的話，像一個耳光似的刮過來，我脹紫了臉，說不出話來。

「罕地，你跟了西班牙政府二十多年了，總也要開通些，時代在變……」

「時代變，撒哈拉威人的傳統風俗不能改，你們是你們，我們是我們。」

「沙伊達不是壞女人，罕地，你是中年人了，總比他們看得清楚……」我氣得話結，說不出話來。

「一個人，背叛自己族人的宗教，還有比這更可恥的事嗎？唉……」罕地跺了一下腳，帶了低著頭的姑卡，往自己家門走去。

「死腦筋！」我罵了一句，也進來把門用力帶上了。

「這個民族，要開化他們，還要很多的耐性和時間。」吃飯的時候跟荷西不免談起這事來。

「游擊隊自己天天在廣播裏跟他們講要放奴隸，要給女孩們念書，他們只聽得進獨立，別的都不理會。」

「游擊隊在哪裏廣播？我們怎麼聽不見？」

「哈薩尼亞語，每天晚上都從阿爾及利亞那邊播過來，這裏當地人都聽的。」

「荷西，你看這局勢還要拖多久？」我心事重重的說著。

「不知道，西班牙總督也說答應他們民族自決了。」

「摩洛哥方面不答應，又怎樣？」我歪著頭把玩著筷子。

「唉！吃飯吧！」

「我是不想走的。」我嘆著氣堅持著說。

荷西看了我一眼，不再說話。

夏日的撒哈拉就似它漫天飛揚、永不止息的塵埃，好似再也沒有過去的一天，歲月在令人欲死的炎熱下黏了起來，緩慢而無奈的日子，除了使人懶散和疲倦之外，竟對什麼都迷迷糊糊的不起勁，心裏空空洞洞的熬著汗漬漬的日子。

鎮上大半的西班牙人都離開了沙漠，回到故鄉去避熱，小鎮上竟如死城似的荒涼。報上天天有撒哈拉的消息，鎮上偶爾還是有間歇的不傷人的爆炸。摩洛哥方面，哈珊國王的叫囂一天狂似一天，西屬撒哈拉眼看是要不保了，而真正生活在它裏面的居民，卻似摸觸不著邊際的漠然。

沙是一樣的沙，天是一樣的天，龍捲風是一樣的龍捲風，在與世隔絕的世界的盡頭，在這原始得一如天地洪荒的地方，聯合國、海牙國際法庭、民族自決這些陌生的名詞，在許多真正生活在此地的人的身上，都只如青煙似的淡薄而不真實罷了。

我們，也照樣的生活著，心存觀望的態度，總不相信，那些旁人說的謠言會有一天跟我們的命運和前途有什麼特殊的關聯。

炎熱的下午，如果有車在家，我總會包了一些零食，開車到醫院去找沙伊達，兩個人躲在最陰涼的地下室裏，聞著消毒藥水的味道，盤膝坐著，一起縫衣服，吃東西，上下古今，天文地理，胡說八道，竟然親如姐妹似的無拘無束。沙伊達常常說她小時候住帳篷的好日子給我聽，她的故事，講到父母雙亡，就幽然打住了，以後好似一片空白似的，她從不說，我亦不問。

「沙伊達，如果西班牙人退走了，妳怎麼辦？」有一日我忽然問她。

「怎麼個退法？給我們獨立？讓摩洛哥瓜分？」

「都有可能。」我聳聳肩，無可無不可的說。

「獨立，我留下來，瓜分，不幹。」

「我以為，妳的心，是西班牙的。」我慢慢的說。

「這兒是我的土地，我父母埋葬的地方。」沙伊達的眼光突然朦朧了起來，好似內心有什麼難言的秘密和隱痛，她竟癡了似的靜坐著忘了再說話。

「妳呢？三毛？」過了好一會，她才問我。

「我是不想走的，我喜歡這裏。」

「這兒有什麼吸引妳？」她奇怪的問我。

「這兒有什麼吸引我？天高地闊、烈日、風暴，孤寂的生活有歡喜，有悲傷，連這些無知的人，我對他們一樣有愛有恨，混淆不清，唉！我自己也搞不清楚。」

「如果這片土地是妳的，妳會怎麼樣？」

「大概跟妳一樣，學了護理醫療，其實——不是我的和是我的又怎麼分別？」我嘆息著。

「妳沒有想過獨立？」沙伊達靜靜的說。

「殖民主義遲早是要過去的，問題是，獨立了之後，這群無知的暴民，要多少年才能建立他們？一點也不樂觀。」

「會有一天的。」

「沙伊達，妳這話只能跟我講，千萬不要跟人去亂說。」

「不要緊張，嬷嬷也知道。」她笑了起來，突然又開朗起來，笑望著我，一點也不在乎。

「妳知道鎮上抓游擊隊？」我緊張的問。

她心事重重的點點頭，站起來拍了拍衣服，眼眶突然溼了。

一天下午，荷西回家來，進門就說：「三毛，看見了沒有？」

「什麼事？今天沒出去。」我擦著脖子上淌著的汗悶悶的問著他。

「來，上車，我們去看。」荷西神色凝重的拉了我就走。

他悶聲不響的開著車，繞著鎮上外圍的建築走，一片洪流似的血字，像決堤的河水一般在所有看得見的牆上氾濫著。

「怎麼？」我呆掉了。

「妳仔細看看。」

——西班牙狗滾出我們的土地——

——撒哈拉萬歲，游擊隊萬歲，巴西里萬歲——

——不要摩洛哥，不要西班牙，民族自決萬歲——

——西班牙強盜！強盜！兇手！——

——我們愛巴西里！西班牙滾出去——

這一道一道白牆，流著血，向我們撲過來，一句一句陰森森的控訴，在烈日下使人冷汗如漿，這好似一個正在安穩睡大覺的人，醒來突然發覺被人用刺刀比著似的驚慌失措。

「游擊隊回來了？」我輕輕的問荷西。

「不必回來，鎮上的撒哈拉威，哪一個不是向著他們的。」
「鎮裏面也塗滿了？」
「連軍營的牆上，一夜之間，都塗上了，這個哨也不知是怎麼放的。」
恐懼突然抓住了我們，車子開過的街道，看見每一個撒哈拉威人，都使我心驚肉跳，草木皆兵。
我們沒有回家，荷西將車開到公司的咖啡館去。
公司的同事們聚了黑壓壓的一屋，彼此招呼的笑容，竟是那麼的僵硬。沉睡的夏日，在這時突然消失得無影無蹤，每一個人的表情，除了驚慌和緊張之外，又帶了或多或少受了侮辱的羞愧和難堪。
「聯合國觀察團要來了，他們當然要幹一場，拚了命也要表達他們對撒哈拉的意見。」
「巴西里聽說受的是西班牙教育，一直念到法學院畢業，在西班牙好多年，怎麼回來打游擊，反對起我們來了？」
「公司到底怎麼辦？我們是守是散？」
「我的太太明天就送走了，不等亂了起來。」
「聽說不只是他們自己游擊隊，摩洛哥那邊早也混進來了好多。」
四周一片模糊的說話聲忽高忽低的傳來，說的卻似瞎子摸象似的不著邊際。
「媽的，這批傢伙，飯不會吃，屎不會拉，也妄想要獨立，我們西班牙太寬大了。照我說，他們敢罵我們，我們就可以把他們打死，呸！才七萬多人，機關槍掃死也不麻煩，當年希特勒怎麼對待猶太人……」

突然有一個不認識的西班牙老粗，捶著檯子站了起來，脹紅著臉，激動的演說著，他說得口沫橫飛，氣得雙眼要炸了似的彈出著，兩手又揮又舉，恨不能表達他的憤怒。

「辛個撒哈拉威，跟殺了一條狗沒有兩樣。狗也比他們強，還知道向給飯吃的人搖尾巴……」

「哦——哦——」我聽他說得不像人話，本來向著西班牙人的心，被他偏激的言論撞得偏了方向，荷西呆住了，仰頭望著那人。

四周竟有大半的人聽了這人的瘋話，居然拍手鼓掌叫好起來。

那個人嚥了一下口水，拿起杯子來喝了一大口酒，突然看見我，他馬上又說：

「殖民主義又不是只有我們西班牙，人家香港的華人，巴不得討好英國，這麼多年來，唯命是從，這種榜樣，撒哈拉威人是看不見，我們是看得見……」

我還沒有跳起來，荷西一拍桌子，砰的一聲巨響，站起來就要上去揪那個人打架。

大家突然都看著我們。

我死命的拉了荷西往外走，「他不過是個老粗，沒有見識，你何苦跟他計較。」

「這個瘋子亂說什麼，妳還叫我走？不受異族統治的人，照他說，就該像蒼蠅一樣一批一批死掉，你們台灣當年怎麼抗日的？他知道嗎？」荷西叫嚷起來，我跺了腳推他出門。

「荷西，我也不贊成殖民主義，可是我們在西班牙這面，有什麼好說的，你跟自己人衝突起來，總也落個不愛國的名聲，又有什麼好處呢？」

「這種害群之馬……唉，怎能怪撒哈拉威不喜歡我們。」荷西竟然感傷起來。

「我們是兩邊不討好，那邊給游擊隊叫狗，這邊聽了自己人的話又要暴跳，唉！天哪！」

「本來可以和平解決的事，如果不是摩洛哥要瓜分他們，也不會急成這個樣子要獨立了。」

「觀察團馬上要來，三毛，妳要不要離開一陣，躲過了動亂再回來？」

「我？」我哈哈的冷笑了起來。

「我不走，西班牙占領一天，我留一天，西班牙走了，我還可能不走呢。」

當天晚上，市鎮全面戒嚴了，騷亂的氣氛像水似的淹過了街頭巷尾，白天的街上，西班牙警察拿著槍比著行路的撒哈拉威人，一個一個趴在牆上，寬大的袍子，被叫著脫下來搜身。年輕人早不見了，只有些可憐巴巴的老人，眼睛一眨一眨的舉著手，給人摸上摸下，這種搜法除了令人反感之外，不可能有什麼別的收穫，游擊隊那麼笨，帶了手槍給人搜嗎？

去醫院找沙伊達，門房告訴我她在二樓接生呢！

上了二樓，還沒走幾步，沙伊達氣急敗壞的走過來，幾幾乎跟我撞了個滿懷。

「什麼事？」

「沒事，走！」她拉了我就下樓。

「不是要接生嗎？」

「那個女人的家屬不要我。」她下唇顫抖的說。

「是難產，送來快死了，我一進去，他們開口就罵，我……」

「他們跟妳有什麼過不去？」
「不知道，我……」
「沙伊達，結婚算囉！這麼跟著奧菲魯阿出出進進，風俗不答應妳的。」
「魯阿不是的。」她抬起頭來急急的分辯著。
「咦……」我奇怪的反問她。
「是阿吉比他們那夥混蛋老是要整我，我不得已……」
「我的苦，跟誰說……」她突然流下淚來，箭也似的跑掉了。
我慢慢的穿過走廊，穿過嬤嬤們住的院落，一群小孩子，正乖乖的在喝牛奶，其中的一個撒哈拉威小人，上唇都是牛奶泡泡，像長了白鬍子似的有趣，我將他抱起來往太陽下走，一面逗著他。
「喂，抱到哪裏去？」一個年輕的修女急急的追了出來。
「是我！」我笑著跟她打招呼。
「啊！嚇我一跳。」
「這小人真好看，那麼壯。」我深深的注視著孩子烏黑的大眼睛，用手摸摸他捲曲的頭髮。
「交給我吧！來！」修女伸手接了去。
「幾歲了？」
「四歲。」修女親親他。

「沙伊達來的時候已經大了吧？」

「她是大了才收來的，十六七歲囉！」

我笑笑跟修女道別，又親了一下小人，他羞澀的盡低著頭，那神情竟然似曾相識的在我記憶裏一掠而過，像誰呢？這小人？

一路上只見軍隊開到鎮上來，一圈圈的鐵絲網把政府機構繞得密不透風，航空公司小小的辦事處耐心的站滿了排隊的人潮，突然湧出來的陌生臉孔的記者，像一群無業遊民似的晃來晃去，熱鬧而緊張的騷亂使一向安寧的小鎮蒙上了風雨欲來的不祥。

我快步走回家去，姑卡正坐在石階上等著呢。

「三毛，葛柏說，今天給不給哈力法洗澡？」

哈力法是姑卡最小的弟弟，長了皮膚病，每隔幾天，總是抱過來叫我用藥皂清洗。

「嗯！洗，抱過來吧！」我心不在焉的開著門鎖，漫應著她。

在澡缸裏，大眼睛的哈力法不聽話的扭來扭去。

「現在站起來，乖，不要再潑水了！」我趴下去替他洗腳，他拿個溼溼的刷子，啪啪的敲著我低下去的頭。

「先殺荷西，再殺妳，先殺荷西，殺荷西……」

一面敲一面像兒歌似的唱著，口齒清楚極了，乍一明白他在唱什麼，耳朵裏轟的一聲巨響，盡力穩住自己，把哈力法洗完了，用大毛巾包起來抱到臥室床上去。

這短短的幾步路，竟是踩著棉花似的不實在，一腳高一腳低，怎麼進了臥室都不很知道，輕輕的擦著哈力法，人竟癡了呆了。

「哈力法，你說什麼？乖，再說一遍。」

哈力法伸手去抓我枕邊的書，笑嘻嘻的望著我，說著：「游擊隊來，嗯，嗯，殺荷西，殺三毛，嘻嘻！」他又去抓床頭小桌上的鬧鐘，根本不知道在說什麼。

怔怔的替哈力法包了一件荷西的舊襯衫，慢慢的走進罕地開著門的家，將小孩交給他母親葛柏。

「啊！謝謝！哈力法，說，謝——謝！」葛柏慈愛的馬上接過了孩子，笑著對孩子說。

「游擊隊殺荷西，殺三毛。」小孩在母親的懷裏活潑的跳著，用手指著我又叫起來。

「要死！」葛柏聽了這話，翻過孩子就要打，忠厚的臉刷的一下脹紅了。

「打他做什麼，小孩子懂什麼？」我嘆了口氣無可奈何的說。

「對不起！對不起！」葛柏幾乎流下淚來，看了我一眼馬上又低下頭去。

「不要分什麼地方人吧！都是『穆拉那』眼下的孩子啊！」（穆拉那是阿拉伯哈薩尼亞語——神——的意思。）

「我們沒有分，姑卡，小孩子，都跟妳好，我們不是那種人，請原諒，對不起，對不起。」說著說著，葛柏羞愧得流下淚來，不斷的拉了衣角抹眼睛。

「葛柏，妳胡說什麼，別鬧笑話了。」姑卡的哥哥巴新突然進來喝叱著他母親，冷笑一聲，斜斜的望了我一眼，一摔簾子，走了。

「葛柏，不要難過，年輕人有他們的想法。妳也不必抱歉。」我拍拍葛柏站了起來，心裏竟似小時候被人欺負了又不知怎麼才好的委屈著，騰雲駕霧似的晃了出來。

在家裏無精打采的坐著，腦子裏一片空茫，荷西什麼時候跟奧菲魯阿一同進來的，都沒有聽見。

「三毛，請你們幫忙，帶我星期天出鎮去。」

「什麼？」我仍在另一個世界裏遊蕩著，一時聽不真切。

「幫幫忙，我要出鎮回家。」魯阿開門見山的說。

「不去，外面有游擊隊。」

「保證你們安全，拜託拜託！」

「你自己有車不是！」那日我竟不知怎的失了魂，也失了禮貌，完全沒有心情與人說話。

「三毛，我是撒哈拉威，車子通行證現在不發給本地人了，妳平日最明白的人，今天怎麼了，像在生氣似的。」奧菲魯阿耐性的望著我說。

「你自己不是警察嗎？倒來問我。」

「是警察，可是也是撒哈拉威。」他苦笑了一下。

「你要出鎮去，不要來連累我們，好歹總是要殺我們的，對你們的心，餵了狗吃了。」我也不知哪來的脾氣，控制不住的叫了出來。這一說，眼淚迸了出來，乾脆任著性子坐在地上唏哩嘩啦的哭了起來。

荷西正在換衣服，聽見我叫嚷，匆匆忙忙的跑過來，跟奧菲魯阿兩人面面相覷。

「這人怎麼了？」荷西皺著眉頭張著嘴。

「不知道，我才說得好好的，她突然這個樣子了。」奧菲魯阿莫名其妙的說。

「好了，我發神經病，不干你的事。」我抓了一張衛生紙擤鼻涕，擦了臉，喘了口氣便在長沙發上發呆。

想到過去奧菲魯阿的父母和弟妹對我的好處，心裏又後悔自己的孟浪，不免又問起話來：「怎麼這時候偏要出鎮去，亂得很的。」

「星期天全家人再聚一天，以後再亂，更不能常去大漠裏了。」

「駱駝還在？」荷西問。

「都賣了，哥哥們要錢用，賣光了，只有些山羊跟著。」

「花那麼多錢做什麼，賣家產了？」我哭了一陣，覺得舒服多了，氣也平下來了。

「魯阿，星期天我們帶你出鎮，傍晚了你保證我們回來，不要辜負了我們朋友一場。」荷西沉著氣慢慢的說。

「不會，真的是家人相聚，你們放心。」魯阿在荷西肩上拍了一把，極感激誠懇的說著。這件事是講定了。

「魯阿，你不是游擊隊，怎麼保證我們的安全？」我心事重重的問他。

「三毛，我們是真朋友，請相信我，不得已才來求你們，如果沒有把握，怎麼敢累了你們，大家都是有父母的人。」

我見他說得真誠，也不再逼問他了。

檢查站收去了三個人的身分證，我們藍色的兩張，奧菲魯阿黃色的一張。

「晚上回鎮再來領，路上當心巴西里。」衛兵揮揮手，放行了，我被他最後一句話，弄得心撲撲的亂跳著。

「快開吧！這一去三個多鐘頭，早去早回。」我坐在後座，荷西跟魯阿在前座，為了旅途方便，都穿了沙漠衣服。

「怎麼會想起來要回家？」我又忐忑不安的說了一遍。

「三毛，不要擔心，這幾天妳翻來覆去就是這句話。」奧菲魯阿笑了起來，出了鎮，他活潑多了。

「沙伊達為什麼不一起來？」

「她上班。」

「不如說，你怕她有危險。」

「你們不要盡說話了，魯阿，你指路我好開得快點。」

四周盡是灰茫茫的天空，初升的太陽在厚厚的雲層裏只露出淡橘色的幽暗的光線，早晨的沙漠仍有很重的涼意，幾隻孤鳥在我們車頂上呱呱的叫著繞著，更覺天地蒼茫淒涼。

「我睡一下，起太早了。」我蜷在車後面閉上了眼睛，心裏像有塊鉛壓著似的不能開朗，這時候不看沙漠還好，看了只是覺得地平線上有什麼不願見的人突然冒出來。

好似睡了才一會兒，覺得顛跳不止的車慢慢的停了下來，我覺著熱，推開身上的毯子，突然後座的門開了，我驚得叫了起來。

「什麼人！」

「是弟弟，三毛，他老遠來接了。」

我模模糊糊的坐了起來，揉著眼睛，正看見一張笑臉，露著少年人純真的清新，向我招呼著呢！

「真是穆罕麥？啊……」我笑著向他伸出手去。

「快到了嗎？」我坐了起來，開了窗。

「就在前面。」

「你們又搬了，去年不在這邊住。」

「駱駝都賣光了，哪裏住都差不多。」

遠遠看見奧菲魯阿家褐色的大帳篷，我這一路上吊著的心，才突然放下了。

魯阿美麗的母親帶著兩個妹妹，在高高的天空下，像三個小黑點似的向我們飛過來。

「沙那馬力古！」妹妹叫喊著撲向她們的哥哥，又馬上撲到我身邊來，雙手勾著我的頸子。美麗純真的臉，乾淨的長裙子，潔白的牙齒，梳得光滑滑的粗辮子，渾身散發著大地的清新。

我小步往魯阿母親的身邊急急跑去，她也正從兒子的擁抱裏脫出來。

「沙那馬力古！哈絲明！」

她緩緩的張著手臂，纏著一件深藍色的衣服，梳著低低的盤花髻，慈愛的迎著我，目光真情流露，她身後的天空，不知什麼時候，已沒有了早晨的灰雲，藍得如水洗過似的清朗。

「妹妹，去車上拿布料，還有替妳們帶來的玻璃五彩珠子。」我趕開著跳跳蹦蹦的羊群，向女孩子們叫著。

「這個送給魯阿父親的。」荷西拿了兩大罐鼻煙草出來。

「還有一小箱餅乾，去搬來，可可粉做的。」

一切都像太平盛世，像回家，像走親戚，像以前每一次到奧菲魯阿家的氣氛，一點也沒有改變，我丟下了眾人往帳篷跑去。

「我來啦！族長！」一步跨進去，魯阿父親滿頭白髮，也沒站起來，只坐著舉著手。

「沙拉馬力古！」我趴著，用膝蓋爬過去，遠遠的伸著右手，在他頭頂上輕輕的觸了一下，只有對這個老人，我用最尊敬的禮節問候他。

荷西也進來了，他走近老人，也蹲下來觸了他的頭一下，才盤膝對面下方坐著。

「這次來，住幾天？」老人說著法語。

「時局不好，晚上就回去。」荷西用西班牙語回答。

「你們也快要離開撒哈拉了？」老人嘆了口氣問著。

「不得已的時候，只有走。」荷西說。

「打仗啊！不像從前太平的日子囉！」

老人摸摸索索的在衣服口袋裏掏了一會兒，拿出了一對重沉沉的銀腳鐲，向我做了一個手勢，我爬過去靠著他坐著。

「戴上吧，留著給妳的。」我聽不懂法語，可是他的眼光我懂，馬上雙手接了過來，脫下涼鞋，套上鐲子，站起來笨拙的走了幾步。

「水埃呢！水埃呢！」老人改用哈薩尼亞語說著，「好看！好看！」我懂了，輕輕的回答他：「哈克！」（是！）一面不住的看著自己美麗裝飾著的腳踝。

「每一個女兒都有一副，妹妹們還小，先給妳了。」奧菲魯阿友愛的說著。

「我可以出去了？」我問魯阿的父親，他點了一下頭，我馬上跑出去給哈絲明看我的雙腳。

兩個妹妹正在捉一隻羊要殺，枯乾的荊棘已經燃起來了，冒著裊裊的青煙。

哈絲明與我站著瞭望著空曠的原野，過去他們的帳篷在更南方，也圍住著其他的鄰人，現在不知為什麼，反而搬到了更荒涼的地方。

「撒哈拉，是這麼的美麗。」哈絲明將一雙手近乎優雅的舉起來一攤，總也不變的讚美著她的土地，就跟以前我來居住時一式一樣。

四周的世界，經過她魔術似的一舉手，好似突然漲滿了詩意的嘆息，一絲絲的鑽進了我全部的心懷意念裏去。

世界上沒有第二個撒哈拉了，也只有對愛它的人，它才向你呈現它的美麗和溫柔，將你的愛情，用它亙古不變的大地和天空，默默的回報著你，靜靜的承諾著對你的保證，但願你的子子孫孫，都誕生在它的懷抱裏。

「要殺羊了，我去叫魯阿。」我跑回帳篷去。

魯阿出去了，我靜靜的躺在地上，輕輕的吸著這塊毯子慣有的淡淡的菸草味，這家人，竟沒有令我不慣的任何體臭，他們是不太相同的。

過了半晌，魯阿碰碰我：「殺好了，可以出去看了。」

對於殺生，我總是不能克制讓自己去面對它。

「這麼大的兩隻羔羊，吃得了嗎？」我問著哈絲明，蹲在她旁邊。

「還不夠呢！等一下兄弟們都要回家，你們走的時候再帶一塊回去，還得做一鍋『古斯古』才好吃得暢快。」（古斯古是一種用麵粉做出的沙漠食物，用手壓著吃。）

「從來沒有見過魯阿的哥哥們，一次都沒有。」我說。

「都走了，好多年了，難得回來一趟，你們都來過三四次了，他們才來過一次，唉……」

「這時候了，還不來。」

「來了！」哈絲明靜靜的說，又蹲下去工作。

「哪裏？沒有人！」我奇怪的問著。

「妳聽好嘛！」

「聽見他們在帳篷講話啊？」

「妳不行啦！沒有耳朵。」哈絲明笑著。

過了一會兒，天的盡頭才被我發現了一抹揚起的黃塵，像煙似的到了高空就散了，看不見是怎麼向著我們來的。是走，是跑，是騎駱駝，還是坐著車？

哈絲明慢慢的站了起來，沙地上漸漸清楚的形象，竟是橫著排成一排，浩浩蕩蕩向我們筆直的開過來的土黃色吉普車，車越開越近，就在我快辨得清人形的視線下，他們又慢慢的散了開去，遠遠的將帳篷圍了起來，一個一個散開去，看不清了。

「哈絲明，妳確定是家人來了嗎？」看那情形，那氣勢，竟覺得四周一片殺氣，我不知不覺的拉住了哈絲明的衣角。

這時，只有一輛車，坐著一群蒙著臉的人，向我們靜靜的逼過來。

我打了一個寒噤，腳卻像釘住了似的一步也跨不開去，我感覺到，來的人正在頭巾下像兀鷹似的盯著我。

兩個妹妹和弟弟馬上尖叫著奔向車子去，妹妹好似在哭著似的歡呼著。

「哥哥！哥哥！嗚……」她們撲在這群下車的人身上竟至哭了起來。

哈絲明張開了手臂，嘴裏訥訥不清的叫著一個一個兒子的名字，削瘦優美的臉竟不知何時佈滿了淚水。

五個孩子輪流把嬌小的母親像情人似的默默的抱在手臂裏，竟一點聲音都聽不見的靜止了好一會兒。

奧菲魯阿早也出來了，他也靜靜的上去抱著兄弟，四周一片死寂，我仍像先前一般如同被人點穴了似的動也動不了。

一個一個兄弟，匍匐著進了帳篷，跪著輕觸著老父親的頭頂，久別重逢，老人亦是淚水滿頰，歡喜感傷得不能自已。

這時候他們才與荷西重重的上前握住了手，又與我重重的握著手，叫我：「三毛！」

「都是我哥哥們，不是外人。」魯阿興奮的說著，各人除去了頭巾，竟跟魯阿長得那麼相像，都是極英俊的容貌和身材，襯著一口整齊的白牙。

他們要寬外袍時，詢問似的看了一眼魯阿，魯阿輕輕一點頭，被我看在眼底。

寬袍輕輕的脫下來，五件游擊隊土黃色的制服，突然像火似的，燙痛了我的眼睛。

荷西與我連互看一眼的時間都沒有，兩人已化成了石像。

我突然有了受騙的感覺，全身的血液刷一下衝到臉上來，荷西仍是動也不動，沉默得像一道牆，他的臉上，沒有表情。

「荷西，請不要誤會，今天真的單純是家族相聚，沒有任何其他的意思，請你們千萬原諒，千萬明白我。」魯阿脹紅了臉急切的解說起來。

「都是『娃也達』，不要介意，荷西，哈絲明的『娃也達』。」這種時候，也只有女人才能像水似的溶開了這一霎間的僵局。（「娃也達」是男孩子的意思。）

我一起身，隨著哈絲明出外去割羊肉了，想想氣不過，還是跑回帳篷門口去說了一句：「魯阿，你開了我們一個大玩笑，這種事，是可以亂來的嗎？」

「其實魯阿要出鎮還不簡單，也用不著特意哄你們出來，事實上，是我們兄弟想認識你們，魯阿又常常談起，恰好我們難得團聚一次，就要他請了你們來，請不要介意，在這個帳篷的下面，請做一次朋友吧！」魯阿的一個哥哥再一次握著荷西的手，誠懇的解釋著，荷西終於釋然了。

「不談政治！」老人突然用法語重重的喝了一聲。

「今天喝茶，吃肉，陪家人，享受一天天倫親子的情愛，明日，再各奔東西吧！」還是那個哥哥說著話，他站了起來，大步出了帳篷，向提著茶壺的妹妹迎上去。

那個下午，幾乎都在同做著家務的情況下度過，枯柴拾了小山般的高，羊群圍進了欄柵，幾個兄弟跟荷西替這個幾乎只剩老弱的家又支了一個帳篷給弟妹們睡，水桶接出了皮帶管，上風的地方，用石塊砌成一道擋風牆，爐灶架高了，羊皮硝成坐墊，父親居然欣然的叫大兒子理了個髮。

在這些人裏面，雖然魯阿的二哥一色一樣的在拚命幫忙著家事，可是他的步伐、舉止、氣度和大方，竟似一個王子似的出眾搶眼，談話有禮溫和，反應極快，破舊的制服，罩不住他自然發散著的光芒，眼神專注尖銳，幾乎令人不敢正視，成熟的臉孔竟是撒哈拉威人裏從來沒見過的英俊脫俗。

「我猜你們這一陣要進鎮鬧一場了。」荷西紮著木樁在風裏向魯阿的哥哥們說。

「要的，觀察團來那天，要回去，我們寄望聯合國，要表現給他們看，撒哈拉威人自己對這片土地的決定。」

「當心被抓。」我插著嘴說。

「居民接應，難抓，只要運氣不太壞，不太可能。」

「你們一個一個都是理想主義者，對建立自己的國家充滿了浪漫的情懷，萬一真的獨立了，對待鎮上那半數無知的暴民，恐怕還真手足無措呢！」我坐在地上抱著一隻小羊對工作的人喊著。

「開發資源，教育國民那是第一步。」

「什麼人去開發？就算這七萬人全去堵邊界，站都站不滿，不又淪為阿爾及利亞的保護國了，那只有比現在更糟更壞。」

「三毛，妳太悲觀了。」

「你們太浪漫，打游擊可以，立國還不是時機。」

「盡了力，成敗都在所不計了。」他們安然的回答我。

家事告了段落，哈絲明遠遠的招呼著大家去新帳篷喝熱茶，地毯已經鋪滿了一地。

「魯阿，太陽下去了。」荷西看了一下天，悄悄的對魯阿說，他依依不捨之情，一下子佈滿了疲倦的臉。

「走吧！總得在天全黑以前趕路。」我馬上站了起來，哈絲明看我們突然要走了，拿茶壺的手停在半空好一會兒，這才匆匆的包了一條羊腿出來。

「不能再留一會兒？」她輕輕的，近乎哀求的說著。

「哈絲明，下次再來。」我說。

「不會有下次了，我知道。這是最後一次，荷西，妳，要永遠離開撒哈拉了。」她靜靜的說。

「萬一獨立了，我們還是會回來。」

「不會獨立，摩洛哥人馬上要來了，我的孩子們，在做夢，做夢——」老人悵然的搖著白髮蒼蒼的頭，自言自語的說著。

「快走吧，太陽落得好快的啊！」我催著他們上路，老人慢慢的送了出來，一隻手搭著荷西，一隻手搭著奧菲魯阿。

我轉過身去接下了羊腿，放進車裏，再反身默默的擁抱了哈絲明和妹妹們。我抬起頭來，深深的注視著魯阿的幾個哥哥，千言萬語，都盡在無奈的一眼裏過去。我們畢竟是兩個世界裏的人啊！

我正要上車，魯阿的二哥突然走近了我，重重的握住了我的手，悄悄的說：「三毛，謝謝妳照顧沙伊達。」

「沙伊達？」我意外得不得了，他怎麼認識沙伊達？

「她，是我的妻，再重託妳了。」這時，他的目光裏突然浸滿了柔情蜜意和深深的傷感，我們對望著，分享著一個秘密，暮色裏這人悵然一笑，我兀自呆站著，他卻一反身，大步走了開去，黃昏的第一陣涼風，將我吹拂得抖了一下。

「魯阿，沙伊達竟是你二哥的太太。」在回程的車上，我如夢初醒。暗自點著頭，心裏感嘆著——是了，只有這樣的男人，才配得上那個沙伊達，天底下竟也有配得上她的撒哈拉威人。

「是巴西里唯一的妻子，七年了，唉！」他傷感的點著頭，他的內心，可能也默默的在愛著沙伊達吧！

「巴西里？」荷西一踩煞車。

「巴西里！你二哥是巴西里？」我尖叫了起來，全身的血液嘩嘩的亂流著，這幾年來，神出鬼沒，聲東擊西，兇猛無比的游擊隊領袖，撒哈拉威人的靈魂——竟是剛剛那個叫著沙伊達名字握著我手的人。

我們陷在極度的震驚裏，竟至再說不出話來。

「你父母，好像不知道沙伊達。」

「不能知道，沙伊達是天主教，我父親知道了會叫巴西里死。再說，巴西里一直怕摩洛哥人劫了沙伊達做要脅他的條件，也不肯向外人說。」

「游擊隊三面受敵，又得打摩洛哥，又得防西班牙，再得當心南邊茅利塔尼亞，這種疲於奔命的日子，到頭來，恐怕是一場空吧！」荷西幾乎對游擊隊的夢想，已經下了斷言。

我呆望著向後飛逝的大漠，聽見荷西那麼說著，忽而不知怎的想到《紅樓夢》裏的句子：「看破的，遁入空門，癡迷的，枉送了性命，好一似，食盡鳥投林，落了片白茫茫大地真乾淨！」我心裏竟這麼的悶悶不樂起來。

不知為什麼，突然覺得巴西里快要死了，這種直覺，在我的半生，常常出現，從來沒有錯過，一時裏，竟被這不祥的預感弄得呆住了，人竟釘在窗前不知動彈。

「三毛，怎麼了？」荷西叫醒了我。

「我要躺一下，這一天，真夠了！」我蓋上毯子，將自己埋藏起來，抑鬱的心情，不能釋然。

聯合國觀察團飛來撒哈拉的那日，西班牙總督一再的保證撒哈拉威人，他們可以自由表達他們的立場，只要守秩序，西班牙決不為難他們，又一再的重申已經講了兩年多的撒哈拉民族自決。

「不要是騙人的，我如果是政府，不會那麼慷慨。」我又憂心起來。

「殖民主義是沒落了，不是西班牙慷慨，西班牙，也沒落了。」荷西這一陣總是傷感著。

聯合國調停西屬撒哈拉的三人小組是這三個國家的代表組成的——伊朗、非洲象牙海岸、古巴。

機場到鎮上的公路，在清晨就站滿了密密麻麻的撒哈拉威人，他們跟西班牙站崗的警察對峙著，不吵不鬧，靜靜的等候著車隊。

等到總督陪著代表團坐著敞篷轎車開始入鎮時，這邊撒哈拉威人一聲令下，全部如雷鳴似的狂喊起來：「民族自決，民族自決，請，請，民族自決，民族自決——」

成千上萬的碎布縫拼出來大大小小的游擊隊旗像一陣狂風似的飛揚起來，男女老幼狂舞著他們的希望。嘶叫著，哭喊著，像天崩像地裂，隨著緩慢開過的車輛，撒哈拉在怒吼，在做最後的掙扎——

「癡人說夢！」我站在鎮上朋友家的天台上感嘆得疼痛起來，沒有希望的事情，竟像飛蛾撲火似的拿命去拚，竟沒有看明白想明白的一天嗎？

西班牙政府竟比撒哈拉威人自己清楚萬分，任著他們盡情的抓住聯合國，亦不阻擋也不反對，西班牙畢竟是要退出了，再來的是誰？不會是巴西里，永遠不會是這個只有七萬弱小民族的領袖。

聯合國觀察小組很快的離開了西屬撒哈拉，轉赴摩洛哥。鎮上的撒哈拉威人和西班牙人竟又一度奇怪的親密的相處在一起，甚而比上一陣更和氣，西班牙在摩洛哥的叫囂之下，堅持不變它對撒哈拉的承諾，民族自決眼看要實現了，兩方賓主，在摩洛哥密集戰鼓的威脅下，又似兄弟似的合作無間起來。

「關鍵在摩洛哥，不在西班牙。」沙伊達相反的一日陰沉一日，她不是個天真的人，比誰都看得清楚。

「摩洛哥，如果聯合國說西屬撒哈拉應該給我們民族自決，摩洛哥就不用怕它了，它算老幾，再不然，西班牙還在海牙法庭跟它打官司哪！」一般的撒哈拉威是盲目的樂觀者。

十月十七日，海牙國際法庭纏訟了不知多久的西屬撒哈拉問題，在千呼萬喊的等待裏終於有了了結。

「啊！我們勝啦！我們勝啦！太平啦！有希望啦！」

鎮上的撒哈拉威聽了廣播，拿出所有可以敲打的東西，像瘋了似的狂跳狂叫，彼此見了面不管認不認識，西班牙人、撒哈拉威人都抱在一起大笑大跳，如同滿街的瘋子一般慶祝著。

「聽見了嗎？如果將來西班牙和平的跟他們解決，我們還是留下去。」荷西滿面笑容的擁抱著我，我卻一樣憂心忡忡，不知為何覺得大禍馬上就要臨頭了。

「不會那麼簡單，又不是小孩子扮家家酒。」我仍是不相信。

當天晚上撒哈拉電台的播音員突然沉痛的報告著：「摩洛哥國王哈珊，召募志願軍，明日開始，向西屬撒哈拉和平進軍。」

荷西一拍桌子，跳了起來。

「打！」他大喊了一聲，我將臉埋在膝蓋上。

可怖的是，哈珊那個魔王只召募三十萬人，第二天，已經有兩百萬人簽了名。

西班牙的晚間電視新聞，竟開始轉播摩洛哥那邊和平進軍的紀錄片，「十月二十三日，拿下阿雍！」他們如黃蜂似的傾巢而出，男女老幼跟著哈珊邁開第一步，載歌載舞，恐怖萬分的向邊界慢慢的逼來，一步一步踏踏實實的走在我們這邊看著電視的人群的心上。

「跳，跳，跳死你們這些王八蛋！」我對著電視那邊跳著舞拍著掌的男女，恨得叫罵起來。

「打！」沙漠軍團的每一個好漢都瘋了似的往邊界開去，邊界與阿雍鎮，只有四十公里的距離。

十月十九日，摩洛哥人有增無減。

十月二十日，報上的箭頭又指進了地圖一步。

十月二十一日，西班牙政府突然用擴音器在街頭巷尾，呼叫著西班牙婦女兒童緊急疏散，民心，突然如決堤的河水般崩潰了。

「快走！三毛，快，要來不及了。」鎮上的朋友，丟了家具，匆匆忙忙的來跟我道別，往機場奔去。

「三毛，快走，快走。」每一個人見了我，都這樣的催著，敲打著我的門，跳上車走了。

街上的西班牙警察突然不見了，這個城，除了航空公司門外擠成一團之外，竟成了空的。

荷西在這個緊要關頭，卻日日夜夜的在磷礦公司的浮堤上幫忙著撤退軍火、軍團，不能回家顧我。

十月二十二日，罕地的屋頂平台上，突然升起一面摩洛哥國旗，接著鎮上的摩洛哥旗三三兩兩的飄了出來。

「罕地，你也未免太快了。」我見了他，灰心得幾乎流下淚來。

「我有妻，有兒女，妳要我怎麼樣？妳要我死？」罕地跺著腳低頭匆匆而去。

姑卡哭得腫如核桃似的眼睛把我倒嚇了一跳：「姑卡，妳——」

「我先生阿布弟走了，他去投游擊隊。」

「有種，真正難得。」不偷生苟活，就去流亡吧！

「門關好，問清楚了才開。摩洛哥人明天不會來，還差得遠呢！妳的機票，我重託了夏依米，他不會漏了妳的，我一有時間就回來，情況萬一不好，妳提了小箱子往機場跑，我再想辦法會妳，要勇敢。」我點點頭。荷西張著滿佈紅絲的眼睛，又回一百多里外去撤軍團，全磷礦公司總動員，配合著軍隊，把最貴重的東西儘快的裝船，沒有一個員工離職抱怨，所有在迦納利群島的西班牙民船都開了來等在浮台外待命。

就在那個晚上，我一個人在家，門上被人輕輕的敲了一下。

「誰？」我高聲問著，馬上熄了燈火。

「沙伊達，快開門！」

我趕快過去開了門，沙伊達一閃進了來，身後又一閃跟進來一個蒙面的男人，我馬上把門關上鎖好。

進了屋，沙伊達無限驚恐的發著抖，環抱著自己的手臂，瞪著我喘了一口大氣。坐在蓆子上的陌生人，他慢慢的解開了頭巾，對我點頭一笑——巴西里！

「你們來找死，罕地是摩洛哥的人了。」我跳起來熄了燈，將他們往沒有窗的臥室推。

「平台是公用的，屋頂有洞口，看得見。」我將臥室的門牢牢的關上，這才開了床頭的小燈。

「快給我東西吃！」巴西里長嘆了一聲，沙伊達馬上要去廚房。

「我去，妳留在這裏。」我悄聲將她按住。

巴西里餓狠了，卻只吃了幾口，又吃不下去，長嘆了一聲，憔悴的臉累得不成人形。

「回來做什麼？這時候？」

「看她！」巴西里望著沙伊達又長嘆了一聲。

「知道和平進軍的那一天開始，就從阿爾及利亞日日夜夜的趕回來，走了那麼多天……」

「一個人？」

他點點頭。

「其他的游擊隊呢？」

「趕去邊界堵摩洛哥人了。」

「一共有多少？」

「才兩千多人。」

「鎮上有多少是你們的人？」

「現在恐怕嚇得一個也沒有了，唉，人心啊！」

「戒嚴之前我得走。」巴西里坐了起來。

「魯阿呢？」

「這就去會他。」

「在哪裏？」

「朋友家。」

「靠得住嗎？朋友信得過嗎？」

巴西里點點頭。

我沉吟了一下，伸手開了抽屜，拿出一把鑰匙來：「巴西里，這是幢朋友交給我的空房子，在酒店旁邊，屋頂是半圓形的，漆鮮黃色，錯不了，要是沒有地方收容你，你去那裏躲，西班牙人的房子，不會有人懷疑。」

「不能累妳，不能去。」

他不肯拿鑰匙，沙伊達苦苦的求他：「你拿了鑰匙，好歹多一個去處，這一會鎮上都是摩洛哥間諜，你聽三毛說的不會錯。」

「我有去處。」

「三毛，沙伊達還有點錢，她也會護理，妳帶她走，孩子跟嬤嬤走，分開兩邊，不會引人注視，摩洛哥人知道我有妻子在鎮上。」

「孩子？」我望著沙伊達，呆住了。

「再跟妳解釋。」沙伊達拉著要走的巴西里，抖得說不出話來。

巴西里捧住沙伊達的臉，靜靜的注視了幾秒鐘，長嘆了一聲，溫柔的將她的頭髮攏一攏，突然一轉身，大步走了出去。

沙伊達與我靜靜的躺著，過了一個無眠的夜晚，天亮了，她堅持去上班。

「孩子今天跟嬤嬤去西班牙，我要去見見他。」

「下午我去找妳，一有機票消息，我們就走。」

她失神的點點頭，慢慢的走出去。

「等一下，我開車送妳。」竟然忘了自己還有車。

昏昏沉沉的過了一天，下午五點多鐘，我開車去醫院，上了車，發覺汽油已快用光了，只得先去加油站。一個夜晚沒睡，我只覺頭暈耳鳴，一直流著虛汗，竟似要病倒了下來似的虛弱，車子開得迷迷糊糊，突然快撞到了鎮外的拒馬，才嚇出一身冷汗來，緊緊煞了車。

「怎麼，這邊又擋了？」我向一個放哨的西班牙兵問著。

「出了事，在埋人。」

「埋人何必管制交通呢！」我疲倦欲死的問著。

「死的是巴西里，那個游擊隊領袖！」

「你——你說謊！」我叫了出來。

「真的，我騙妳做什麼來？」

「弄錯了，一定弄錯了。」我又叫了起來。

「怎麼弄得錯，團部驗的屍，他弟弟認的，認完也扣起來了，不知放不放呢！」

「怎麼可能？怎麼會？」我近乎哀求著這個年輕的小兵，要他否認剛剛說的事實。

「他們自己人打了起來，殺掉了，唉，血肉模糊哦，臉都不像了。」

我發著抖，要倒車，排檔卡不進去，人不停的抖著。

「我不舒服，你來替我倒倒車。」我軟軟的下了車，叫那個小兵替我弄，他奇怪的看了我一眼，順從的把車弄好。

「當心開！快回去吧！」

我仍在抖著，一直抖到醫院，拖著步子下了車，見到老門房，語不成聲。

「沙伊達呢？」

「走了！」他靜靜的看著我。

「去了哪裏，是不是去找我了？」我結結巴巴的問他。

「不知道。」

「嬤嬤呢？」

「帶了幾個小孩，一早也走了。」

「沙伊達是不是在宿舍？」
「不在，跟妳說不在，下午三點多，她白著臉走了，跟誰都不說話。」
「奧菲魯阿呢？」
「我怎麼知道。」門房不耐煩的回答著，我只好走了，開了車子在鎮上亂轉，經過一個加油站，又夢遊似的去加了油。
「太太，快走吧！摩洛哥人不出這幾天了。」
我不理加油站的人，又開了車不停的在警察部隊附近問人。
「看見奧菲魯阿沒有？請問看見魯阿沒有？」
每一個人都陰沉的搖搖頭。
「撒哈拉威警察已經散了好幾天了。」
我又開到撒哈拉威人聚集的廣場去，一家半開的商店內坐著個老頭，我以前常向他買土產的。
「請問，看見沙伊達沒有？看見奧菲魯阿沒有？」
老人怕事的將我輕輕推出去，欲說還休的嘆了口氣。
「請告訴我——」
「快離開吧！不是妳的事。」
「你說了我馬上走，我答應你。」我哀求著他。
「今天晚上，大家會審沙伊達。」他四周張望了一下說。

「為什麼?為什麼?」我再度驚嚇得不知所措。

「她出賣了巴西里,她告訴了摩洛哥人,巴西里回來了,他們在巷子裏,把巴西里幹了。」

「不可能的,是誰關了她,我去說,沙伊達昨天住在我家裏,她不可能的,而且,而且,她是巴西里的太太——」

老人又輕輕的推我出店,我回了車,將自己趴在駕駛盤上再也累不動了。

回到家門口,姑卡馬上從一群談論的人裏面向我跑來。

「進去說。」她推著我。

「巴西里死了,妳要說這個。」我倒在地上問她。

「不止這個,他們晚上要殺沙伊達。」

「我知道了,在哪裏?」

「在殺駱駝的地方。」姑卡驚慌的說。

「是些誰?」

「阿吉比他們那群人。」

「他們故意的,冤枉她,沙伊達昨天晚上在我家裏。」我又叫了起來。

姑卡靜坐著,驚慌的臉竟似白癡一般。

「姑卡,替我按摩一下吧!我全身痠痛。」

「天啊！天啊！」我趴在地上長長的嘆息著。

姑卡伏在我身邊替我按摩起來。

「他們叫大家都去看。」姑卡說。

「晚上幾點鐘？」

「八點半，叫大家都去，說不去叫人好看！」

「阿吉比才是摩洛哥的人啊！妳弄不清楚嗎？」

「他什麼都不是，他是流氓！」姑卡說。

我閉上眼睛，腦子裏走馬燈似的在轉，誰可以救沙伊達？嬤嬤走了，西班牙軍隊不會管這閒事，魯阿不見了，我沒有能力，荷西不回來，連個商量的人都沒有，我竟是完全孤單了。

「幾點了？姑卡，去拿鐘來。」

姑卡把鐘遞給我，我看了一下，已經七點十分了。

「摩洛哥人今天到了哪裏？有消息嗎？」我問。

「不知道，聽說邊界的沙漠軍團已經撤了地雷，要放他們過來了。」

「沙漠軍團有一部分人不肯退，跟游擊隊混合著往沙漠走了。」姑卡又說。

「妳怎麼知道？」

「罕地說的。」

「姑卡，想想辦法，怎麼救沙伊達。」

「不知道。」

「我晚上去，妳去不去？我去作證她昨天晚上住在我們家——」

「不好，不好，三毛，不要講，講了連妳也不得了的。」姑卡急著阻止我，幾乎哭了起來。

我閉上眼睛，筋疲力盡的撐著，等著八點半快快來臨，好歹要見著沙伊達，如果是會審，應該可以給人說話的餘地，只怕是殘酷的私刑，哪會有什麼會審呢！不過是一口咬定是沙伊達，故意要整死這個阿吉比平日追求不到的女子罷了。亂世，才會有這種沒有天理的事情啊。

八點多鐘我聽見屋外一片的人潮聲，大家沉著臉，臉上看不出什麼表情，有走路的，有坐車的，都往鎮外遠遠的沙谷邊的屠宰房走去。

我上了車，慢慢的在撒哈拉威人裏開著，路盡了，沙地接著來了，我丟了車子下來跟著人走。

屠宰房是平時我最不願來的一個地帶，那兒經年迴響著待宰駱駝的哀鳴，死駱駝的腐肉白骨，丟滿了一個淺淺的沙谷。風，在這一帶一向是厲冽的，即使是白天來，亦使人覺得陰森不樂，現在近黃昏的尾聲了，夕陽只拉著一條淡色的尾巴在地平線上弱弱的照著。

屠宰場長長方方的水泥房，在薄暗裏，竟像是天空中一隻巨手從雲層裏輕輕放在沙地上的一座大棺材，斜斜的投影在沙地上，恐怖得令人不敢正視。

人，已經聚得很多了，看熱鬧的樣子，不像驚惶失措得像一群綿羊似的擠著推著，那麼多的人，卻一點聲息都沒有。

八點半還不到，一輛中型吉普車匆匆的向人群霸氣的開來，大家急著往後退，讓出一條路來。高高的前座，駕駛座的旁邊，竟坐著動也不動好似已經蒼白得死去了一般的沙伊達。

我推著人，伸出手去，要叫沙伊達，可是我靠不近她，人群將我如海浪似的擠來擠去，多少人踩在我的腳上，推著我一會向前，一會向後。

我四顧茫茫，看不見一個認識的人，跳起腳來看，沙伊達正被阿吉比從車上倒拖著頭髮跌下來，人群裏又一陣騷亂，大家拚命往前擠。

沙伊達閉著眼睛，動也不動，我想，在她聽見巴西里的死訊時，已經心碎了，這會兒，不過是求死得死罷了。

嬷嬷安全的帶走了他們的孩子，她對這個世界唯一的留戀應該是不多了。

這哪裏來的會審，哪裏有人說話，哪裏有人提巴西里，哪裏有人在主持正義？沙伊達一被拉下來，就開始被幾個人撕下了前襟，她赤裸的胸部可憐的暴露在這麼多人的面前。

她仰著頭，閉著眼睛，咬著牙，一動也不動，這時阿吉比用哈薩尼亞語高叫起來，人群裏又一陣騷亂，我聽不懂，抓住了一個旁邊的男人死命的問他，他搖搖頭，不肯翻譯，我又擠過去問一個女孩子，她語不成聲的說：「要強暴她再死，阿吉比問，誰要強暴她，她是天主教，幹了她不犯罪的。」

「噯！天啊！天啊！讓我過去，讓路，我要過去。」我死命的推著前面的人，那幾步路竟似一世紀的長，好似永遠也擠不到了。

我跳起來看沙伊達，仍是阿吉比他們七八個人在撕她的裙子，沙伊達要跑，幾個人撲了上去，用力一拉，她的裙子也掉了，她近乎全裸的身體在沙地上打著滾。幾個人跳上去捉住了她的手和腳硬按下去，拉開來，這時沙伊達慘叫的哭聲像野獸似的傳來……啊……不……不……啊……啊……

我要叫，叫不出來，要哭哽不成聲，要看，不忍心，要不看，眼睛又直直的對著沙伊達動都不能動……不要……啊……不要……我聽見自己的聲音啞不成聲的在嚷著……

這時我覺得身後有人像一隻豹子似的撲進來，撲過人群，拉開一個一個人，像一道閃電似的撲進了場子裏，他拉開了壓在沙伊達身上的人，拖了沙伊達的頭髮向身後沒有人的屠宰場高地退，魯阿，拿著一枝手槍，人似瘋了似的，吐著白沫，他拿槍比著要撲上去搶的人群，那七八個浪蕩子亮出了刀。人群又同時驚呼起來，開始向外逃，我拚命往裏面擠，卻被人推著向後踉蹌的退著，我睜大著眼睛，望見魯阿四周都是圍著要上的人，他一手拉著地上的沙伊達，一面機警的像豹似的眼露兇光用手跟著逼向他的人晃動著手槍，適時繞到他身後的一個跳起來撲向他，他放了一槍，其他的人乘機會撲上去——「殺我，殺我，魯阿……殺啊……」沙伊達狂叫起來，不停的叫著。我驚恐得噎著氣哭了出來，又聽見響了好幾槍，人們驚叫推擠奔逃，我跌了下去，被人踩著，四周一會兒突然空曠了，安靜了，我翻身坐起來，看見阿吉比他們匆匆扶了一個人在上車，地上兩具屍體，魯阿張著眼睛死在那裏，沙伊達趴著，魯阿死的姿勢，好似正在向沙伊達爬過去，要用他的身體去覆蓋她。

我蹲在遠遠的沙地上，不停的發著抖，發著抖，四周暗得快看不清他們了。風，突然沒有了聲音，我漸漸的什麼也看不見，只聽見屠宰房裏駱駝嘶叫的悲鳴越來越響，越來越高，整個的天空，漸漸充滿了駱駝們哭泣著的巨大的回聲，像雷鳴似的向我罩下來。

啞奴。

我第一次被請到鎮上一個極有錢的撒哈拉威財主家去吃飯時，並不認識那家的主人。

據這個財主堂兄太太的弟弟阿里告訴我們，這個富翁是不輕易請人去他家裏的，我們以及另外三對西籍夫婦，因為是阿里的朋友，所以才能吃到駝峰和駝肝做的烤肉串。

進了財主像迷宮也似寬大的白房子之後，我並沒有像其他客人一樣，靜坐在美麗的阿拉伯地毯上，等著吃也許會令人嘔吐的好東西。

財主只出來應酬了一會兒，就回到他自己的房間去。

他是一個年老而看上去十分精明的撒哈拉威人，吸著水煙，說著優雅流暢的法語和西班牙話，態度自在而又帶著幾分說不出的驕傲。

應酬我們這批食客的事情，他留下來給阿里來做。

等我看完了這家人美麗的書籍封面之後，我很有禮的問阿里，我可不可以去內房看看財主美麗的太太們。

「可以，請妳進去，她們也想看妳，就是不好意思出來。」

我一個人在後房裏轉來轉去，看見了一間間華麗的臥室，落地的大鏡子，美麗的女人，席夢思大床，還看見了無數平日在沙漠裏少見的夾著金絲銀線的包身布。

我很希望荷西能見見這財主四個豔麗而年輕的太太，可惜她們太害羞了，不肯出來會客。等我穿好一個女子水紅色的衣服，將臉蒙起來，慢慢走回客廳去時，裏面坐著的男人都跳了起來，以為我變成了第五個太太。

我覺得我的打扮十分合適這房間的情調，所以決定不脫掉衣服，只將蒙臉的布拉下來，就這麼等著吃沙漠的大菜。

過了不一會，燒紅的炭爐子被一個還不到板凳高的小孩子拎進來，這孩子面上帶著十分謙卑的笑容，看上去不會超過八、九歲。

他小心的將爐子放在牆角，又出去了，再一會，他又捧著一個極大的銀托盤搖搖擺擺的走到我們面前，放在大紅色編織著五彩圖案的地毯上。盤裏有銀的茶壺，銀的糖盒子，碧綠的新鮮薄荷葉，香水，還有一個極小巧的炭爐，上面熱著茶。

我讚嘆著，被那清潔華麗的茶具，著迷得神魂顛倒。

這個孩子，對我們先輕輕的跪了一下，才站起來，拿著銀白色的香水瓶，替每一個人的頭髮上輕輕的灑香水，這是沙漠裏很隆重的禮節。

我低著頭讓這孩子灑著香油，直到我的頭髮透溼了，他才罷手。一時裏，香氣充滿了這個阿拉伯似的宮殿，氣氛真是感人而莊重。

這一來，撒哈拉威人強烈的體臭味，完全沒有了。

再過了一會兒，放著生駱駝肉的大碗，也被這孩子靜靜的捧了進來，炭爐子上架上鐵絲網。我們這一群人都在高聲的說著話，另外兩個西班牙太太正在談她們生孩子時的情形，只有我，默默的觀察著這個孩子的一舉一動。

他很有次序的在做事，先串肉，再放在火上烤，同時還照管著另一個炭爐上的茶水，茶滾了，他放進薄荷葉，加進硬塊的糖。倒茶時，他將茶壺舉得比自己的頭還高，茶水斜斜準準的落在小杯子裏，姿勢美妙極了。

茶倒好了，他再跪在我們面前，將茶杯雙手舉起來給我們，那真是美味香濃的好茶。

肉串烤熟了，第一批，這孩子托在一個大盤子裏送過來。

駝峰原來全是脂肪，駝肝和駝肉倒也勉強可以入口。男客們和我一人拿了一串吃將起來，那個小孩子注視著我，我對他笑笑，眨眨眼睛，表示好吃。

我吃第二串時，那兩個土裏土氣的西班牙太太開始沒有分寸的亂叫起來。

「天啊！不能吃啊！我要吐了呀！快拿汽水來啊！」

我看見她們那樣沒有教養的樣子，真替她們害羞。

預備了一大批材料，女的只有我一個人在吃，我想，叫一個小孩子來侍候我們，而我們像廢物一樣的坐食，實在沒有意思，所以我乾脆移到這孩子旁邊去，跟他坐在一起，幫他串肉，自烤自吃。駱駝的味道，多撒一點鹽也就不大覺得了。

這個孩子，一直低著頭默默的做事，嘴角總是浮著一絲微笑，樣子伶俐極了。

我問他：「這樣一塊肉，一塊駝峰，再一塊肝，穿在一起，再放鹽，對不對？」

他低聲說：「哈克！」（對的、是的等意思。）

我很尊重他，搧火、翻肉，都先問他，因為他的確是一個能幹的孩子。我看他高興得臉都紅起來了，想來很少有人使他覺得自己那麼重要過。

火那邊坐著的一群人，卻很不起勁。阿里請我們吃道地的沙漠菜，這兩個討厭的女客還不斷的輕視的在怪叫。茶不要喝，要汽水；地下不會坐，要討椅子。

這些事情，阿里都大聲叱喝著這個小孩子去做。

他又得管火，又不得不飛奔出去買汽水，買了汽水，又去扛椅子，放下椅子，又趕快再來烤肉，忙得滿臉惶惑的樣子。

「阿里，你自己不做事，那些女人不做事，叫這個最小的忙成這副樣子，不太公平吧！」我對阿里大叫過去。

阿里吃下一塊肉，用烤肉叉指指那個孩子，說：「他要做的還不止這些呢，今天算他運氣。」

「他是誰？他為什麼要做那麼多事？」

荷西馬上將話題扯開去。

等荷西他們說完了，我又隔著火堅持我的問話。

「他是誰？阿里，說嘛！」

「他不是這家裏的人。」阿里有點窘。

「他不是家裏的人，為什麼在這裏？他是鄰居的小孩？」

「不是。」

室內靜了下來，大家都不響，我因為那時方去沙漠不久，自然不明白他們為什麼都好似很窘，連荷西都不響。

「到底是誰嘛？」我也不耐煩了，怎麼那麼拖泥帶水的呢。

「三毛，妳過來。」荷西招招手叫我，我放下肉串走過去。

「他，是奴隸。」荷西輕輕的說，生怕那個孩子聽見。

我摀住嘴，盯著阿里看，再靜靜的看看那低著頭的孩子，就不再說話了。

「奴隸怎麼來的？」我冷著臉問阿里。

「他們世世代代傳下來的，生來就是奴隸。」

「難道第一個生下來的黑人臉上寫著——我是奴隸？」

我望著阿里淡棕色的臉，不放過對他的追問。

「當然不是，是捉來的。沙漠裏看見有黑人住著，就去捉，打昏了，用繩子綁一個月，就不逃了；全家捉來，更不會逃，這樣一代一代傳下來就成了財產，現在也可以買賣。」

見我面有不平不忍的表情，阿里馬上說：「我們對待奴隸也沒有不好，像他，這小孩子，晚上就回去跟父母住帳篷，他住在鎮外，很幸福的，每天回家。」

「這家主人有幾個奴隸？」

「有兩百多個，都放出去替西班牙政府築路，到月初，主人去收工錢，就這麼暴富了。」

「奴隸吃什麼？」

「西班牙承包工程的機關會給飯吃。」

「所以，你們用奴隸替你們賺錢，而不養他們。」我斜著眼睇著阿里。

「喂！我們也弄幾個來養。」一個女客對她先生輕輕的說。

「妳他媽的閉嘴！」我聽見她被先生臭罵了一句。

告別這家財主時，我脫下了本地衣服還給他美麗的妻子。大財主送出門來，我謝謝了他，但不要再跟他握手，這種人我不要跟他再見面。

我們這一群人走了一條街，我才看見，小黑奴追出來，躲在牆角看我。伶俐的大眼睛，像小鹿一樣溫柔。

我丟下了眾人，輕輕的向他跑去，皮包裏找出兩百塊錢，將他的手拉過來，塞在他掌心裏，對他說：「謝謝你！」才又轉身走開了。

我很為自己羞恥。金錢能代表什麼，我向這孩子表達的，就是用錢這一種方式嗎？我想不出其他的方法，但這實在是很低級的親善形式。

第二天我去郵局取信，想到奴隸的事，順便就上樓去法院看看秘書老先生。

「哈，三毛，久不來了，總算還記得我。」

「秘書先生，在西班牙的殖民地上，你們公然允許蓄奴，真是令人感佩。」

秘書聽了，唉的嘆了一口長氣，他說：「別談了，每次撒哈拉威人跟西班牙人打架，我們都把西班牙人關起來。對付這批暴民，我們安撫還來不及，哪裏敢去過問他們自己的事，怕都怕死了。」

「你們是幫兇，何止是不管，用奴隸築路，發主人工錢，這是笑話。」

「唉！干妳什麼事？那些主人都是部落裏的首長，馬德里國會，都是那些有勢力的撒哈拉威人去代表，我們能說什麼。」

「堂堂天主教大國，不許離婚，偏偏可以養奴隸，天下奇聞，真是可喜可賀。嗯！我的第二祖國，天哦……」

「三毛，不要煩啦！天那麼熱……」

「好啦！我走啦！再見！」我大步走出法院的樓。

那天的傍晚，有人敲我的門，很有禮貌，輕輕的叩了三下就不再敲了，我很納悶，哪有這麼文明的人來看我呢！

開門一看，一個不認識的中年黑人站在我門口。

他穿得很破很爛，幾乎是破布片掛在身上，裹頭巾也沒有，滿頭花白了的頭髮在風裏飄拂著。

他看見我，馬上很謙卑的彎下了腰，雙手交握在胸前，好似在拜我似的。他的舉止，跟撒哈拉威人的無禮，成了很大的對比。

「您是？」我等著他說話。

他不會說話，口內發出沙啞的聲音，比著一個小孩身形的手勢，又指指他自己。

我不能領悟他的意思，只有很和氣的對他問：「什麼？我不懂，什麼？」

他看我不懂，馬上掏出了兩百塊錢來，又指指財主住的房子的方向，又比小孩的樣子。啊！我懂了，原來是那小孩子的爸爸來了。

他硬要把錢塞還給我，我一定不肯，我也打手勢，說是我送給小孩子的，因為他烤肉給我吃。

他很聰明，馬上懂了，這個奴隸顯然不是先天性的啞巴，因為他口裏會發聲，只是聾了，所以不會說話。

他看看錢，好似那是天大的數目，他想了一會兒，又要交還我，我們推了好久，他才又好似拜了我一下的彎下了身，合上手，才對我笑了起來，又謝又謝，才離開了。

那是我第一次碰見啞奴的情景。

過了不到一星期，我照例清早起床，開門目送荷西在滿天的星空下去上早班，總是五點一刻左右。

那天開門，我們發現門外居然放了一棵青翠碧綠的生菜，上面還灑了水。我將這生菜小心的撿起來，等荷西走遠了，才關上門，找出一個大口水瓶來，將這棵菜像花一樣豎起來插著，放在客廳裏，捨不得吃它。

我知道這是誰給的禮物。

我們在這一帶每天借送無數東西給撒哈拉威鄰居，但是來回報我的，卻是一個窮得連身體都不屬於自己的奴隸。

這比《聖經》故事上那個奉獻兩個小錢的寡婦還要感動著我的心。

我很想再有啞奴的消息，但是他沒有再出現過。

過了兩個月左右，我的後鄰要在天台上加蓋一間房子，他們的空心磚都運來堆在我的門口，再吊到天台上去。

我的家門口被弄得一塌糊塗，我們粉白的牆也被磚塊擦得不成樣子。荷西回家來了，我都不敢提，免得他大發脾氣，傷了鄰居的感情。我只等著他們快快動工，好讓我們再有安寧的日子過。

等了好一陣，沒有動工的跡象，我去曬衣服時，也會到鄰居四方的洞口往下望，問他們怎麼還不動工。

「快了，我們在租一個奴隸，過幾天價錢講好了，就會來。他主人對這個奴隸，要價好貴，他是全沙漠最好的泥水匠。」

過了幾天，一流的泥水匠來了，我上天台去看，居然是那個啞奴正蹲著調水泥。

我驚喜的向他走去，他看見我的影子，抬起頭來，看見是我，真誠的笑容，像一朵綻開的花一樣在臉上露出來。

這一次，他才彎下腰來，我馬上伸手過去，跟他握了一握，又打手勢，謝謝他送的生菜。他知道我猜出是他送的，臉都脹紅了，又打手勢問我：「好吃嗎？」

我用力點點頭，說荷西與我吃掉了。他再度歡喜的笑了，又說：「你們這種人，不吃生菜，牙齦會流血。」

我呆了一下，這種常識，一個沙漠的奴隸怎麼可能知道。

啞奴說的是簡單明瞭的手勢，這種萬國語，實在是方便。他又會表達，一看就知道他的意思。

啞奴工作了幾天之後，半人高的牆已經砌起來了。

那一陣是火熱的八月，到了正午，毒熱的太陽像火山的岩漿一樣的流瀉下來。我在房子裏，將門窗緊閉，再將窗縫用紙條糊起來，不讓熱浪衝進房間裏，再在室內用水擦蓆子，再將冰塊用毛巾包著放在頭上，但是那近五十五度的氣溫，還是令人發狂。

每到這麼瘋狂的酷熱在煎熬我時，我總是躺在草蓆上，一分一秒的等候著黃昏的來臨，那時候，只有黃昏涼爽的風來了，使我能在門外坐一會，就是我所盼望著的最大的幸福了。

那好幾日過去了，我才想到在天台上工作的啞奴，我居然忘記了他，在這樣酷熱的正午，啞奴在做什麼？

我馬上頂著熱跑上了天台，打開天台的門，一陣熱浪衝過來，我的頭馬上劇烈的痛起來。我快步衝出去找啞奴，空曠的天台上沒有一片可以藏身的陰影。

啞奴，半靠在牆邊，身上蓋了一塊羊欄上撿來的破草蓆，像一個不會掙扎了的老狗一樣，趴在自己的膝蓋上。

我快步過去叫他，推他，陽光像熔化了的鐵一樣燙著我的皮膚，才幾秒鐘，我就旋轉著支持不住了。

我拉掉啞奴的草蓆，用手推他，他可憐的臉，好似哭泣似的慢慢的抬起來，望著我。

我指指我的家，對他說：「下去，快點，我們下去。」

他軟弱的站了起來，蒼白的臉猶豫著，不知如何是好。

我受不了那個熱，又用力推他，他才很不好意思的彎下腰，穿過荷西蓋上的天棚，慢慢走下石階來，我關上了天台的門，也快步下來了。

啞奴，站在我廚房外面的天棚下，手裏拿著一個硬得好似石頭似的乾麵包。我認出來，那是撒哈拉威人，去軍營裏要來的舊麵包，平日磨碎了給山羊吃的。現在這個租啞奴來做工的鄰居，就給他吃這個東西維持生命。

啞奴很緊張，站在那兒動也不敢動。天棚下仍是很熱，我叫他進客廳去，他死也不肯，指指自己，又指指自己的膚色，一定不肯跨進去。

我再打手勢：「你，我，都是一樣的，請進去。」

從來沒有人當他是人看待，他怎麼不嚇壞了。

最後我看他拘謹成那個可憐的樣子，就不再勉強他了，將他安排在走廊上的陰涼處，替他鋪了一塊草蓆。

冰箱裏我拿出一瓶冰凍的橘子水，一個新鮮的軟麵包，一塊乾乳酪，還有早晨荷西來不及吃的白水煮蛋，放在他身旁，請他吃。然後我就走掉了，去客廳關上門，免得啞奴不能坦然的吃飯。

到了下午三點半，岩漿仍是從天上倒下來，室內都是滾燙的，室外更不知如何熱了。

我，擔心啞奴的主人會罵他，才又出來叫他上去工作。

他，在走廊上坐得好似一尊石像，橘子水喝了一點點，自己的乾麵包吃下了，其他的東西動都不動。我看他不吃，扠著手靜靜的望著他。

啞奴真懂，他馬上站起來，對我打手勢：「不要生氣，我不吃，我想帶回去給我的女人和孩子吃。」他比了三個小孩子，兩男一女。

我這才明白了，馬上找了一個口袋，把東西都替他裝進去，又切了一大塊乳酪和半隻西瓜，還再放了兩瓶可樂，我自己存的也不多了，不然可以多給他一點。

他看見我在袋子裏放東西，垂著頭，臉上又羞愧又高興的複雜表情，使我看了真是不忍。

我將袋子再全塞在半空的冰箱裏，對他指指太陽，說：「太陽下山了，你再來拿，現在先存在我這裏。」

他拚命點頭，又向我彎下了腰，臉上喜得都快哭了似的，就快步上去工作了。

我想，啞奴一定很愛他的孩子，他一定有一個快樂的家，不然他不會為了這一點點食物高興。我猶豫了一下，把荷西最愛吃的太妃糖盒子打開，抓了一大把放在給啞奴的食物口袋裏。

其實我們也沒有什麼食物，我能給他的實在太貧乏了。

星期天，啞奴也在工作，荷西上天台去看他。啞奴第一次看見我的丈夫，他丟下了工作，快步跨過磚塊，口裏呀呀的叫著，還差幾步，他就伸長了手，要跟荷西握手。我看他先伸出手來給荷西，而沒有彎下腰去，真是替他高興。在我們面前，他的自卑感一點一點自然的在減少，相對的人與人的情感在他心裏一點一點的建立起來。我笑著下天台去，荷西跟他打手語的影子，斜斜的映在天棚上。

到了中午，荷西下來了，啞奴高高興興的跟在後面。荷西一頭的粉，想來他一定在跟啞奴一起做起泥工來了。

「三毛，我請啞巴吃飯。」

「荷西，不要叫他啞巴！」

「他聽不見。」

「他眼睛聽得見。」

我拿著鍋鏟，對啞奴用阿拉伯哈薩尼亞語，慢慢的誇大著口形說：「沙——黑——畢。」（朋友）

又指指荷西，再說：「沙——黑——畢。」

又指我自己：「沙——黑——布——蒂。」（女朋友）

再將三個人做一個圈圈，他完全懂了，他不設防的笑容，又一度感動了我。他很興奮，又有點緊張，荷西推推他，他一步跨進了客廳，又對我指指他很髒的光腳，我對他搖搖手，說不要緊的，就不去睬他了，讓兩個男人去說話。

過了一會，荷西來廚房告訴我：「啞奴懂星象。」

「你怎麼知道？」

「他畫的，他看見我們那本書上的星，他一畫就畫出了差不多的位置。」

過一會，我進客廳去放刀叉，看見荷西跟啞奴趴在世界地圖上。

啞奴找也不找，一手就指在撒哈拉上，我呆了一下，他又一指指在西班牙，又指指荷西，我問他：「我呢？」

他看看我，我惡作劇的也指指西班牙，他做出大笑的樣子，搖手，開始去亞洲地圖那一帶找，這一下找不到了，交了白卷。

我指指他的太陽穴，做出一個表情——笨！

他笑得要翻倒了似的開心。

啞奴實在是一個聰明的人。

青椒炒牛肉拌飯，啞奴實在吃不下去，我想，他這一生，也許連駱駝、山羊肉都吃不到幾次，牛肉的味道一定受不了。

我叫他吃白飯撒鹽，他又不肯動手，拘謹的樣子又回來了，我叫他用手吃，他低著頭將飯吃掉了。我決定下次不再叫他一同吃飯，免得他受罪。

消息傳得很快，鄰居小孩看見啞奴在我們家吃飯，馬上去告訴大人，大人再告訴大人，一下四周都知道了。

這些人對啞奴及我們產生的敵意，我們很快的覺察到了。

「三毛，妳不要理他，他是『哈魯佛』！髒人！」（哈魯佛是豬的意思。）

鄰居中我最討厭的一個小女孩第一個又妒又恨的來對我警告。

「妳少管閒事，妳再叫他『哈魯佛』，荷西把妳捉來倒吊在天台上。」

「他就是豬，他太太是瘋子，他是替我們做工的豬！」

說完她故意過去吐口水在啞奴身上，然後挑戰的望著我。

荷西衝過去捉這個小女鬼，她尖叫著逃下天台，躲進自己的家裏去。

我很難過，啞奴一聲也不響的拾起工具，抬起頭來，我發覺我的鄰居正陰沉的盯著荷西和我，我們什麼都不說，就下了天台去。

有一個黃昏，我上去收晾著的衣服，又跟啞奴揮揮手，他已在砌屋頂了，他也對我揮揮手。恰巧荷西也下班了，他進了門也上天台來。

啞奴放下了工具，走過來。

那天沒有風沙，我們的電線上停了一串小鳥，我指著鳥叫啞奴看，又做出飛翔的樣子，再指指他，做了一個手勢：「你——不自由，做工做得半死，一毛錢也沒有。」

「三毛，妳好啦！何苦去激他。」荷西在罵我。

「我就是要激他，他有本事在身，如果自由了，可以養活一家人不成問題。」

啞奴呆呆的望了一會兒天空，比比自己膚色，嘆了口氣。過一會兒，他又笑了，他對我們指指他的心，再指指小鳥，又做了飛翔的動作。

我知道，他要說的是：「我的身體雖是不自由的，但是我的心是自由的。」

他說出如此有智慧的話來，令我們大吃一驚。

那天黃昏，他堅持要請我們去他家。我趕快下去找了些吃的東西，又裝了一瓶奶粉和白糖跟著他一同回去。

他的家，在鎮外沙谷的邊緣，孤零零的一個很破的帳篷在夕陽下顯得如此的寂寞而悲涼。

我們方才走近，帳篷裏撲出來兩個光身子的小孩，大叫歡笑著衝到啞奴身邊，啞奴馬上笑呵呵的把他們抱起來。帳篷裏又出來了一個女人，她可憐得纏身的包布都沒有，只穿了一條兩隻腳都露在外面的破裙子。

啞奴一再的請我們進去坐，我們彎下了身子進去，才發覺，這個帳篷裏只有幾個麻布口袋鋪在地上，鋪不滿，有一半都是沙地。帳篷外，有一個汽油桶，裏面有半桶水。

啞奴的太太羞得背對著帳篷布，不敢看我們。啞奴馬上去打水、生火，用一個很舊的茶壺煮了水，又沒有杯子給我們喝，他窘得不得了，急得滿頭大汗。荷西笑笑，叫他不要急，我們等水涼了一點，就從茶壺裏傳著喝，他才放心了似的笑了，這已是他最好的招待，我們十分感動。

大孩子顯然還在財主家做工，沒有回來，小的兩個，依在父親的懷裏，吃著手指看我們。我趕快把東西拿出來分給他們，啞奴也馬上把麵包遞給背坐著的太太。

坐了一會兒，我們要走了，啞奴抱著孩子站在帳篷外向我們揮手。荷西緊緊的握住我的手，再回頭去看那個苦得沒有立錐之地的一家人，我們不知怎的覺得更親密起來。

「起碼，啞奴有一個幸福的家，他不是太貧窮的人啊！」我對荷西說。

家，對每一個人，都是歡樂的泉源啊！再苦也是溫暖的，連奴隸有了家，都不覺得他過分可憐了。

以後，我們替他的孩子和太太買了一些廉價的布，等啞奴下工了，悄悄的塞給他，叫他快走，免得又要給主人罵。

回教人過節時，我們送給他一麻袋的炭，又買了幾斤肉給他。我總很羞愧這樣施捨他，總是白天去，他不在家，我放在他帳篷外，就跑掉。啞奴的太太，是個和氣的白癡，她總是對我笑，身上包著我替她買的藍布。

啞奴不是沒有教養的撒哈拉威人，他沒有東西回報我們，可是，他會悄悄的替我們補山羊踩壞了的天棚；夜間偷了水，來替我們洗車；颳大風了，他馬上替我收衣服，再放在一個洗乾淨的袋子裏，才拉起天棚的板，替我丟下來。

荷西跟我一直想替啞奴找獲得自由的方法，可是完全不得要領，都說是不可能的事情。我們不知道，如果替他爭取到了自由，又要怎麼負擔他，萬一我們走了，他又怎麼辦。其實，我們並沒有認真的想到，啞奴的命運會比現況更悲慘，所以也沒有積極的設法使他自由了。

有一天，沙漠裏開始下起大雨來，雨滴重重的敲打在天棚上，我醒了，推著荷西，他也起來了。

「聽！在下雨，在下大雨。」我怕得要命。

荷西跳起來，打開門衝到雨裏去，鄰居都醒了，大家都跑出來看雨，口裏叫著：「神水！神水！」

我因為這種沙漠裏的異象，嚇得心裏冰冷，那麼久沒有看見雨，我怕得縮在門內，不敢出去。

大家都拿了水桶來接雨，他們說這是神賜的水，喝了可以治病。

豪雨不停的下著，沙漠成了一片泥濘，我們的家漏得不成樣子。沙漠的雨，是那麼的恐怖。

雨下了一天一夜，西班牙的報紙，都刊登了沙漠大雨的消息。

啞奴的工程，在雨後的第二星期，也落成了。

那一天，我在看書，黃昏又來了，而荷西當天加班，要到第二日清晨才能回來。

突然我聽見門外有小孩異常吵鬧的聲音，又有大人在說話的聲音。

鄰居姑卡用力敲我的門，我一開門，她就很激動的告訴我：「快來看，啞巴被賣掉了，正要走了。」

我耳朵裏轟的一響，捉住姑卡問：「為什麼賣了？怎麼突然賣了？是去哪裏？」

姑卡說：「下過雨後，『茅利塔尼亞』長出了很多草，啞巴會管羊，會管接生小駱駝，人家來買他，叫他去。」

「他現在在哪裏？」

「在建房子的人家門口，他主人也來了，在裏面算錢。」

我匆匆忙忙的跑去，急得氣得臉都變了，我拚命的跑到鄰居的門外，看見一輛吉普車，駕駛座旁坐了啞奴。

我衝到車子旁去，看見他呆望著前方，好似一尊泥塑的人一樣，面上沒有表情。我再看他的手，被繩子綁了起來，腳踝上也綁了鬆鬆的一段麻繩。

我摀住嘴，望著他，他不看我。我四顧一看，都是小孩子圍著。我衝進鄰居的家，看見有地位的財主悠然的在跟一群穿著很好的人在喝茶，我知道這生意是成交了，沒有希望救他了。

我再衝出去，看著啞奴，他的嘴唇在發抖，眼眶乾乾的。我衝回家去，拿了僅有的現錢，又四周看了一看，我看見自己那塊鋪在床上的大沙漠彩色毯子，我沒有考慮的把它拉下來，抱著這床毯子再往啞奴的吉普車跑去。

「沙黑畢，給你錢，給你毯子。」我把這些東西堆在他懷裏，大聲叫著。

啞奴，這才看見了我，也看見了毯子。他突然抱住了毯子，口裏哭也似的叫起來，跳下車子，抱著這床美麗的毯子，沒命的往他家的方向奔去，因為他腳上的繩子是鬆鬆的掛著，他可以小步的跑，我看著他以不可能的速度往家奔去。

小孩們看見他跑了，馬上叫起來。「逃啦！逃啦！」

裏面的大人追出來，年輕的順手抓了一條大木板，也開始追去。

「不要打！不要打！」

我緊張得要昏了過去，一面叫著一面也跑起來，大家都去追啞奴，我捨命的跑著，忘了自己有車停在門口。

跑到了快到啞奴的帳篷，我們大家都看見，啞奴遠遠的就迎風打開了那條彩色繽紛的毯子，跌跌撞撞的撲向他的太太和孩子，手上綁的繩子被他扭斷了，他一面呵呵不成聲的叫著，一面把毛毯用力圍在他太太孩子們的身上，又拚命拉著他白癡太太的手，叫她摸摸毯子有多軟多好，又把我塞給他的錢給太太。風裏面，只有啞巴的聲音和那條紅色的毛毯在拍打著我的心。

幾個年輕人上去捉住啞奴，遠遠吉普車也開來了，他茫茫然上了車，手緊緊的握在車窗上，臉上的表情似悲似喜，白髮在風裏翻飛著，他看得老遠的，眼眶裏乾乾的沒有半滴淚水，只有嘴唇，仍然不能控制的抖著。

車開了，人群讓開來。啞奴的身影漸漸的消失在夕陽裏，他的家人，沒有哭叫，擁抱成一團，縮在大紅的毯子下像三個風沙凝成的石塊。

我的淚，像小河一樣的流滿了面頰。我慢慢的走回去，關上門，躺在床上，不知何時雞已叫了。

寂地。

我們一共是八個人，兩輛車，三個已經搭好的帳篷。

斜陽最後的餘暉已經消失了，天空雖然沒有了霞光，還隱隱透著鴿灰的暮色，哀哀的荒原開始颳著刺骨的冷風。夜，並沒有很快就化開來，而身後那一片小樹林子，卻已經什麼也看不清了。

為著搭帳篷、搬炊具，迷離的大漠黃昏竟沒有人去欣賞，這一次，為著帶了女人和小孩，出發時已經拖得太晚了。

馬諾林在一邊打坐，高大的身材，長到胸口的焦黃鬍子，穿著不變的一件舊白襯衫，下面著了一條及膝的短褲，赤著足，頭上頂著一個好似猶太人做禮拜時的小帽，目光如火如焚，盤著腿，雙手撐地，全身半吊著，好似印度的苦行僧一般，不言不語。

米蓋穿了一件格子襯衫，洗得發白的清潔牛仔褲，濃眉大眼，無肉的鼻子，卻配了極感性的嘴唇，適中的個子，優美的一雙手，正不停的撥弄著他那架昂貴的相機。

米蓋怎麼看都挑不出毛病，一副柯達彩色廣告照片似的完美，卻無論如何融不進四周的景色裏去。

總算是個好夥伴，合群，愉快，開朗，沒什麼個性，說得多，又說得還甚動聽，跟他，是吵不起架來的，總缺了點什麼。

吉瑞一向是羞澀的，這個來自迦納利群島的健壯青年是個漁夫的孩子，人，單純得好似一張厚厚的馬糞紙，態度總是透著拘謹，跟我，從來沒直接說過話。在公司裏出了名的沉默老實，偏偏又娶了個驚如小鹿的妻子黛奧，這個過去在美容院替人燙髮的太太，嫁了吉瑞，才勉強跟來了沙漠，她，亦很少跟別的男子說話。這會兒，他們正悶在自己的新帳篷裏，嬰兒夏薇咿咿啊啊的聲音不時的傳過來。

荷西也穿了一條草綠色短褲，上面一件土黃色的卡其布襯衫，高統籃球鞋，頭上戴了一頂冬天的呢絨扁舌帽，他彎身拾柴的樣子，像極了舊俄小說裏那些受苦受難的農民，總像個東歐外國人，西班牙的味道竟一點也沒有。

荷西老是做事最多的一個，他喜歡。

伊底斯陰沉沉的高坐在一塊大石上抽菸，眼睛細小有神，幾乎無肉的臉在暮色裏竟發出金屬性的黃色來，神情總是懶散的，嘲諷的；在公司裏，他跟歐洲人處不好，對自己族人又不耐煩，卻偏是荷西的死黨，一件大藍袍子拖到地，任風拍著。細看他，亦不像撒哈拉威，倒是個西藏人，喜馬拉雅高原上的產物，總透著那麼一絲神秘。

我穿著游泳衣在中午出發的，這會子，加了一件荷西的大外套，又穿上了一雙齊膝的白色羊毛襪，辮子早散花了，手裏慢吞吞的打著一盤蛋。

黛奧是不出來的，她怕沙漠一切的一切，也怕伊底斯，這次加入了我們的陣容，全是為了母親回迦納利島去了，吉瑞要來，留在家中亦是怕，就這麼慘兮兮的跟來了，抱著三個月大的孩子，看著也可憐，大漠生活跟她是無緣的。

荷西起火時，我丟下盤子往遠處的林子裏跑去。

不太說話的伊底斯突然叫了起來：「哪裏去？」

「採——松——枝。」頭也不回的說。

「別去林子裏啊！」又隨著風在身後喊過來。

「沒——關——係——」還是一口氣的跑了。

奔進林子裏，猛一回頭，那些人竟小得好似棋子似的散在沙上，奇怪的是，剛剛在那邊，樹梢的風聲怎麼就在帳篷後面沙沙的亂響著，覺著近，竟是遠著呢。

林子裏長滿了雜亂交錯的樹，等了一會，眼睛習慣了黑暗，居然是一堆木麻黃，不是什麼松枝，再往裏面跑，深深的埋進了陰影中去，幽暗的光線裏，就在樹叢下，還不讓人防備，那個東西就跳入眼裏了。

靜靜的一個石屋，白色的，半圓頂，沒有窗，沒有門的入口，成了一個黑洞洞，靜得怪異，靜得神秘，又像蘊藏著個怪獸似的伏著虎虎的生命的氣息。

風沙沙的吹過，又悄悄的吹回來，四周暗影幢幢，陰氣迫人。

我不自然的嚥了一下口水，盯著小屋子往後退，快退出了林子，順手拉下了一條樹枝亂砍，砍了一半，用力一拉，再回身去看了一眼那個神秘的所在，覺得似曾相識，這情景竟在夢中來過一般的熟悉，我呆站了一會，又覺著林中有人呻吟似的輕輕嘆了口氣，身上就這麼突然毛了起來，拖了樹枝逃也似的奔出林子，後面冷冷的感覺仍步步的追著人，跑了幾十步，荷西遠處的營火突然轟的一聲冒了出來，好似要跟剛下去的落日爭什麼似的。

「叫你不要倒汽油，又倒了！」等我氣喘喘的跑到火邊，火，已經燒得天高了。

「松枝等一下加，火下去了再上。」

「不是松，是木麻黃呢。」我仍在喘著大氣。

「就那麼一根啊？」

「那裏面，怪怪的，有膽子你去。」我叫了起來。

「刀拿來，我去砍。」馬諾林放下了瑜伽術，接過了我手上的大刀。

「別去了吧！」伊底斯又懶懶的說了一句。

「裏面有個小房子，怪可怕的，你去看看。」

馬諾林仍是去了，不一會，拖了一大堆樹枝回來。

「喂，那個裏面，不對勁。」馬諾林回來也說。

「野地荊棘夠燒了，不去也罷。」荷西無所謂的搭訕著，我抬頭看了馬諾林一眼，他正默默的在擦汗呢，那麼冷的黃昏。

「米蓋，來幫忙串肉。」我蹲了下去，把烤肉又排出來，再回頭看看吉瑞他們的帳篷，已經點起了煤氣燈，人，卻沒有聲息。

等了一會，吃的東西全弄好了，這才悄悄的托了打蛋的搪瓷盤子，繞著路，彎著腰，跑到吉瑞他們的帳篷後面去。

「臉狺來啦！」突然大喊一聲，把支叉子在盤裏亂敲亂打。

「三毛，不要嚇人！」裏面黛奧尖叫起來。

「出來吃飯，來，出來嘛！」拉開帳篷，黛奧披了一件中大衣蹲著，嬰兒夏薇躺在地上，吉瑞正在灌奶瓶。

「不出去！」黛奧搖搖頭。

「天晚了，什麼也看不見，看不見就不可怕了，當妳不在沙漠，來，出來啊！」

她還猶豫著，我又叫了：「妳吃飯不吃？吃就得出來。」

黛奧勉勉強強的看了一下外面，眼睛睜得好大。

「有火呢，不要怕。」米蓋也在喊著。

「吉瑞——」黛奧回身叫丈夫，吉瑞抱起了孩子，擁著她，低低的說：「不怕，我們出去。」

剛剛坐下來，黛奧又叫了起來。

「妳烤什麼，黑黑的，駱駝肉——啊——啊——」

這一來大家都笑了，只伊底斯輕微的露出一絲絲不耐煩的神氣。

「牛肉，加了醬油，不要怕，哪，第一串給妳嚐。」遞了一串肉過去，吉瑞代太太接了。

荷西把火起得壯烈，烤肉還得分一小攤紅木條出來，不然總會燒了眉毛。

四周寂靜無聲，只烤肉的聲音吱吱的滴在柴火上。

「慢慢吃，還有蛋餅。」我又打起蛋來。

「三毛就是這樣，大手筆，每次弄吃的，總弄得個滿坑滿谷，填死人。」荷西說。

「不愛你們餓肚子，嘿嘿！」
「吃不吃洋蔥？」我望著黛奧，她連忙搖頭。
「好，生菜不拌洋蔥做一盤，全放洋蔥再拌一盤。」
「真不嫌麻煩。」米蓋嘖嘖的嘆著氣。
「半夜火小了，再埋它一堆甜薯，你不每次都吃？」
「你們難道不睡的？」黛奧問著。
「誰愛睡，誰不睡，都自由，睡睡起起，睡了不起，也隨人高興。」我笑望著她，順手又遞一串烤肉過去。
「我們是要睡的。」黛奧抱歉的說，沒人答腔，隨人自由的嘛！
吃完了飯，我還在收拾呢，黛奧拉著吉瑞道了晚安，就走了。
快走出火圈外了，一時心血來潮，又對著黛奧大喊過去：「啊——後面一雙大眼睛盯著瞧哪！」
這一叫，黛奧丟了吉瑞和夏薇唬一下的蹲了下去。
「三毛，嘖——」馬諾林瞪了我一眼。
「對不起，對不起，是故意的。」我趴在膝上格格的笑個不停，瘋成這個樣子，也是神經。
夜涼著，火卻是不斷的燒著，荷西與我坐了一會兒，也進自己的小帳篷去。
兩人各自鑽進睡袋，仰著臉說話。

「你說這地方叫什麼？」我問荷西。
「伊底斯沒說清。」
「真有水晶石嗎？」
「上次那塊給我們的，說是這裏撿來的，總是有的吧。」
沉靜了一會，荷西翻了個身。
「睡了？」
「嗯！」
「明早要叫我，別忘了，嗯！」我也翻了個身，背對著背，閉上了眼睛。
過了好一會兒，荷西沒聲息了，想來是睡著了。拉開帳篷的邊來看，火畔還坐著那三個人，米蓋悄悄的跟伊底斯在說什麼呢。
又躺了好一會兒，聽著大漠的風哭也似的長著翅膀飛，營釘吹鬆了，帆布蓋到臉上來，氣悶不過，乾脆爬起來，穿上長褲，厚外套，再爬過荷西，拖出自己的睡袋，輕輕的拉開帳篷往外走。
「去哪裏？」荷西悄聲問著。
「外面。」也低聲答著。
「還有人在嗎？」
「三個都沒睡呢！」
「三毛——」

「嗯？」

「不要嚇黛奧。」

「知道了，你睡。」

我抱著睡袋，赤著腳，悄悄跑近火邊，把地鋪鋪好，再鑽進去躺著，三個人還在說著悄悄話呢。

天空無星無月，夜黑得凍住了，風暢快的吹著，只聽見身後的樹林又在嘩嘩的響。

「他總是吸大麻，說的話不能算數的。」米蓋接著我沒聽見的話題，低低的跟伊底斯說。

「以前不抽，後來才染上的，就沒清楚過，你看他那個小舖子，一地的亂。」伊底斯說。

我拉開蓋著眼睛的睡袋，斜斜的看了他們一眼，伊底斯的銅臉在火光下沒有什麼表情。

「說的是老頭子哈那？」我悄聲問。

「妳也認識？」米蓋驚訝的說。

「怎麼會不認識，三番兩次去求他，硬是不理，人呢，總大鳥似的一個，蹲在櫥台上，迷迷糊糊，零錢老撒了一地，還替他賣過兩次東西呢，他是不理顧客的，老是在旅行。」

「旅行？」米蓋又問。

「三毛意思是說，在迷魂煙裏飄著。」馬諾林夾上了一句。

「有一次，又去問他，哈那，哈那，把通臉猜的路徑畫出來給我們去吧。那天他沒迷糊，我一問，他竟哭了起來——」我翻個身，趴在睡袋裏，低低的對他們說。

「為什麼偏找哈那呢？」伊底斯不以為然的說。

「你不知道他年輕時是臉猖守墓的？」我睜大著眼睛反問他。
「族人也知道路。」伊底斯又說。
「別人不敢帶啊，你，你帶不帶，伊底斯？」我又壓低著嗓子說。
他曖昧的笑了一下。
「喂，臉猖這東西，你們真相信？」米蓋輕問著伊底斯。
「信的人，就是有，不信的人，什麼也沒有。」
「你呢？」我又抬起頭來問。
「我？不太相信。」
「是信，還是不信，說清楚。」
他又曖昧的笑了一下，說：「妳知道，我——」
「你還吃豬肉。」我頂了他一句。
「這不就是了。」伊底斯攤攤手也笑了。
「那次哈那哭了起來——」馬諾林把我沒講完的話又問了下去。
「只說要他帶路，他雙手亂搖，說——太太，那是個禁地，外人去不得的，兩年前帶了個記者去，拍了照，回來老太婆就暴死了啊，臉猖罰的，貪那麼一點錢，老太婆賠上了命啊——」
說完他突然拍手拍腳的慟哭起來，我看他那天沒抽大麻——」
「聽說哈那的老婆死的時候，全身黑了，鼻孔裏馬上鑽出蛆來呢！」米蓋說。
「加些柴吧。」我縮進睡袋裏去，不再言語，四個人靜靜的對著，火圈外，分不清哪個是天，哪兒是地，風又緊了些，哭號著鬼叫似的淒涼。

過了好一會，伊底斯又說：「地倒真是裂開的，每次都裂。」

「你看過？」

伊底斯陰沉的點點頭，眼光望出火外面去。

「以前總是哈那走上幾天幾夜的路，跑回鎮上去報信，人還沒進鎮，就老遠的叫喊著——又裂啦！又裂啦——好可怕的，這一來，族裏的人嚇得魂不附體，沒幾天，準死人，有時還不止一個哪！」

「總是死的，沒錯過？」

「沒錯過，倒是現在，誰也不守墓了，心理上反倒好得多。」

「還在裂？」馬諾林問著。

「怎麼不裂，人死了抬去，地上總有那個大口子等著呢。」

「巧合，地太乾了吧！」我這句話，說得自己也不信。

「水泥地，糊得死死的，不地震，裂得開嗎？」

「咦，你剛才還說不太相信的，這會子怎麼又咬定這種事了。」

「親眼看見的，好多次了。」伊底斯慢慢的說。

「老天！臉猖送誰的葬？」我問他。

「我太太——也埋在那裏，十四歲，死的時候已經懷孕了。」伊底斯好似在說別人的事一樣。

大家都駭住了，望著他，不知說什麼好。

「在說什麼？」荷西也悄悄的跑了出來，不小心踢到一塊木板。
「噓，在說臉犸的事呢！」
「那個東西——唉——米蓋，把茶遞過來吧！」
火光下，再度沉寂下來。
「伊底斯——」我趴在睡袋裏叫著。
「嗯？」
「為什麼叫『臉犸』，什麼解釋？」
「臉犸這種東西以前很多，是一種居住在大漠裏的鬼魅，哈薩尼亞語也解釋成『靈魂』，他們住在沙地綠洲的樹叢裏，後來綠洲越來越少了，臉犸就往南邊移，這幾十年來，西屬撒哈拉，只聽說有一個住著，就是姓穆德那一族的墓地的地方，以後大家就臉犸臉犸的叫著，鬼魅和墓地都用了同一個名字。」
「你不也姓穆德？」荷西說。
「剛剛已經講過了，他太太就埋在那兒，你沒聽到。」我悄悄的跟荷西說。
「穆德族幹麼選了那塊地方？」
「是不小心，一下葬下了七個，後來知道有臉犸住著，又弄裂著地預告族人死的消息，大家沒敢再遷，每年都獻祭呢！」
「我是看過照片的。」我低低的說。
「臉犸有照片嗎？」米蓋駭然的問。

「就是那個記者以前拍的嘛，不是鬼魅那東西，是墳地，外面沒拍，室內拍了好多張，小小的，水泥地，上面蓋了塊紅黑條子的粗布，看不出什麼道理，地上也沒裂口子，牆上滿滿的寫了名字。」

「墳地怎麼在屋子裏？」荷西問。

「本來沒起屋子，只用石塊圍著，結果地總是在埋死人的上面裂開來，後人去找，地下總也沒有白骨，就再在裂口上埋下一個，快一百年了，小小一塊地，總也埋不滿，就三毛睡袋大不了幾倍的面積，竟把全族的死人一年一年埋進去。」

「沒有細心找吧！聽說沙漠屍身大半不爛的啊！」米蓋說。

伊底斯拿我的睡袋做比方，弄得我渾身不自在，用背抵著地，動也不敢動。

「埋人總也得挖得很深的，下面真的沒有東西。」

「加些柴吧，馬諾林！」我喊著。

「後來你們砌了房子，敷了水泥地，總想它不再裂了，是吧？哈——」荷西居然大笑起來，茶水啪的一聲潑在火上。怪嚇人的。

「你不信？」馬諾林低低的問。

「人嘛，總是要死的，地裂不裂總是死，何況穆德又是個大族。」

「就你們這一族有臉信放預兆，三毛他們家附近那兩個大墳場可就沒有。」米蓋輕聲說。

「喂，不要亂扯，我們那兒可是安安靜靜的。」

「噓，小聲點。」荷西拍了我一下，把我伸出來的手臂又塞回袋內去。

「鎮上人也奇怪，不去你們那兒混著。」

「不是穆德族的人，臉猖也不給葬那兒呢，因為獻祭的總是穆德，臉猖就只認他們，也不給去呢！

「有一次，父子三個外族的在旅行，半途上，父親病死了，兒子們正好在臉猖附近，他們抬了父親，葬在穆德人一起，那時候還沒敷水泥，只在墳上壓了好多大石塊，等兩個兒子走路回到綮駱駝的地方，就在那兒，冒出個新墳來，四周一個人影也不見，這兩個兒子怎麼也不相信，挖開墳來看，裏面赫然是他們葬在半里路外的父親，這一下，連跌帶爬的回臉猖去看，父親的墳，早空了，什麼也沒有——」

「下面我來說，」米蓋叫了起來，「這次他們又把父親抬回原地去葬，葬了回來，又是一座新墳擋路，一翻開，還是那個父親——他們——」

「你怎麼知道？」我打斷了他的話。

「這個我也聽過，是公司那個司機拉維的先祖，他總是到處說，說得大家不愉快起來才收場。」

「喂，烤甜薯怎麼樣？」我伸出頭來說。

「在哪裏？」荷西悄聲問。

「在桶裏面，好幾斤呢，把火撥開來。」

「找不到。」荷西在遠處亂摸。

「不是紅桶，在藍桶裏。」

「起來找嘛，妳放的。」又悄叫著。

「起不來。」四周望著一片黑，火光外好似有千隻眼睛一眨一眨的。

「烤多少？」又輕輕的問。

「全烤，吃不了明天早晨也好當早飯。」

幾個人埋甜薯，我縮在睡袋裏，竟幻想他們在埋七個死人，全姓穆德。

「說起公司的人，那個工程師又是一個。」米蓋又說。

「誰？」

「警察局長的大兒子。」

「不相干的人，米蓋。」我說。

「我比妳來得早，相干的，妳沒聽說罷了。」

「兩個人去找聖地牙哥大沙丘，迷了路沒回去，父親帶警察去找，兩天後在個林子裏找到了，也沒渴死，也沒熱死，車子沒油了，僵在那兒，一個好好的，另一個找到時已經瘋了。」

「啊，聽說本來就不正常的嘛。」

「哪裏，認識他時還好好的，那次撿了回來，真瘋了，上下亂跑，口吐白沫，總說身後有個鬼追他，拉著強打了安眠針，睡這麼一下，人不看好他，又張著紅絲眼睛狂奔，這麼鬧了幾天，快跑死了，本地人看不過去，領了他去看『山棟』，山棟叫他朝麥加拜，他母親擋著，說是天主教，拜什麼麥加，倒是鎮上神父，說是心理治療，就叫他拜吧，麥加拜得好病也是天主的旨意——」

「哪有那麼奇怪的神父，鎮上神父跟山楝一向仇人似的……」

「三毛不要扯遠了。」米蓋不高興的停住了。

「後來——」

「後來對著麥加拜啊拜啊，臉猄不跟了，走了，居然放過了他。」

「心理治療，沒錯，在沙漠，就跟麥加配，別的宗教都不稱。」荷西又不相信的笑了起來。米蓋不理他，又說下去：「病好了，人整個瘦了，整天悶悶不樂，陰陰沉沉，半年不到，還是死了。」

「吞槍死在宿舍裏，那天他大弟弟剛好在西班牙結婚，父母都回去了。是吧？」我悄悄的問。

「吞槍？」米蓋不解的望著我。

「是中文西用，不是手槍放進口裏往上轟的？」

「就吞了嘛！」我又說。

「聽說是女友移情別戀，嫁了他弟弟，這才不活的，跟臉猄扯不上。」荷西說。

「誰說的？」我不以為然的看著荷西。

「我。」

「哎——」我嘆了口氣。

「沙漠軍團也說臉猄呢，說起來呸呸的亂吐口水，好似倒楣似的。」我又說。

「幾十年前，聽說軍團還撿到過一群無人的駱駝隊，說是一個臉猄給另一個去送禮的呢！」

「這個不怕，有人情味。」我格格的笑了。
「伊底斯——」
沉默了許久的馬諾林突然開口了。
「要菸嗎？」伊底斯問他。
「這個臉狺，到底在哪裏？」馬諾林低沉的聲音竟似在懷疑什麼似的。
「你問我，我怎麼說，沙漠都是一樣的。」伊底斯竟含糊起來。
「小的甜薯可以吃了，誰要？」荷西在火邊輕輕的問。
「丟個過來。」我輕叫著，他丟了一個過來，我半坐起身接住了，一燙手，又丟給米蓋，他一燙又丟伊底斯。
「哈哈，真是燙手熱薯，誰也接不了。」我嘻笑起來，忽的又丟來給了我，將它一接，往沙地上一按。
這一鬧，四周的陰氣散多了，荷西又在加枯乾的荊棘，火焰再度穿了出來。
這時，吉瑞的帳篷裏突然騷動起來，東西碰翻了的聲音，接著嬰兒夏薇大哭起來。
「吉瑞，什麼事？」荷西喊著。
「三毛撲在後面帳篷上，弄醒了夏薇。」黛奧可憐兮兮的叫著，煤氣燈亮了起來。
「我沒有，我在這裏。」被她那麼一講，竟抖了一下，接著不停的抖起來，四周的人全往他們帳篷去看，只我一個人半躺在火邊。
「睡得好好的，後面靠林子那面帳篷啪的一聲怪響。」吉瑞解釋著，米蓋拿個大手電筒去照。

「嗯，這裏有爪子印啊，好清楚一串，快來看。」聽見米蓋那麼一叫，我坐直了，就往黛奧喊，男人都跑到黑暗裏去。

「快過火邊來，來火邊吧！」

黛奧踰踰跌跌的奔來了，臉色雪也似的白，夏薇倒是在她懷裏不哭了。

「是狼嗎？有郊狼嗎？」她背靠著我坐下來，人亦索索的抖。

「哪裏有，從來沒有過，別怕。」

「怕的倒不是狼——」我注視著慢慢轉回來的人群，又緩緩的說。

「幾點了？三毛。」

「不知道，等荷西來了問他。」

「四點半了。」伊底斯低低的說。

「喂，別嚇人，不是一道跟去找爪子印的嗎，怎麼背後冒出來了。」我一轉身駭得要叫出來，黛奧本來怕撒哈拉威，這會子，更嚇了。

「我——沒去。」伊底斯好似有些不對。

這時候那三個人也回來了。

「野狗啦！」荷西說。

「這兒哪來的狗？」我說。

「妳是要什麼嘛？」荷西竟然語氣也不太對，總是緊張了些，我奇怪的看了他一眼，不理他。

四周一片沉寂，吉瑞回帳篷去拿了毯子出來，鋪在地上一條，黛奧跟小夏薇躺下去，上面又蓋了兩條，吉瑞又摸太太的頭髮。

「再睡吧！」悄悄的說，黛奧閉上了眼睛。

我們輕輕的剝著甜薯，為了翻小的，火都撥散了，弱弱的攤著一地。

「加柴！」輕輕的叫坐在柴邊的米蓋，他丟了幾枝乾的荊棘進去。

四周又寂靜了下來，我趴著用手面撐著下巴，看著火苗一跳一跳的，伊底斯也躺下了，馬諾林仍盤膝坐著，米蓋正專心的添火。

「伊底斯，臉搢你不肯帶路嗎？」馬諾林又鑽進早已打散的話題裏去。

伊底斯不說話。

「你不帶，鎮上鬼眼睛也許肯帶?!」米蓋又半空插了進來。

「哈那帶了一次外地人，老婆死了，誰還敢再帶。」我輕輕叫起來。

「不要亂湊，哈那自己不死，記者不死，偏偏沒去的老太婆死了……」荷西也低著嗓子說。

「記者——還是死了的。」馬諾林低低的講了一句話，大家都不曉得有這回事，竟都呆了。

「車禍死的，快一年了。」

「你怎麼知道？」

「他工作的那家雜誌刊了個小啟，無意中看到的，還說了他一些生前的好話呢！」

「你們在說臉猖？」半途插進來的吉瑞輕輕的問著伊底斯，又打手勢叫我們不要再說下去，黛奧沒睡著，眼睛又張又閉的。

我們再度沉寂了下來，曠野裏，總是這樣。

沙漠日出，在我們這兒總是晚，不到清早七八點天不會亮的，夜仍長著。

「說起鬼眼睛，她真看過什麼？」米蓋低聲在問伊底斯。

「別人看不到啊，就她看見，起初自己也是不知道，直到有次跟去送葬，大白天的，突然迷糊了，拉著人問——咦，哪來那麼多帳篷羊群啊——

「又指著空地說——看，那家人拔營要走了，駱駝都拉著呢——」

「胡扯，這個我不信。」

「胡扯也扯對了，不認識的死人，叫她帶信，回鎮上跟家屬一說，真有那麼個族人早死了好幾年了，來問女兒沙夏嫁到哪裏去了。」

「這種人，我們中國也有，總是詐人錢呢！」

「鬼眼睛不要錢，她自己有著呢！」

「她看過臉猖？」

「說是臉猖坐在樹枝上，搖啊晃啊的看著人下葬，還笑著跟她招手呢，這一嚇，鬼眼睛自己還買了隻駱駝來獻祭。」

「對啦，還有人說那祭台老裝不滿呢！」米蓋說。

「祭台也是怪，看看只是個大石塊，平平的，沒個桌子大，殺一頭駱駝也放不下，可是別說放了一頭，十頭祭上去，肉也滿不出來。」

「臉貪心！」我悄悄的說。

這時不知哪裏吹來一陣怪風，眼看將盡的火堆突然斜斜往我轟一下燒過來，荷西一拖我，打了半個滾，瞪著火，它又回去了，背後毛毛的感覺涼颼颼的爬了個全身。

「拜託啦，換個話題吧。」黛奧蒙著眼睛哀叫起來。

四周的人，被那火一轟，都僵住了。

陰氣越來越重，火漸燒漸微，大家望著火，又沉寂了下來。

過了一會，米蓋說：

「鎮上演《冬之獅》看過沒？」

「看過兩遍了。」

「好麼？」

「得隨你性情，我是喜歡，荷西不愛。」

「舞台味道的東西。」荷西說。

說起戲劇，背後的樹林又海濤似的響，我輕喊了起來：「別說了。」

「又不許說。」米蓋奇怪的看著我。

「馬克貝斯。」我用手指指身後的林子。

「那麼愛聯想，世界上還有不怕的東西嗎？」米蓋駭然的笑了起來。

「總是怪怪的，問馬諾林，他剛才也進去過。」

馬諾林不否認也不肯說什麼。

「好似會移的。」我又說。

「什麼會移的？」

「樹林嘛！」

「太有想像力啦，瘋子！」

我翻個身，剛剛冒出來燒人的火，竟自弱了下去，陰森徹骨，四周的寒意突然加重了。

「拾柴去！」荷西站了起來。

「用煤氣燈吧！」伊底斯說，眼光竟夾著一絲不安，總往光外面看。

又沉寂了好一會，火終於熄成了暗色的一小堆，煤氣燈慘白的照著每一個人的臉，大家又移近了些。

「伊底斯，這兒真有水晶石？」吉瑞努力在換話題，手裏環著黛奧。

「上回拾的一大塊，就是這兒浮著，三毛要去了。」

「你以前來，就是撿那個？」我不禁懷疑起來，內心忽然被一隻鐵爪子抓住了，恐怖得近乎窒息，這一霎間，我是明白了，我明白了今夜在哪兒坐著，我是恍然大悟了。

伊底斯看見我的神情，他明白，我已知道了，眼光躲過了我，低低的說：「以前，是為別的事情來的。」

「你——」

終於證實了最不想證實的事實，神經緊張得一下子碎成片片，我張著嘴，看著馬諾林，喘了一口大氣，我們兩個是唯一去過林子裏的人，我驚駭得要狂叫出來。

馬諾林輕微得幾乎沒有動的一個眼神，逼得我咬住了下唇，那麼，他亦是明白了，早就明白了，我們就是在這鬼地方啊。

米蓋不知道這短短幾秒鐘裏我心情上的大震驚，居然又悄悄的講起來：「有次地沒裂，人卻死了，大家覺著怪，仍是抬去葬了，葬了回來，沒跟去的鬼眼睛卻在家裏發狂了，吃土打滾，硬說那人沒死，臉猙要人去拿出來，大家不理她，鬧了一天一夜，後來也鬧得不像話，終是去了，挖出來，原是口向上埋著的人，翻開來，口竟向下趴著，纏屍布拉碎了，包頭的那一塊乾乾的包下去，口角竟是溼溼黏黏的一大片挖出來，竟給活埋了。」

「耶穌基督——你，做做好事，別講啦！」我叫了起來，這一叫，嬰兒也驚叫著亂踢亂哭。風又吹了，遠處的夜聲，有人呻吟似的大聲而緩慢的飄過來，風也吹不散那低沉含糊的調子，再抬頭，月亮出來了一點，身後的樹林，竟披著黑影，沙沙嘩嘩的一步一步移過來。

「瘋了，叫什麼嘛！」荷西喊起來，站起身來就走。

「去哪裏，你——」

「去睡覺，你們有完沒有——」

「回來啊，求求你。」

荷西竟在黑暗中朗笑起來，這一混聲，四周更加不對勁，那聲音像鬼在笑，那是荷西的。

我爬過去用指甲用力掐伊底斯的肩，低聲說：「你這鬼，帶我們來這死地方。」

「不是遂了妳早先的心願。」他斜斜的睇著我。

「別說出來，黛奧會嚇瘋掉。」我又掐著他的肩。
「你們說什麼？有什麼不對？」黛奧果然語不成聲的在哀求著。
呻吟的聲音又傳了過來，我恐怖得失了理智，竟拿起一個甜薯向林子的方向丟過去，大喊著：「鬼——閉嘴——誰怕你！」
「三毛，妳有妄想症。」米蓋不知就裏，還安然的笑著呢。
「睡吧！」伊底斯站了起來，往帳篷走去。
「荷西——」我再叫，「荷西——」
小帳篷內射出一道手電筒的光來。
「照好路，我來了。」我喊著，拖著睡袋飛也似的跑去。
一時人都散入帳篷裏去了，我撲進荷西身邊，抓住他發抖。
「荷西，荷西，我們這會子，就在臉狺地上住著，你，我……」
「我知道。」
「什麼時候知道的？」
「跟妳同時。」
「我沒說啊——啊——臉狺使你心靈感應啦！」
「三毛，沒有臉狺。」
「有……有……在呻吟著嚇人呢……」
「沒有，沒——有，說，沒——有。」

「有——有——有——你沒進林子，不算的，對我，是有，是有，我進了林子的呀……」

荷西嘆了口氣，把我圍住，我沉靜下來了。

「睡吧！」荷西低低的說。

「你聽——聽——」我悄悄的說。

「睡吧！」荷西再說。

我躺著不動，疲倦一下子湧了上來，竟不知何時沉沉睡了過去。

醒來荷西不在身邊，他的睡袋疊得好好的放在腳後，朝陽早已升起了，仍是冷，空氣裏散佈著早晨潮溼的清新。

萬物都活了起來，緋紅的霞光，將沙漠染成一片溫暖，野荊棘上，竟長著紅豆子似的小漿果，不知名的野鳥，啪啪的在低空飛著。

我蓬著頭爬了出來，趴著再看那片樹林，日光下，居然是那麼不起眼的一小叢，披帶著沙塵，只覺邋遢，不覺神秘。

「嗯！」我向在挖甜薯的荷西和伊底斯喊了起來。

伊底斯猶豫不決的看著我的臉色。

「甜薯不要吃光了，留個給黛奧，好引她下次再來。」我清脆的喊過去。

「妳呢？」

「我不吃，喝茶。」

望著伊底斯，我回報了他一個粲然的微笑。

三毛一生大事記。

- 本名陳平，浙江定海人，一九四三年三月二十六日（農曆二月二十一日）生於四川重慶。
- 幼年期的三毛即顯現對書本的愛好，小學五年級時就在看《紅樓夢》。初中時幾乎看遍了市面上的世界名著。
- 初二那年休學，由父母親自悉心教導，在詩詞古文、英文方面，打下深厚的基礎。並先後跟隨顧福生、邵幼軒兩位畫家習畫。
- 一九六四年，得到文化大學創辦人張其昀先生的特許，到該校哲學系當旁聽生，課業成績優異。
- 一九六七年再次休學，隻身遠赴西班牙。在三年之間，前後就讀西班牙馬德里大學、德國哥德書院，在美國伊利諾大學法學圖書館工作。對她的人生歷練和語文進修上有很大的助益。
- 一九七〇年回國，受張其昀先生之邀聘，在文大德文系、哲學系任教。後因未婚夫猝逝，她在哀痛之餘，再次離台，又到西班牙。與苦戀她六年的荷西重逢。
- 一九七四年，於西屬撒哈拉沙漠的當地法院，與荷西公證結婚。
- 在沙漠時期的生活，激發她潛藏的寫作才華，並受當時擔任聯合報主編平鑫濤先生的鼓勵，作品源源不斷，並且開始結集出書。第一部作品《撒哈拉的故事》在一九七六年五月出版。

● 一九七九年九月三十日，夫婿荷西因潛水意外事件喪生，三毛在父母扶持下，回到台灣。

● 一九八一年，三毛決定結束流浪異國十四年的生活，在國內定居。

● 同年十一月，聯合報特別贊助她往中南美洲旅行半年，回來後寫成《千山萬水走遍》，並作環島演講。

● 之後，三毛任教文化大學文藝組，教〈小說創作〉、〈散文習作〉兩門課程，深受學生喜愛。

● 一九八四年，因健康關係，辭卸教職，而以寫作、演講為生活重心。

● 一九八九年四月首次回大陸家鄉，發現自己的作品，在大陸也擁有許多的讀者。並專誠拜訪以漫畫《三毛流浪記》馳名的張樂平先生，一償夙願。

● 一九九〇年從事劇本寫作，完成她第一部中文劇本，也是她最後一部作品《滾滾紅塵》。

● 一九九一年一月四日清晨去世，享年四十八歲。

● 二〇〇〇年七月三毛遺物入藏國立文化資產保存研究中心籌備處。現址為台南市中西區中正路一號國立台灣文學館。

● 二〇〇〇年十二月在浙江定海成立三毛紀念館，由杭州大學旅遊研究所教授傅文偉夫婦籌劃。

● 二〇一〇年《三毛典藏》新版由皇冠出版。

● 二〇一六年十月二十六日三毛作品《撒哈拉歲月》西班牙版與加泰隆尼亞版，於西班牙出版。

● 二〇一六年十二月二十日國立台灣文學館出版《台灣現當代作家研究資料彙編．89．三毛》。

● 二〇一六年至二〇二〇年三毛書出版九國不同翻譯版本。

● 二〇一七年四月二十日中國大陸浙江省舉辦「三毛散文獎」決選及頒獎典禮。

● 二〇一九年美國《紐約時報》（New York Times）推文介紹這位被遺忘的作家三毛，同年Google於三月二十八日選取三毛為華人婦女代表。

● 二〇二一年《三毛典藏》逝世30週年紀念版由皇冠出版。

國家圖書館出版品預行編目資料

撒哈拉歲月 / 三毛作. -- 二版. -- 臺北市：皇冠，2021.08；面； 公分. --（皇冠叢書；第4962種）(三毛典藏；01)
ISBN 978-957-33-3751-5（平裝）

863.55　　110009596

皇冠叢書第4962種
三毛典藏 1
撒哈拉歲月

作　　者—三毛
發 行 人—平雲
出版發行—皇冠文化出版有限公司
台北市敦化北路120巷50號
電話◎02-27168888
郵撥帳號◎15261516號
皇冠出版社(香港)有限公司
香港銅鑼灣道180號百樂商業中心
19字樓1903室
電話◎2529-1778　傳真◎2527-0904
總 編 輯—許婷婷
責任編輯—黃雅群
美術設計—嚴昱琳
著作完成日期—1988年
二版一刷日期—2021年8月
二版五刷日期—2023年11月
法律顧問—王惠光律師

讀者服務傳真專線◎02-27150507
電腦編號◎003201
ISBN◎978-957-33-3751-5
Printed in Taiwan
本書定價◎新台幣380元/港幣127元